Evelyn Holst
Uschi von Grudzinski

Gipfelglück

Roman

Atlantik

Die Autorinnen bedanken sich bei Martha Schultz und der Schultz Gruppe für ihre Unterstützung bei der Recherche im Gradonna Mountain Resort und für angenehme, fröhliche, inspirierende Gespräche mit Hoteldirektor Florian Partel, seiner Stellvertreterin Brigitte Berger, Gesundheitspädagogin Irmgard Wibmer, Rezeptionistin Christina Oberlohr, Restaurantchef Gregor Ryszkiewicz, Küchenchef Michael Karl sowie bei Katharina und Walter Hartweger von der Adlerlounge.
Alle anderen Personen und Handlungen dieses Romans sind frei erfunden.

Atlantik Bücher erscheinen im
Hoffmann und Campe Verlag, Hamburg

1. Auflage 2017

www.hoca.de *www.atlantik-verlag.de*
Satz: Arnold & Domnick GbR, Leipzig
Gesetzt aus der Trump Mediäval LT
Druck und Bindung: Druckerei C. H. Beck, Nördlingen
Printed in Germany
ISBN 978-3-455-65146-1

HOFFMANN
UND CAMPE

Ein Unternehmen der
GANSKE VERLAGSGRUPPE

Es gibt Momente, da fühlt sich auch die glücklichste Ehe wie ein kratziger, zu heiß gewaschener Pullover an. Einer, den man sich am liebsten vom Leibe reißen und in die Mülltonne stopfen würde. So ein Kratzepullimoment war jetzt. An einem heißen Julitag in einem noch heißeren, feuerroten Twingo Baujahr 2004, mitten in einer kilometerlangen Autoschlange auf der A7, die sich bereits seit über einer halben Stunde nicht mehr bewegte. Ein dampfendes Meer aus Blechkisten, in denen Familien kurz vor einem kollektiven Stressinfarkt saßen.

Im feuerroten Twingo des Ehepaares Hans Peter und Monika Landmann dampfte es besonders heftig.

»Warum hast du den Verkehrsfunk nicht rechtzeitig abgehört, Hans Peter?« Normalerweise war Monikas Stimme ein angenehmer Alt, jetzt ein hoher, gereizter Sopran. »Und warum ist die Klimaanlage noch immer kaputt? Du bist doch Frührentner und hattest wirklich genug Zeit. Aber nein, der feine Herr beschäftigt sich lieber mit Mord und Totschlag als mit einem Termin in einer Autowerkstatt …«

»Schätzelchen …«

»Bitte nenn mich nicht so, du weißt, dass ich das nicht leiden kann. Besonders nicht, wenn ich mich gerade so ärgern muss. Sorry, aber ich muss jetzt einfach mal hupen. Der Frust muss raus.«

Sie drückte auf die Hupe. TUUUUUUT! Hans Peter rutschte etwas tiefer in den Sitz. Monika dagegen lächelte zufrieden und drückte gleich noch einmal. TUUUT.

Seit seiner Frühpensionierung mit 60 als Abteilungsleiter der örtlichen Sparkasse beschäftigte sich Hans Peter Landmann mit Kriminologie, weil er, als ein Mann, der sein ganzes bisheriges Leben als gesetzestreuer Bürger verbracht hatte, eine tiefe Sehnsucht nach einem radikalen Kontrastprogramm hatte. Nach dem Verbotenen, dem Verbrechen, dem Bösen. Er las Krimis, sammelte Zeitungsausschnitte, recherchierte im Internet. Ein perfekter Tag begann mit einem Milchkaffee und der Überschrift: »Brutaler Mörder zerstückelte seine Opfer und warf sie in den Müllcontainer« in seiner Morgenzeitung. »Oma in Salzsäure aufgelöst, nur ein Ohrläppchen blieb übrig.« Das war vor zwei Jahren seine Lieblingsüberschrift, leider eine in ihrer Originalität seltene.

»Weißt du, was ein einseitig fehlgeschlagener Doppelselbstmord ist, Schät… Schatz?«, fragte er jetzt, um seine gereizte Gattin von den permanenten Staumeldungen im Radio abzulenken.

»Nein, aber ich würde gern wissen, warum du dir kein anderes Hobby suchst. Etwas mit körperlicher Bewegung zum Beispiel. Seit deiner viel zu frühen Pensionierung wirst du immer schwangerer. Auf dem Sofa liegen und Krimis gucken verbrennt ja leider keine Kalorien.«

Drei Gründe, warum du diese Frau geheiratet hast, Hans Peter. Los, schnell! Er überlegte.

Lange. Dann besann er sich.

»Also – ein einseitig fehlgeschlagener Doppelselbstmord

ist der juristische Ausdruck für den Versuch, seinen Ehepartner dadurch loszuwerden, dass man einen gemeinsam geplanten Selbstmord als Einziger überlebt.«

»Wie soll das denn gehen?« Jetzt war Moni doch abgelenkt, obwohl die Temperatur im Wageninneren inzwischen 32 Grad anzeigte.

»Wenn du jetzt zu mir sagen würdest: lass uns beide Gift in unseren Tee tun, dann würde ich ihn doch nicht als Erste trinken.«

»Oder wir würden beide zusammen trinken und einer von uns den Tee dann heimlich wieder ausspucken«, überlegte er.

»Würdest du?«, fragte sie und sah ihn aufmerksam an.

Er wusste, welche Antwort jetzt von ihm erwartet wurde. Deshalb schwieg er.

»Du würdest mich also verrecken lassen, damit du dann als fröhlicher Witwer eine 25-jährige Ukrainerin …«

Er schwieg weiter. Sollte sie ruhig ein bisschen schmoren.

»Soll *ich* gleich weiterfahren, Monilein? Du wirkst etwas …«

»Wie wirke ich? Erschöpft? Genervt? Das bin ich auch. Und von fahren kann ja sowieso nicht die Rede sein. Oder siehst du das anders? Weißt du es mal wieder besser als der Rest der Menschheit?«

Hans Peter wusste, dass er in solchen Momenten nichts richtig machen, dass die Art und Weise, wie er ein- oder ausatmete, zu einer kleinen Explosion führen konnte. Der Spruch seiner Mutter fiel ihm ein: »Als Monika den Mund öffnete, wollte sie meckern, als sie ihn wieder schloss, hatte sie gemeckert.«

Leider hatten sich die beiden wichtigsten Frauen in seinem Leben nie besonders gemocht. Oft hatte er sich zwischen ihnen gefühlt wie ein angestochener Luftballon, zerfetzt zwischen zwei streitsüchtigen Powerfrauen. Vermutlich weil er ein verhätscheltes Einzelkind einer früh verwitweten Mutter war und keine Frau vor Trudi Landmanns Augen Gnade gefunden hätte.

»Schön für dich, dass deine Freundin so schlank ist«, hatte sie ihm zugeraunt, als er Moni zum ersten Kennenlern-Kaffeetrinken mitbrachte. »Ich hoffe nur, ihr schmales Becken ist kräftig genug für *meine* Enkelkinder.«

Den Blick, den seine zukünftige Ehefrau, die leider mitgehört hatte, ihrer zukünftigen Schwiegermutter zuwarf, hatte er nie vergessen und war deshalb meist allein zum sonntäglichen Kaffeeklatsch zu seiner Mutter gefahren.

»Ahh, gnädige Frau haben mal wieder etwas Besseres vor«, hatte Trudi dann gern geseufzt. Und wenn Hans Peter etwas resigniert die Schultern hob, meinte sie nur: »Tja, seine Schwiegertöchter kann man sich leider nicht aussuchen. Ist denn wenigstens endlich ein Enkelkind in Sicht?«

Hans Peter hätte diese Frage sehr gern solidarisch und optimistisch beantwortet, aber alles, was ihm einfiel, war ein mutloses: »Noch nicht, aber wir arbeiten dran.« Bei diesen Worten hatte Trudi ihre Augenbrauen so weit hochgezogen, dass diese fast hinter ihrem Haaransatz verschwanden: »Ihr *arbeitet* daran? Herzlichen Glückwunsch, mein Junge, da hast du dir ja die Richtige ausgesucht.«

Als Trudi vor drei Jahren, im gesegneten Alter von 91 Jahren, während einer fröhlichen Doppelkopfrunde mit ihren Nachbarn, die zwei Kreuz-Damen fest in der Hand, friedlich einschlief, mischte sich in die ehrliche Trauer ihres einzigen Sohnes auch eine kleine Prise Erleichterung. *Eine* wartungsintensive Frau im Leben reichte eigentlich.

»Na endlich«, sagte Monika jetzt. Der Wagen vor ihnen setzte sich in Bewegung. Fünf Meter. Dann stoppte er.

»Tu etwas, Hans Peter!« Ihre Stimme klang jetzt hysterisch. »Ich fahr sonst auf dem Standstreifen, mir egal, dass das verboten ist. Ich raste aus!«

Er schwieg. Da musste er jetzt einfach durch, wie durch eine Magen-Darm-Virusinfektion, deren Dauer und Stärke man ja auch nicht selbst bestimmen konnte. Man konnte nur leise ein- und wieder ausatmen und hoffen, dass es besser wurde. Im letzten Stau vor ein paar Monaten war sie wütend ausgestiegen, hatte ganz laut »Scheiße, Scheiße und noch mal Scheiße!« geschrien und war, begleitet von einem zustimmenden Hupkonzert, wieder eingestiegen. Dass ihr Mann in solchen Situationen immer den kleinen Tod der Fremdscham starb, war ihr egal.

»Vor München ist um diese Jahreszeit doch immer Stau«, sagte Hans Peter. Besänftigend legte er seiner Frau eine Hand auf die Schulter.

»Heute Abend sitzen wir beide im Gradonna, im schönsten Hotel von Osttirol, trinken einen Grünen Veltliner …«

»Wenn wir dann nicht im Stau erstickt sind. Entweder in diesem oder im nächsten. Mit dir stecke ich irgendwie immer fest. Du ziehst diese Staus ja geradezu an.«

In guten wie in schlechten Zeiten. Das hatten sie sich vor dem Standesbeamten versprochen – und das hatte er bis jetzt auch gehalten. Hans Peter Landmann war ein treuer Mann, dem Treue nicht schwerfiel. Denn immer, wenn die Stimmung gereizt war, oder, was auch vorkam, Langeweile durch den Raum kroch wie ein dickes, fettes Faultier, dachte er einfach an sein allererstes Date mit Monika zurück. An die süße Moni mit dem lockigen Pferdeschwanz und den grünen Kulleraugen, die er vor 29 Jahren in der

Eisdiele Venezia kennengelernt und drei Monate später geheiratet hatte.

»Drei Kugeln mit Sahne und Eierlikör«, hatte sie bestellt und dann auf der Straße die tropfende Waffel energisch mit ihrer rosa Zungenspitze bearbeitet. Er hatte sie vom Eisladen Il Gelato aus beobachtet, und noch bevor sie die zweite Kugel aufgeschleckt hatte, wusste er mit untrüglicher Sicherheit: das ist sie!

Und sie war es. Noch immer.

Und weil sie es noch immer war, saßen sie jetzt beide im Stau auf dem Weg nach Osttirol. Nach Kals am Großglockner, ein Dorf, von dem er zuvor noch nie gehört hatte.

WARUM AUSGERECHNET KALS, hatte er gefragt und tief geseufzt, als Moni ihm die Lesemappe in die Hand drückte und auf eine Story tippte, die *Der Berg ruft* hieß. Ihn hatten die Berge noch nie gerufen, und sie riefen ihn auch jetzt nicht, obwohl die Fotos fantastisch waren. Aber hohes Gebirge mit Eiskuppen und dunkle Schluchten flößten ihm einfach Unbehagen ein, er liebte die weite Sicht, den Horizont, das Wasser.

»Wer rastet, setzt Speck an und kann, wenn er den Rücken durchdrückt, sein Geschlechtsteil nicht mehr sehen, deshalb fahren wir in die Berge«, hatte Moni mit ihrer »Widerspruch ist zwecklos«-Stimme erwidert. »Außerdem habe ich ein Hotel im Internet gefunden, das erstens Luxus pur ist und das wir uns zweitens sogar leisten können.«

Und so hatte er resigniert wieder zur Lesemappe gegriffen. Immerhin sprach ihn das Aufmacherfoto durchaus an – es zeigte eine sehr attraktive Frau mit »Holz vor der Hüttn« im Dirndl an einem Gipfelkreuz. Dass er allerdings nicht mehr der Mann war, der seinerseits bei jungen Frauen irgendwelche Sehnsüchte auslöste, war ihm bewusst. Aber er hatte sich damit abgefunden, zumal er auch zu knackigeren Zeiten kein Mann gewesen war, der Frauen in Schnappatmung versetzte. Mit seinem 1,70 cm großen, gut gepolsterten Körper und seinem wuscheligen, grauen Haarkranz schwankte sein Sexappeal zwischen Weihnachtsmann und Teddybär. Hans Peter fand, es gäbe Schlimmeres. Und da er sich seit drei Wochen nicht mehr rasierte, sah zumindest sein Kinn sehr männlich behaart aus. Moni hatte sich nach anfänglichen Versuchen, ihn zur Vernunft zu bringen, resigniert damit abgefunden. Er fand sich cool.

»Geht doch«, sagte Hans Peter jetzt erleichtert, als sie endlich den Stauverursacher, dessen Beifahrerin hilflos mit einem leeren Benzinkanister wedelte, laut hupend passiert hatten und Monika stumm in den dritten Gang schaltete. Sein Fahrangebot hatte sie abgelehnt, und er hatte nicht weiter insistiert, weil sie eine sauschlechte Beifahrerin war, die nicht davor zurückschreckte, ins Lenkrad zu greifen. Trotzdem: er liebte diese Frau, ganz besonders ihre Lachfältchen um die Augen, die aussahen wie Sonnenstrahlen. Oder, wie er heimlich fand, wie kleine Schweineschwänzchen. Nur leider lachte sie in letzter Zeit immer weniger. Was nicht daran liegen konnte, dass er seit einem Jahr Rentner war, aber, darauf legte er Wert, kein »Pappa ante portas«, ein Pottkieker, wie man die Männer in Hamburg nannte, die den ganzen Tag hinter ihrer entnervten Ehefrau herschlichen und ihr gute Haushaltstipps gaben. »Der Staubsaugerbeutel müsste gewechselt werden, Schatz. Hast du auch hinter dem Klo gewischt? Du weißt, ich mag nicht im Sitzen pinkeln.«

Nein, so ein Mann war er nicht und würde er hoffentlich auch nie werden.

»Ich werde einen Krimi schreiben«, verkündete er stattdessen an seinem ersten Tag als Rentner.

Monika, die gerade in die obere Brötchenhälfte biss, die untere aß immer Hans Peter, obwohl er eigentlich die obere auch lieber mochte, verschluckte sich und sprühte einen Krümelschwall auf die Tischdecke.

»Du hast schriftstellerische Ambitionen in dir entdeckt?« Ihre Stimme klang ungläubig, eigentlich sogar ein bisschen spöttisch.

»Auf jeden Fall eine Leidenschaft für das Kriminelle«, erwiderte Hans Peter.

»Man darf gespannt sein«, hatte Monika gemurmelt. »Aber Hauptsache, du bist irgendwie beschäftigt.«

War es das Älterwerden, das seine einst so sonnige Moni so verdüsterte? Sie immer freudloser, leider auch ein bisschen lustfeindlicher werden ließ?

»Eine Frau muss sich irgendwann entscheiden: Kuh oder Ziege«, hatte sie vor ein paar Jahren verkündet, und als er sie bat: »Bleib Kuh, Liebling, ich mag keine Ziegen«, hatte sie nur geschnaubt und die Küche verlassen. Schade, dachte er oft, wir haben doch wirklich ein schönes Leben. Wir sind beide gesund, haben genug Geld, und gar nicht so selten fand in ihrem Ehebett auch mehr statt als synchrones Schnarchen. Es gab eigentlich nur einen, leider nur seinen Kummer: ihre Kinderlosigkeit. Und deswegen auch keine Enkel.

Die nächsten Stunden bis zur österreichischen Grenze waren entspannt. Sie hatten jetzt doch die Plätze getauscht. Monika hatte zwei Müsliriegel ausgewickelt, und selbst rund um München gab es ausnahmsweise keine Staus.

»Wenn weiter alles so gut klappt, sind wir noch im Hellen da«, frohlockte Hans Peter, der es hasste, in der Dunkelheit Auto zu fahren. Wenn Monika eine Ziege ist, was bin ich dann, sinnierte er, während das Alpenpanorama sich immer mehr verdichtete, was in einem Flachlandtiroler wie ihm jedes Mal eine gewisse Ehrfurcht auslöste.

»Wenn ich ein Tier wäre, Moni, was wäre ich dann? Ein fetter Maulwurf?«

Schweigen. Er sah zur Seite. Er hatte auf Widerspruch gehofft, auf ein Gespräch, das ihn wachhielt, aber sie war eingeschlafen. Er lächelte. Schlafend mochte er Moni besonders gern. Alle Ziegenfalten waren dann wie weggebügelt. Wie ein zufriedenes, großes Baby sah sie aus.

Hans Peter bewegte sich seit über drei Jahrzehnten auf der ehelichen Langstrecke, deshalb wusste er, wann Reden Silber und wann Schweigen Gold war. Die nächste Woche war Goldzeit. Wellness im Gradonna Mountain Resort. Nicht sein Ding, irgendwie fand er es unmännlich, im weißen Bademantel und Schlappen in diversen Feuchtgebieten herumzulungern und sich von meist jungen Masseurinnen betätscheln zu lassen, die sicher lieber jüngeres Männerfleisch unter den Händen gehabt hätten. Aber er hoffte auf gemütliche Stunden im Liegestuhl, auf leckeres Essen, in dem Fleisch nicht nur in homöopathischer Dosis enthalten war, viele Gläser Wein, angenehme Leute und genug Zeit für seine zehn Krimis, die er in den Koffer gepackt hatte. Zur Unterhaltung und zur Inspiration, denn für seinen eigenen Roman war ihm noch nicht die richtige Geschichte eingefallen. Vor allem nicht der richtige Protagonist. Nur der erste Satz stand:

Als er nach dem Frühstück sein Hotelzimmer betrat, lag eine tote Frau in seinem Bett.

Doch wie weiter? Wie kam sie dahin? Und war es seine Ehefrau, eine Geliebte oder gar ein One-Night-Stand?

Den Gedanken an einen einseitig fehlgeschlagenen Doppelselbstmord hatte er wieder verworfen. Zu abwegig. Ach, aber es machte Spaß, dass in der Fantasie alles möglich war!

Als er mit dem Auto um die letzte Kurve bog, schlug die Wirklichkeit wieder zu.

»Um Himmels willen, was sind denn das für Atompilze«, rief er entsetzt, als sein Blick bei der Einfahrt ins Bergdorf Kals zum Berghang auf der linken Seite wanderte.

»Das ist unser Hotel, das Gradonna Mountain Resort«, antwortete Moni, die durch das gemäßigtere Tempo wieder aufgewacht war. »Man nennt es auch moderne Architektur.«

Wenn das Essen so futuristisch war wie das Hoteläußere, dann Halleluja Baby. Auf alles gefasst, mit steifen Gliedern und knurrendem Magen schraubte Hans Peter sich drei Minuten später aus dem Twingo und stand vor dem Hotel. Ein imposanter Bau, viel Holz, viel Glas. Links und rechts Chalets. Sah aus der Nähe zum Glück viel besser aus.

Wäre nicht *»Meuchelmord im Luxushotel«* ein guter Titel für seinen zukünftigen Weltbestseller? Oder vielleicht *»Das Grauen lag im Swimming Pool«*?

ALS HANS PETER LANDMANN die Hotellobby betrat, musste er erst einmal tief Luft holen, um dieses Kleine-Würmchen-Gefühl wegzuatmen, das ihn trotz seines höheren Alters immer dann beschlich, wenn eine Umgebung ihn irgendwie einschüchterte. Und das tat die Lobby des Gradonna Mountain Resort. Himmelhohe Fenster, großzügige, stufenförmig angeordnete und sehr bequem wirkende Sitzecken, erlesene Materialien und außergewöhnliche, mannshohe Holzkunstwerke. Ist das Kunst, oder kann das verheizt werden?, dachte Hans Peter, als er sie betrachtete.

»Hier gefällt es mir, hier bleibe ich«, rief Monika Landmann und ging strahlend auf die Rezeption zu. Nicht ein Sekündchen daran denkend, wie sie und er, zerrupft, verschwitzt, unelegant, in diesem Luxushotel auf die zwei bildhübschen jungen Frauen hinter dem Empfangstresen vielleicht wirken könnten. Oder auf die attraktive Brünette, die gerade ins Telefon lächelte: »Ja, ich weiß, wer Victor Gold ist. Und es ist uns eine große Freude, ihn bei uns begrüßen zu dürfen. Nein, ich habe sein Buch noch nicht gelesen, mir ist er vor allem als Sänger bekannt. Auf der Bestsellerliste? Ein Büchertisch? Selbstverständlich. Servus.«

Kopfschüttelnd legte sie auf.

»Entschuldigen Sie, aber sind Sie nicht die Frau Schultz, der dieses Resort gehört?«, fragte Moni, die noch nie in ihrem Leben ein Würmchen-Gefühl hatte und die attraktive Brünette vom Foto der Internetseite wiederzuerkennen glaubte.

»Ja, das Resort gehört meiner Familie«, sagte Martha Schultz. »Willkommen im Gradonna.« Ein freundliches Lächeln, dann war sie verschwunden.

»Tolle Frau!« Moni sah ihr bewundernd nach, während Hans Peter sich wünschte, sie würde gelegentlich und besonders in diesem Moment etwas über ihre Außenwahrnehmung nachdenken. Dass sie es nie tat, bewunderte er allerdings auch ein bisschen. Victor Gold, überlegte er weiter, war das nicht der singende »Dosenöffner«, der zu seiner Banklehrzeit deshalb so genannt wurde, weil seine Hits wie »Nimm mich, küss mich, lieb mich« oder »Mein Herz kennt nur die Sehnsucht nach dir« die meisten Mädchen weich und willig machten? Auch er hatte ihm so einiges zu verdanken. Zu witzig, dass er hier auch Gast war.

Das Zimmermädchen schrie auf, weil es ihn erkannte. »Das ist doch der berühmte Victor Gold«, flüsterte sie atemlos. »Gestern hat er doch noch so schön gesungen. Und jetzt liegt er hier in seinem Blut. War es eine Verehrerin, die sich aus unerwiderter Liebe so an ihm versündigt hat?«

Nein, das klang zu kitschig. Das war literarisch unter seinem Niveau.

»Willkommen im Gradonna, mein Name ist Christina«, sagte jetzt die hübsche Blonde an der Rezeption und schob ihnen den Anmeldezettel hin. »Ich rufe gleich mal jemanden, der Ihnen beim Gepäck zur Hand geht.«

In diesem Moment knurrte in Hans Peters Magen ein ganzes Rudel hungriger Wölfe. So laut, dass alle zusammenzuckten.

»Tut mir leid«, entschuldigte er sich sofort, »aber ich habe einen Bärenhunger.« Jetzt knurrte das Rudel noch lauter.

»Hans Peter, ich bitte dich«, zischte Moni und dachte ihrerseits kurz an einen einseitig fehlgeschlagenen Doppelselbstmord. Noch besser – an diskrete Lynchjustiz.

»Unser Restaurant ist heute leider schon geschlossen«, bedauerte Christina, und genau jetzt wäre Hans Peter gern ein anderer gewesen. Einer aus seinem zukünftigen

Bestsellerkrimi. Der würde mit der Faust auf den Tresen schlagen und: »Wenn nicht in fünf Minuten ein saftiges Schnitzel mit einem leckeren Kartoffelgurkensalat auf dem Tisch steht, nehme ich den ganzen Laden auseinander.«

Aber so einer war er leider nicht. Musste er auch nicht sein. Denn Christina beruhigte ihn lächelnd: »Aber auf Ihrem Zimmer wartet ein großer Obstteller auf Sie. Außerdem können Sie sich selbstverständlich noch etwas zu essen bringen lassen.«

»Na bitte!« Triumphierend sah er sich nach Moni um, die anscheinend gar nicht zugehört hatte. Sie deutete mit dem Kinn nach rechts und sang leise: »So ein Mann, so ein Mann, zieht mich unwahrscheinlich an.«

Noch bevor er ihrem Blick folgte, wusste er, wie sich spontane, durch nichts begründete, tiefe Abneigung anfühlte. Denn diesen Mann lehnte er ab. Kategorisch. Schon aus Prinzip. Als er das Subjekt von Monis Begierde dann musterte, wurde diese Ablehnung deutlich größer. Ein Silberfuchs, höchstens Mitte, Ende vierzig, federte auf sie zu. Und dass optisch nichts, aber auch wirklich gar nichts an ihm auszusetzen war, Körper durchtrainiert, Haare voll, Haut leicht gebräunt und faltenfrei, war mehr, als Hans Peter nach diesem stressigen Anreisetag ertragen wollte.

»Schatz, warte«, rief eine Frau, deutlich älter, von einer leicht arroganten Cashmere-Eleganz, die gut zu ihrem Begleiter passte. Seine Schwester? Seine junge Mutter? Eine Geschäftspartnerin?

Als sie an ihm vorbei zur Treppe gingen, die in die erste Etage führte, blieb eine Wolke aus Shalimar zurück. Und ein kurzer Dialog, den Hans Peter sehr aufschlussreich fand.

»Noch einen Nightcup an der Bar?« Auch seine Stimme, süffig wie schwerer Rotwein, war ekelhaft perfekt.

»Wollen wir uns nicht zurückziehen, Schatz?« So klang weibliche Sehnsucht.

Reiche Geschäftsfrau, skrupelloser Gigolo? Die Traumkombi für seinen Krimi!

Er warf sie aufs Bett und liebte sie, wie er noch nie eine Frau geliebt hatte. Mit mörderischer Leidenschaft. Sie seufzte leise in seinen Armen, dann war sie still. Totenstill. Er beugte sich über sie und fühlte ihren Puls. Nichts.

Reizvoll, aber vielleicht doch etwas zu morbide.

»Nun mach bitte nicht so ein Gesicht«, sagte Moni streng, als sie dem Portier folgten, der ihre Koffer auf einen Rollwagen geladen hatte und sie zu ihrem Zimmer führte. »Das nette Mädchen von der Rezeption hat doch gesagt, dass es auf dem Zimmer noch einen Obstteller gibt. Da müssen wir auch nichts mehr bestellen. So spät abends sollte man sich sowieso nicht mehr den Magen vollschlagen.«

Hans Peter sagte gar nichts mehr. Er war müde, sein Bauch knurrte, er wollte jetzt in ein knuspriges Schnitzel beißen und nicht in einen gesunden Apfel. Doch als der Portier mit einem »Ich hoffe, Sie fühlen sich wohl bei uns« die Zimmertür aufschloss, wussten beide, dass dieser Tag sie mit einem Highlight belohnte: hinter dem Panoramafenster beleuchtete der zunehmende Mond eine eindrucksvolle Bergkulisse. Über allem ein Sternenzelt, wie man es sonst nur irgendwo im Wüstenmeer erwartet. Ein Wow-Moment der Extraklasse, selbst für einen Berghasser wie ihn.

Einen kleinen Moment standen sie wortlos da, fassten sich an den Händen wie zwei Kinder und staunten diesen wahnsinnigen Nachthimmel an. Dann schaute sich Moni um und jubelte: »Zwei Zimmer, Putzi! Für jeden eins. Dann kannst du ganz in Ruhe so laut schnarchen, wie du willst, und ich hab meine Ruhe.«

Und puff, schon war der Ballon wieder zerstochen und schrumpfte zum Gummifetzen. Nicht weil sie ihn Putzi nannte. Viel schlimmer war, dass sie sich offensichtlich über die getrennten Schlafzimmer freute. Er nicht. Er überhaupt nicht. Er schlief nicht gern allein. Er fand es ungerecht und ungemütlich, zumal SIE es war, die ihre gemeinsamen Nächte durchröchelte wie ein gereiztes Rhinozeros, sein Schnarchen, wenn man es überhaupt so nennen mochte, hörte sich eher wie das zufriedene Schnurren eines Kätzchens an. Das jedenfalls hatte sein Freund Schorse behauptet, mit dem er einmal im Jahr eine Segeltour machte.

»Du bestehst auf getrennten Schlafzimmern?«, fragte er entsetzt. »Ausgerechnet in unserem Urlaub?«

Moni sah ihn an wie eine Lehrerin ihren begriffsstutzigen Schüler. »Putzi, Urlaub hat doch auch etwas mit Erholung zu tun. Und dazu gehört für mich ein möglichst ungestörter Nachtschlaf. Du weißt doch, dass du im Schlaf bereits den gesamten Regenwald abgeholzt hast, oder?«

Was soll's, dachte Hans Peter, außerdem hatte das Ganz-allein-im-Doppelbett, Lesen oder Fernsehen ohne ein knurriges »Mach mal das Licht aus, ich kann so hell nicht einschlafen« aus dem Nachbarbett ja auch sein Gutes.

»DU SIEHST BEZAUBERND aus, mein Engel«, raunte Kai Lauterbach ins Ohr seiner cashmereumwickelten Begleitung, trank seinen doppelten Whisky mit zwei Schlucken aus, schob das Glas über den Bartresen und nickte dem Barkeeper ein »Noch mal dasselbe« zu.

»Mein Begleiter möchte lieber ein Glas stilles Wasser.« Waltraud van Hoge lächelte und schob das Whiskyglas wieder zurück. »Nein, dein Begleiter möchte lieber noch einen Whisky.« Er ärgerte sich, dass seine Stimme nach Kleinejungentrotz klang, aber ihre gern auch öffentlich demonstrierte »Denk an deine Leberwerte«-Besorgtheit fand er überflüssig. Er zeigte schließlich seit Jahrzehnten seiner Leber, wer Herr im Hause war. Außerdem hatten sie beide den Tag sehr entspannt im Wellnessbereich verbracht und dort literweise Kräutertee getrunken, seine Leber musste sich in geradezu jungfräulichem Zustand befinden.

»Tu mir die Liebe«, sagte Waltraud. »Ich mag keine Männer mit Alkoholfahne im Bett. Ihre Performance leidet dann, besonders bei Männern ab 45.«

Kai Lauterbach liebte Frauen, er liebte sie wirklich, nicht umsonst hatte er sie zu seinem Lebensmittelpunkt und Berufsalltag erkoren. Nicht oft, aber definitiv an diesem Abend hätte er allerdings gern allein oder unter Männern an dieser Bar gesessen. Sich gemütlich, aber gepflegt einen leichten Dusel angezwitschert, ein paar frauenfeindliche Witze à la »Warum sitzt eine Blondine so gern auf einer kaputten Heizung? Weil sie leckt!« gerissen, alles auf wunderbar flachem Niveau. Das Kontrastprogramm also zu dieser eleganten, schwerreichen Dame, die neben ihm auf dem Barhocker saß, ihre langen Beine in den hohen Stilettos makellos parallel drapiert. Alles an ihr war Perfektion und Kultiviertheit. Dass sie im Bett alles andere war, fand er zwar äußerst reizvoll, aber mitunter auch etwas anstrengend. Schließlich war er auch nicht mehr der Allerjüngste. Dass er seit kurzem regelmäßig Kürbiskernkapseln wegen leichter Prostatabeschwerden einnahm, war etwas, das er nur mit seinem Urologen besprach.

»Meine liebe Waltraud …« Er musste aufpassen, da sie momentan seine einzige Klientin war, wollte er sie schließlich nicht verärgern, »… du hast die Wahl. Entweder ich trinke jetzt noch einen Whisky und dann verspreche ich dir, dass der kleine Kai dich später nicht enttäuschen wird. Oder ich trinke ein stilles Wasser, und dann ist auch der Rest von mir still.«

Sie sahen sich an. Ein kleiner Machtkampf.

»Darf ich dich daran erinnern, wer hier die Rechnung bezahlt?«, fragte sie leise, aber er hatte trotzdem das Gefühl, die ganze Bar hätte mitgehört. Ich verdiene mein Geld auch nicht leicht, hätte er gern gesagt, wenn er diese befremdeten Blicke spürte. Ich muss immer in Form, immer gut gelaunt, immer höflich sein. Ich darf nicht langweilen, muss wissen, welche Gabel zu welcher Vorspeise passt, und wenn die Dame, die ich beglücke, Wagnerfan ist, fragt keiner, ob ich mich beim Ring 16 Stunden zu Tode langweile. Ja, tue ich, aber ich halte durch. Ich bringe Leistung, ich stehe in der Regel meinen Mann. Ich bin mein Geld wert.

»Ich bezahle meinen Whisky auch gern selbst«, sagte Kai und nickte dem Barkeeper zu: »Ich nehme noch einen.«

Waltraud registrierte seinen kleinen Trotzanfall mit gemischten Gefühlen. Er ärgerte sie ein wenig, aber er gefiel ihr auch. Sie mochte ihre Männer gern ein wenig rebellisch. Horizontal waren ihr die Ergebenen und Gehorsamen immer zu langweilig. Sie wollte genommen und nicht »Wie hast du es gern?« gefragt werden. Mehrere Millionen auf dem Konto machten sie ja nicht zu einer Frau ohne erotische Bedürfnisse.

Im Gegenteil.

»In Ordnung«, sagte sie deshalb, »trink aus, und dann aber husch, husch ins Körbchen.«

Verbalerotik geht anders, dachte Kai, aber er war Profi. Ein Schauspieler musste ja auch auf die Bühne, wenn der Vorhang aufgeht, ein Lehrer konnte sich nicht vor seine Klasse stellen und »Leute, ich hab heute echt keinen Bock auf euch« sagen. Und so stand er nach dem Whisky gehorsam auf und folgte Waltrauds langen, wohlgeformten Beinen in die Suite.

Resi, die Köchin, liebte es, wenn alle schon gegangen waren und sie als Schlusslicht noch einmal in Ruhe durchs Restaurant und die Küche gehen und nachsehen konnte, ob auch alles sauber, aufgeräumt und für den nächsten Tag vorbereitet war. Ob noch etwas von dem wunderbaren Zitronenparfait …? Sie öffnete den großen Kühlschrank und fand noch einen kleinen Rest. Hmmm, lecker. Mit geschlossenen Augen lehnte sie an der Kühlschranktür und leckte den Löffel ab. Und schrie auf, als sich plötzlich zwei Arme um ihre Taille legten.

»Na, du Schöne? Hast du mich vermisst? Und noch was Leckeres übrig für einen hungrigen Mann?«

Resi spürte, wie ihr die Luft wegblieb. Wie ihr Atem schwer wurde. Sie hielt so viel Nähe zu diesem Mann ganz schlecht aus. Er sah einfach zu gut aus, selbst für einen Skilehrer und Bergsteiger. Zu viele Muskeln, zu viele blonde Locken, zu blitzblaue Augen. Alles zu viel für eine junge

Frau wie Resi, hübsch, patent, beliebt, aber eher bescheiden. Keine Frau, die das rote Meer teilte. Eher Selters als Sekt. Im Gegensatz zu Sepp. Der teilte. Der war Champagner. Wo immer er auftrat, lud sich die Luft auf. Lachten die Frauen etwas lauter, wurde die Stimmung fröhlicher.

»Ein Stück Schinken, ein Würschtel?« Sepp küsste ihre Halsbeuge, doch Resi machte sich energisch los und hoffte, dass er die Gänsehaut auf ihren Armen nicht bemerkte.

»Vielleicht hast du Glück«, murmelte sie.

»Ich hab immer Glück«, sagte Sepp, »und mit dir besonders. Deswegen bist du ja auch die Königin meines Herzens.«

Das war oberkitschig. Aber sein Grübchenlächeln machte Resi wehrlos. Zumal zeitgleich diese verdammte Hitze im Gesicht anfing und langsam nach unten stieg.

»Setz dich«, sagte sie, »ich guck mal, ob ich noch ein paar Reste finde.«

Sie beobachtete ihn, wie er kaute, wie er leicht schmatzend die Bierflasche an den Mund setzte, zufrieden mit sich und der Welt. Wie glücklich ich wäre, wenn er einmal nur meinetwegen in die Küche käme und nicht nur, weil es bei mir den leckersten Räucherspeck in Osttirol gibt. Nur ein einziges Mal.

Als er aufsah und ihren prüfenden Blick spürte, grinste er: »Noch Lust auf ein kleines, horizontales Betthupferl?«

Die Versuchung war groß. Weil sie wusste, was sie erwartete.

»Komm schon, Resi, du hast doch Lust, oder?«

»Ich hab morgen einen anstrengenden Tag, Sepp!« Sie merkte selbst, wie wenig überzeugt sie klang. »Du doch sicher auch, oder?«

Er schüttelte den Kopf.

»Nur eine kleine Wanderung, eine ältere Dame aus Deutschland. Also – zu dir oder zu mir?«

Kai Lauterbach brauchte an diesem Abend ziemlich lange im Bad. Nicht aus kosmetischen Gründen. Seine Silberlocken hatten von Natur aus einen eleganten Schwung, seine stets leicht gebräunte Haut bedurfte keiner besonderen Pflege, und der Dreitagebart war wartungsfreundlich und verlieh ihm genau den Hauch von Verwegenheit, den langjährig verheiratete Frauen mit glatt rasierten Ehemännern besonders zu schätzen wussten. Nein, er blieb einfach auf dem Klo sitzen, genoss die angenehme, leicht benebelnde Wirkung des Whiskys in seinem Kopf und träumte vor sich hin. Nichts, aber auch rein gar nichts – außer seinem Pflichtgefühl und ein durch den Impulsivkauf eines Porsche 911 strapaziertes Bankkonto – zog ihn jetzt in Richtung Schlafzimmer. Was, wenn er einfach hier sitzen bliebe? Sich verweigerte? Es war doch gar nicht viel, was er sich für diese Nacht wünschte: einfach nur ausstrecken, einschlafen. Alleine sein.

»Kaili, ich bin bereit, wo bleibst du denn?« Oh, wie er diesen Namen hasste. Und diesen Befehlston in ihrer Stimme. Waltraud hatte ja, wie gesagt, durchaus ihre Reize. Gerade im Bett, wo sie manchmal Dinge sagte, die man eher einer Professionellen von der Reeperbahn als ihrer eleganten Erscheinung zugetraut hätte. Und ihr Körper war zwar nicht mehr der jüngste, aber sehr gepflegt und durch regelmäßiges Pilates gut in Form gehalten. Nein, was ihn nervte, war ihr Kommandoton, der ihn immer wieder spüren ließ, dass sie, und nur sie, ansagte, wohin es ging. Aber sei's drum. Resigniert zog er den dunkelroten Seidenpyjama an, ein Geschenk von Waltraud zum 25-Tage-Jubiläum ihrer ersten gemeinsamen Nacht, obwohl er ihn in spätestens drei Minuten ja wieder ausziehen würde. Aber er stand lieber angezogen vor ihrem Bett, nicht splitterfasernackt, ein Hauch von Restwürde, den er sich gönnte. Kurz gurgelte er den Whisky-Geschmack mit Odol-Wasser weg und atmete einmal tief durch. Auf ins Gefecht!

Was für ein Mann, dachte Waltraud, als er vor ihr stand. Zu jung für sie, zu attraktiv, um treu zu sein, zu selbstverliebt und auf sein eigenes, vor allem auch finanzielles Wohl bedacht. Aber immer wieder eine Sünde wert. Und zu irgendwas mussten die Millionen, die ihre zwei hochbetagten Ehemänner, beide von ihr liebevoll, wenn zum Ende hin auch etwas ungeduldig, zu Tode gepflegt, ihr hinterlassen hatten, schließlich gut sein. Ich habe Jahre, wenn nicht Jahrzehnte als Frau ohne Lust und Leidenschaft gelebt, dachte sie, damit ist endgültig Schluss! Jetzt ist Spaß angesagt und zwar bis mein Sargdeckel klappert.

»Bist du bereit, Kaili?«

Er seufzte und blickte nach unten. Still ruhte der See, totenstill.

»Also wenn ich ganz ehrlich bin, Schatz, dann wäre mir ein etwas, sagen wir, weniger eindringliches Programm jetzt lieber.«

Sie seufzte, weil sie nach einem harten, schnörkellosen Quickie immer wunderbar schnell in einen tiefen Schönheitsschlaf fiel. Aber wenn die Sache mühsam zu werden drohte, dann eben das Kontrastprogramm.

»Meine Füße warten«, schnurrte sie, ließ sich in die Kissen sinken und streckte ihm die sorgfältig pedikürten Zehen entgegen.

Kurz darauf glaubte Hans Peter, der auf dem Balkon noch ein heimliches Zigarettchen rauchte, seinen Ohren nicht zu trauen. Durch die geöffnete Balkontür der Nachbarn klangen enthusiastische weibliche Geräusche. Der federnde Lackaffe schien ja äußerst geschickt auf der Lust-Klaviatur der älteren Dame zu spielen. Doch plötzlich war es still. Totenstill. Hatte die Lady das Gipfelglück schon erreicht? Oder würde sie es etwa nie mehr erreichen? Herzinfarkt? Hans Peter hörte, wie jemand die Balkontür schloss. Seine Fantasie schlug Purzelbäume.

Hatte seine Liebeskraft sie überstrapaziert, war sie der Kraft seiner Lenden nicht gewachsen, hatte er sie, im wahrsten Sinne des Wortes, zu Tode geliebt? Gerade noch hatte sie ›ich liebe dich‹ geseufzt, ihr allerletzter Seufzer, bevor das ewige Dunkel sie umfing?

Ja, das könnte das Geheimnis seiner Krimi-Toten sein. Wieder hellwach setzte er sich an den Schreibtisch, klappte seinen Laptop auf und tippte sich in einen wunderbaren Schreibrausch.

Lionel von Wiedenbrück war ein Mann, der keine Skrupel kannte, zu übel hatte ihm das Leben bisher mitgespielt. Vater *einbeiniger Alkoholiker, Mutter heroinsüchtige Prostituierte, zu viele Schläge, zu wenig Liebe, das war seine Kindheit gewesen. Sie war hart, aber sie hatte den Mann aus ihm gemacht, nach dem die Frauen süchtig waren. Klar, dass er das ausnutzte.*

Hans Peter hielt inne, weil er müde war und ihm im Moment nicht mehr einfiel. Er lauschte. Es war totenstill. Kein Geräusch aus dem anderen Zimmer. Kurz überlegte er, ob er anklopfen sollte.

Dann ging er ins Bett.

Trotz des anstrengenden Tages fiel er nur in einen leichten Schlaf. Um drei Uhr war er plötzlich hellwach und konnte nicht wieder einschlafen. Etwas fehlte. Er stand auf und ging in Monis Zimmer. Da war es, das Geräusch, das ihn seit vielen Jahren in den Schlaf begleitete. Er ging zurück, aber ließ die Tür weit offen. Kurz überlegte er, ob er das rasselnde, schnorchelnde Geräusch aus ihrem Rachen mit seinem Smartphone aufnehmen und ihr morgen vorspielen sollte, dann ließ er es. Frauen brauchten Illusionen, und seine Moni ganz besonders.

Zu Tode geliebt werden, dachte er im Einschlafen, so möchte ich eigentlich auch sterben. Aber wer soll meine Mörderin sein? Ehefrau war zu langweilig, die schöne Nachbarin? Muss ich mir noch eine ausdenken. Unsere ist leider eine garstige, alte Warzenhexe …

Mit einem Lächeln schlief er ein.

AM NÄCHSTEN MORGEN stand Hans Peter Landmann vor dem Frühstücksbüffet und seufzte tief. Was nicht an den frischen Eiergerichten, dem leckeren Käse- und Wurstsortiment und dem knusprigen Bauernbrot lag. Ganz im Gegenteil. Nur allzu gern hätte er sich eine bunte Auswahl all der Herrlichkeiten auf den Teller gehäuft, ein leckeres Müsli zusammengestellt, frische, goldgelbe Mangowürfel darübergestreut und mit einem Gläschen Sekt, eine Flasche stand in einem silbernen Kühler voller Eiswürfel, das atemberaubende Bergpanorama vor den großen Fenstern bewundert. Den Spruch »Die Seele baumeln lassen« hatte er immer kitschig gefunden, aber jetzt ahnte er, wie es sich anfühlen würde, wenn … ja, wenn ihn nicht genau in diesem Augenblick die Stimme seiner Ehefrau aus seinen Tagträumen gerissen hätte: »Schatz, auf Eier und Käse wollten wir doch verzichten. Denk an deine Cholesterinwerte, die müssen deutlich runter. Deshalb sind wir hier. Ich hab dir einen leckeren Obstteller fertiggemacht.« Und schon hatte sich seine Seele wieder ausgebaumelt.

»Ist das Blut?«, fragte er, als Moni ihm ein Glas mit einer dunkelroten Flüssigkeit reichte. Er fragte es auch aus Recherchegründen, denn wenn sein *Lionel* tatsächlich der harte Bursche war, der ihm schriftstellerisch jetzt schon in den Fingern juckte, dann trank er ja vielleicht auch nach seinen Morden das Blut seiner Opfer?

Er beugte sich über sie und lächelte befriedigt. Wie schön sie war, so still und weiß, nur aus der klaffenden Wunde in ihrem Herzen, in der noch das Messer steckte, mit dem er zugestochen hatte, rann dunkelrotes Blut. Er legte seine warmen Lippen auf ihr noch warmes Herz und benetzte sie damit.

Er schüttelte sich leicht. Es erstaunte ihn selbst, wie

grausam er als Dichter denken konnte. Aber es begeisterte ihn auch.

»Das ist kein Blut«, sagte Monika streng, »das ist Rotebeetesaft mit Ingwer, den trinken wir von jetzt an jeden Morgen. Also, sei kein Frosch, runter damit.«

Er nippte vorsichtig, plötzlich zuckte er zusammen. Sein Liebesmörder kam lächelnd auf sie zu, im Arm die Frau, die er letzte Nacht dann wohl doch nicht in die ewigen Jagdgründe geliebt hatte. Ein bisschen war Hans Peter jetzt enttäuscht.

»Einen wunderschönen guten Morgen«, grüßte Kai lächelnd die Nachbartische, schob seiner Begleitung, die auch zum Frühstück auf teuerstes Rundumcashmere nicht verzichtet hatte und bereits perfekt geschminkt war, den Stuhl zurück und wartete, bis sie sich gesetzt hatte. Monika hatte die kleine Szene verträumt beobachtet.

»Ich mag es, wenn ein Mann Manieren hat«, sagte sie, »und dieser Mann hat sie, guck dir das ruhig mal an. Von dem kannst du noch lernen, Putzi.«

Hans Peter ersparte sich eine Antwort. Wenn sie wüsste, dass die ganze Höflichkeit und Freundlichkeit dieses Mannes nur Fassade war. Davon jedenfalls war er überzeugt, egal, wie geradezu aristokratisch-höflich sich dieser Kasper auch zu benehmen versuchte. Er kannte diese Art Mann aus seiner Zeit als Filialleiter – der Anzug wie eine zweite Haut, die fette Rolex ums linke Handgelenk, den »Ich bin das Steak, du bist das Würstchen«-Blick, mit dem solche Männer durch ihn hindurchsahen. Nur hatten diese Männer ihr Geld selbst verdient und ließen sich nicht als alternde Lustknaben von reichen, erotisch zu lange am Trockendeck dümpelnden Frauen aushalten.

»Träum nicht, Putzi«, sagte Moni jetzt, »iss deinen Obstsalat. Der ist lecker.« Gehorsam löffelte er Bananen, Apfelstückchen und Kirschen. »Schmeckt wirklich«, musste er zugeben. »Aber so ein Rührei mit Speck wäre mir jetzt lieber gewesen. Und bitte nenn mich in der Öffentlichkeit nicht mehr Putzi. Ich bin nicht putzig. Ich bin dein Mann.«

Monis Blick sprach Bände. Sein Blick zurück genauso. Schließlich hatte er sie mehrfach darauf hingewiesen, dass es ein Eulenspiegel-Streich war, ausgerechnet hier eine Entschlackungswoche zu verbringen, in einem Hotel, das nicht nur für seinen luxuriösen Wellnessbereich und den hohen Wohlfühlfaktor berühmt war, sondern besonders auch für die hervorragende Küche. Aber sie wollte, so charmant hatte sie es ausgedrückt, wenigstens in Bruchstücken wieder den Mann regenerieren, den sie vor 29 Jahren geheiratet hatte. Okay, auf sein damals volles, lockiges Haar konnte sie verzichten. Bruce Willis hatte ja auch eine Glatze. Für Haarschwund konnte ein Mann nichts. »Aber den schlanken, muskulösen Körper, Schatz, deinen Body von früher, den vermisse ich schon ein bisschen.«

Er konnte es nicht mehr hören. Keiner wurde schließlich schöner und schlanker im Älterwerden, auch sie nicht. Nur fand er im Gegensatz zu ihr die kleinen Fettpölsterchen, die sich an der Hüfte unter ihrem Shirt abzeichneten, durchaus reizvoll.

Aber Monika hatte gebucht und wischte seine Einwände einfach weg: »Außerdem war ich seit meiner Kindheit nicht mehr hier und möchte endlich mal wieder den Großglockner aus der Nähe sehen.« Zum Glück hatte sie nicht besteigen gesagt, dachte Hans Peter und trank den Rotebeetesaft mit drei herzhaften Schlucken aus. Wenn Blut genauso lecker schmeckte … dachte er und versank ein paar köstliche Sekunden in köstlich unerlaubten Gedanken.

Wie gut ihr Blut schmeckte! Ein wenig nach Eisen, ein wenig nach Tod, vermischt mit einer Prise Unsterblichkeit …

»Na?« Monika sah ihn lauernd an. »Geht doch, oder?«

»Geht so«, murmelte er, weil er fürchtete, ein Einknicken in der Diätfrage würde unweigerlich zu deren Verschärfung führen, und dies galt es unter allen Umständen zu vermeiden.

Sie lächelte, drückte ihm einen Apfel in die Hand, und er wusste, was jetzt kam. Weil es immer kam.

»Du weißt doch, Schatz … An apple a day keeps the doctor away!« Sie liebte diesen Satz, schon weil er englisch war.

Wortlos biss er in den Apfel, der erfreulich süß und knackig war. Nichts war schlimmer, als ohne Vorwarnung in einen sauren Apfel zu beißen und, während sich alles in einem zusammenzog, diesen albernen Doktorsatz von seiner Frau zu hören.

Sein Blick fiel auf die junge Frau, auf die süß und knackig ebenso gepasst hätte. Sie trug eine weiße Schürze, balancierte ein riesiges Tablett und verschwand mit beschwingten Schritten in der Küche. Groß und schlank war sie, hatte ein hübsches, offenes Gesicht. Was ihm besonders gefiel, waren ihre roten Locken, die in der Morgensonne wie eine fröhliche Fackel leuchteten.

»Die hat Haare wie du«, sagte er.

»Wer hat Haare wie ich?« Monika schälte konzentriert eine Birne und war in Gedanken bereits auf ihrer ersten Wanderung.

»Die junge Frau, die gerade in der Küche verschwunden ist.«

Vielleicht sollte die rothaarige Windsbraut im Hotelbett

liegen, überlegte er. Die unschuldige Küchenmaid, verliebt in einen Heiratsschwindler aus der bösen Großstadt. Nein, zu vorhersehbar. Außerdem unwahrscheinlich, dass ein junges Mädchen von einem mittelalten Hallodri zu Tode geliebt wurde.

»Vielleicht eine heimliche Verwandte von mir«, meinte Monika und lachte.

Sie war allerbester Laune und freute sich wie ein Schnitzel auf die Wanderung zum Bergrestaurant Glocknerblick, auf die sich Hans Peter tatsächlich eingelassen hatte. Wenn sie sich beeilten, wäre sie nachmittags sogar noch rechtzeitig zur Gymnastik wieder im Hotel. Zellulite, du kannst mich mal, dachte sie, nur schade, dass dieser Körper mit einem Mann verheiratet ist, dem das völlig egal ist.

EIN PAAR TISCHE weiter. »Schau mal die beiden«, flüsterte Caspar Kruse seiner Miriam mit Blick auf das Ehepaar Landmann zu, das gerade von Hotelgeschäftsführer Florian Partel freundlich begrüßt wurde. »Wenn wir in dreißig oder vierzig Jahren auch noch so zufrieden zusammen beim Frühstück im Hotel sitzen wie der kleine Feuerteufel und sein Pummelchen, dann haben wir alles richtig gemacht.«

»Pummelchen? Ich würde sagen, Genießerfigur«, korrigierte Miriam. »Aber du hast recht, die beiden sind total süß.«

Sie seufzte tief.

»Du bereust unsere Reise doch nicht etwa?«, fragte er, »das wäre wirklich superschlechtes Timing.«

»Ich bereue gar nichts, ich bin nur aufgeregt. Was, wenn sie sich nicht leiden mögen?«

»Sich gegenseitig nicht oder jeweils uns nicht?«, fragte er und grinste.

Und immer wenn er grinste und sich in seinen Augenwinkeln diese entzückenden Lachfältchen kringelten, war ihre Welt wieder in Ordnung. Jedenfalls vorübergehend.

»Du hast recht«, seufzte sie. »Wir beichten ja schließlich keinen Raubmord, sondern unsere Verlobung. Meine Mutter wird dich lieben, bei meinem Vater bin ich nicht so sicher. Bis jetzt hat er noch jeden meiner Männer vergrault. Er ist supereifersüchtig.«

Es war Caspars Idee gewesen, sich heimlich zu verloben und ihre Eltern vor vollendete Tatsachen zu stellen. Aber wie hätten sie auch erklären sollen, dass die Liebe wie ein Tsunami über sie hinweggerollt war. Mit derselben atemberaubenden Schnelligkeit und Heftigkeit. Im Skiurlaub in St. Anton war es passiert, vor drei Monaten, in der wie immer knallvollen Skihütte Mooserwirt. Luft zum Schneiden, Stimmung bombig, Lautstärke trommelfellzerplatzend, alle leicht alkoholisiert, love in the air. Ungekrönte Platzhirsche waren die Skilehrer, dicht an dicht saßen sie an langen Holztischen, erhitzte Gesichter, strahlende Augen. Während seine Freunde Basti und Floh nach einem Platz Ausschau hielten, starrte Caspar wie gebannt auf die hübsche Blondine mit dem Wuschelhaar und den unglaublich blauen Augen, die ganz hinten im Eck saß. Wie ferngesteuert ging er auf sie zu. Er hatte gerade seinen Master in Mathematik gemacht, glaubte an Logik, an Beweise, war das, was man einen vernünftigen, jungen Mann nennen würde, aber in diesem Moment war alles wie weggeblasen. Sein Verstand rutschte ins Herz. Und ihm fehlten die Worte. Jedenfalls die witzigen, lässigen, intelligenten.

»Ist hier noch frei?« Gott, wie peinlich, zumal jeder Platz offensichtlich besetzt war.

Sie lachte nur und schüttelte den Kopf.

»Schade«, mehr fiel ihm nicht ein.

Sie sah ihn an, er sah sie an, und wortlos lud sich die Luft auf. Mathematisch war nicht zu erklären, warum er einfach stehen blieb, bis der Typ, der ihr gegenübersaß, endlich aufstand. Und dann setzte er sich, vergaß seine Freunde, den Zug, alles, was vorher wichtig schien. Es gab nur noch das Mädchen, das Miriam hieß, aus Paderborn kam, einen Kater namens Filou hatte, ein Faible für blauen Nagellack, das die Berge im Sommer und im Winter liebte, gern joggte und in Hamburg Sport studieren wollte. Als sie die letzten Gäste in der Skihütte waren und die Bedienung leicht genervt die Stühle auf die Tische knallte, wusste Caspar, dass er die Frau seines Lebens gefunden hatte. Sie schrieben sich gegenseitig mit Kugelschreiber ihre Telefonnummern auf den Oberarm und ließen weder Wasser noch Seife an diese Stelle kommen – bis zum Wiedersehen zwei Wochen später.

Da saßen sie dann, bis über beide Ohren verliebt, in einem italienischen Restaurant an der Elbe und strahlten sich an. Der Zauber war nicht verflogen. Und während sie einen gegrillten Scampi nach dem anderen erst ihm, dann sich in den Mund schob, küsste er ihr spontan einen Tropfen Olivenöl vom Kinn und fragte: »Willst du meine Frau werden?«

»Ja. Was denn sonst?«, erwiderte sie.

Als zukünftiger Mathematiker hatte er nichts dem Zufall überlassen und selbstverständlich zwei Ringe dabei.

»Jetzt sind wir verlobt«, sagte er und versuchte, ihr den Ring überzustreifen. Leider passte er nur auf den kleinen Finger. Sie lachte, weil sie es so niedlich fand, dass er darüber so verzweifelte.

Das Leben war ein blauer Sommerhimmel mit Schäfchenwolken, und damit es das auch blieb, mussten jetzt ihre Eltern eingeweiht werden. Beide hatten ein schlechtes Gewissen, dass sie es nicht längst getan hatten, irgendwie war nie der richtige Zeitpunkt gewesen. Aber jetzt. Im Gradonna Mountain. Familienzusammenführung. Tataaaaa! Wir heiraten!

»Was für eine wunderbare Idee«, hatte sich Caspars Mutter Britta über dessen »Muttertagsgeschenk«, ein verlängertes Wellness-Weekend, gefreut. Und wie hatte sie gestrahlt, als er versprach: »Ich komme auch, denn ich habe beruflich in Lienz zu tun.« Nach dem Tod ihres Mannes waren sie und Caspar ein unzertrennliches Duo. So innig, dass er bis zur Pubertät alle neuen Verehrer seiner Mutter, und die gab es reichlich, weggeekelt hatte. Mit Blicken, mit Schroffheit, mit Sätzen wie: »Der fährt ja Auto wie ein Finanzbeamter,

Mama, den findest du gut?« Und irgendwann blieben die Männer aus. Was er anfangs gut und richtig fand, hätte er später, als die ersten Mädchen in seinem schmalen Jugendbett übernachteten, gern korrigiert. Aber das Thema hatte sich augenscheinlich erledigt.

»Ich hab doch dich«, sagte sie. Meinte es gut, aber setzte ihn damit auch immer mehr unter Druck. Dabei war sie für ihre 49 Jahre noch durchaus ein Knaller, wie auch seine Freunde fanden. Aber die Geister, die er selbst gerufen, besser gesagt, weggescheucht hatten, waren leider nicht zur Rückkehr zu bewegen.

In Miriams Leben gab es keine Geister. Nur sehr glücklich verheiratete Eltern, die nächstes Jahr Silberhochzeit feiern würden. Michael und Susanne Grundmann – für ihre einzige Tochter Miriam ein Liebesvorbild. Genau so stellte sie sich eine Ehe vor – nie Streit, nie böse Worte, dafür noch immer lebhafte Gespräche, zärtliche Gesten und viel Gelächter am Küchentisch. Susanne war leidenschaftliche Hausfrau und Spitzenköchin in einem Haus, in dem es eigentlich immer nach Apfelkuchen roch. Michael war Chefarzt an der Uniklinik und Miri seine Prinzessin. Ob er sich durch ihren neuen Prinzen entthront fühlen würde? Nein, dazu war er trotz seiner Eifersucht zu souverän. Trotzdem, ein leicht mulmiges Gefühl war da. Caspar küsste die kleine Sorgenfalte zwischen ihren Augenbrauen.

»Ach, Süße, mach dir keine Gedanken. Erst mal haben wir ja noch einen Tag für uns. Und meine Mutter ist total cool, die freut sich, wenn ich endlich solide werde. Und da ich, in aller Bescheidenheit einmal bemerkt, der absolute Traumschwiegersohn zu sein gedenke – was kann da schiefgehen?«

UM 10 UHR STANDEN Monika und Hans Peter mit festen Wanderstiefeln an den Füßen und Wanderstöcken aus leichtem, vibrationsdämmendem Carbon vor der Hotelrezeption. Der totale Partnerlook, den er eigentlich strikt ablehnte, seit er in einer Psychologiezeitschrift gelesen hatte, dieser töte in höherem Alter jede Erotik.

»Guten Morgen, die Herrschaften! Na, gut geschlafen? Fesch schaut's aus. Wo soll's denn hingehen?« Martha Schultz, an diesem Morgen in sportlicher, bunt gemusterter Hemdbluse, zeigte ihren Gästen, dass es textil durchaus anders ging. Auch Moni schien dies zu sehen, ganz ungewohnt ehrfürchtig schaute sie die Hotelchefin an.

»Ja, wir haben eine Wanderung bei Herrn Sepp gebucht«, sagte sie. »Und wir freuen uns schon auf diese sportliche Herausforderung. Nicht wahr, Hans Peter?«

Ihr kurzer Blick in Richtung Gatte war deutlich. Und du bist gefälligst auch begeistert, mein Lieber, sonst kann ich sehr ungemütlich werden.

Aber Hans Peter grunzte nur. Mehr war nicht drin. Ihm graute vor diesem Vormittag.

Die Hotelchefin lächelte freundlich.

»Ihr lasst's doch hoffentlich am ersten Tag langsam angehen, oder?«

Ihr Lächeln zeigte Verständnis. Eine Frau nach seinem Geschmack, und so entspannt! Vielleicht könnte sich seine Moni ein Scheibchen davon abschneiden.

»Ja, Ihre Damen haben uns eine gemütliche Wanderung zum Restaurant Glocknerblick empfohlen«, sagte Hans Peter und hoffte, dass das »gemütlich« auch von Moni richtig verstanden wurde.

»Das ist recht«, meinte Martha Schultz. »Ich wünsche euch einen schönen Tag. Ich selbst muss heute nach Wien.

Aber ihr seid ja in den besten Händen. Die Mädels, mein Geschäftsführer Florian und seine Vertreterin, die Brigitte, sind immer für euch da.«

Wien! Da wollte Hans Peter schon so lange hin, aber irgendwas an dieser wunderschönen Stadt schien seiner Moni nicht zu behagen. Auf jeden Fall hatte sie jedes Mal eine Ausrede, wenn er einen Wochenendtrip vorschlug. Zu viele Touristen! Nicht so schön wie München! Schlechtes Erlebnis gehabt, auf das sie nicht näher eingehen wollte. Irgendwas kam immer, er hatte aufgegeben.

»Klappt es mit dem Zimmer in der Adlerlounge?«, wandte sich in diesem Moment Kai Lauterbach an die Empfangsdamen. Er war wieder perfekt gekleidet, vielleicht für einen Sonnentag in einem Bergdorf etwas zu perfekt: hellgrauer schmaler Anzug, weißes Hemd, auf Hochglanz polierte Budapester. Um die Schulter trug er einen Pullover, der geradezu »Ich war teuer, ich werde nur von Elitemännern getragen!« schrie.

Er nickte ihnen kurz zu. Hans Peter bemühte sich in seinem ebenfalls kurzen Zurücknicken um lässige Souveränität, obwohl er wusste, dass er diese in keiner Weise vermittelte. Ach, einmal mondäner Silberfuchs sein statt knuddeliger Waschbär!

Lionel war froh, dass man seinem teuren Brioni-Anzug nicht anmerkte, welch durch und durch moralisch verrotteter Körper in ihm steckte. Gerade hatte er ein Hotelzimmer verlassen, in dem er sein letztes Opfer erotisch in den Himmel geschickt hatte, wie er es insgeheim nannte, jetzt war er auf dem Weg zu seinem nächsten. Weiblich, Ü60, reich verwitwet, sexuell verhungert. Seine liebste Variante.

Hans Peter fühlte sich in Hochform. Diesem Zausel hatte er es aber mal wieder gegeben. Zumindest literarisch.

»Sie haben es doch nicht vergessen?« Kai Lauterbach lächelte, und dass sein Gesicht dabei fast unbewegt blieb, ließ auf innige Bekanntschaft mit Botox schließen. Das Grübchen allerdings, das sich dabei auf seinem perfekten Kinn vertiefte, hätte auch auf dem Kinn von George Clooney nicht besser ausgesehen. Ein Kinn, in das Hans Peter gern seine Faust gedrückt hätte. Nur mal so zur Probe.

Christine spielte gekonnt Empörung, darin war sie gut: »Aber Herr Lauterbach, wie könnte ich Ihren Wunsch vergessen! Es geht alles in Ordnung. In vier Tagen ist Vollmond. Dann wartet die Suite Sternenglanz auf Sie und Frau van Hoge.«

Kai Lauterbach lächelte sein »Ja, ich weiß, wie ich auf Frauen wirke«-Lächeln und sagte: »Und nicht verraten: Es soll eine Überraschung für meine Liebste sein.«

Kurz streifte sein Blick den grauhaarigen Waschbären, der ihn aus unerfindlichen Gründen so scharf beobachtete, und seine rothaarige Begleitung, offenbar die Ehefrau. Eine alte Schlagzeile aus dem SZ-Magazin fiel ihm ein: »Rentner, wollt ihr das totale Beige?«, aber irgendwie rührten ihn die beiden, weil sie ihn an seine Eltern erinnerten. An etwas, das er nie gehabt hatte und nach dem er sich manchmal trotz allem sehnte. Nach Bürgerlichkeit, nach Normalität, nach Alltag. Nach einem Nachbarkopfkissen, auf dem ein Kopf lag, dem er nichts mehr beweisen musste. Der ihn einfach nur liebte und mit allen Schwächen akzeptierte.

Zwei Männerblicke trafen sich.

»Netter Kerl«, dachte Kai, »sicher ziemlich spießig, aber jemand, der mich nie bescheißen würde.« Leider hatte er keine Freunde. Männer mochten ihn einfach nicht.

»Was für ein Lackaffe«, dachte Hans Peter, aber gleichzeitig fühlte er, wie seine schriftstellerischen Säfte in ihm hochfluteten. Dieser Mann mochte ein Lackaffe sein, aber ein kriminalistisch sehr inspirierender. Er verwarf die Überlegungen der letzten Nacht und formulierte neu:

Lionel stand fassungslos vor dem Hotelbett, in dem er sich letzte Nacht völlig verausgabt hatte. Aus Verzweiflung, weil er völlig verschuldet war. Und Sex die einzige Münze war, mit der er bezahlen konnte. Die Frau, die ihn jetzt mit leeren Augen anstarrte, hatte er sie womöglich zu Tode geliebt? War seine Manneskraft zu überwältigend gewesen? Wie ärgerlich, wie unnötig, jetzt musste er sich ein neues Opfer suchen. Sein Telefon klingelte. Da war es schon. Er grinste.

»Ich bin im Meeting, Schatz. Ja, ich hab auch Sehnsucht. Große sogar. Love you.« Er legte auf und warf noch einen Blick auf die stille Frau, die noch vor ein paar Stunden sehr laut gewesen war.

Ja, so war es gut, das war spannend. So konnte er sich revanchieren. Literarisch. Hans Peter war hochzufrieden, dann sah er, wie Kai Lauterbach einen langen Blick auf seine Moni warf.

Und seine Moni, das sah er deutlich, lächelte geschmeichelt zurück. Er wusste, dass sie gern flirtete, und war im Prinzip nicht eifersüchtig, aber dieser Kerl ging ihm irgendwie aufs unangenehmste auf die Nerven. Weil er alles war, was er noch nie gewesen war? Groß, schlank, volles Haar und umgeben von Frauen mit Sehnsuchtsblick? Überwältigende Manneskraft, das fehlte noch. Das würde er ändern und zwar pronto.

An seiner Manneskraft, die in letzter Zeit ein wenig schwächelte, konnte es nicht liegen …

Ja, so war es besser.

Monika fühlte Kais an vielen Frauen geschulten Samtblick wie einen warmen Sommerregen. Sie hatte ihre Haare zu einem Pferdeschwanz gebunden. Zu gewollt auf jung?, hatte sie kurz vor dem Spiegel überlegt und dann energisch zum Gummiband gegriffen. Wie es wohl an der Seite eines solchen Mannes wäre? Fünf Sterne statt Economy-Leben? Auf dem Küchentisch genommen werden statt »Wir könnten mal wieder«-Sex.

Ihr Blick schweifte von Mann zu Mann – und sie musste sich ein bisschen zwingen, jetzt nicht ungünstig zu vergleichen.

»Wo bleibt denn unser Wandercoach?«, fragte Moni. Sie liebte es, langweilige deutsche Begriffe ein wenig englisch aufzuwerten.

»Der … was?«, fragte Christine, die sich allerdings von ihren Lieblingsgästen Chrissie nennen ließ.

»Der junge Mann, der uns auf unserer ersten Wanderung begleiten wollte«, sagte Moni. »Wir waren um 11 Uhr an der Rezeption verabredet.«

In diesem Moment klingelte das Haustelefon. Chrissies Kollegin Eva nahm ab, lauschte, runzelte die Stirn, dann zischte sie leise: »Das ist jetzt nicht dein Ernst! Die Leute … ja, sie stehen hier und warten.«

Sie legte auf.

»Es tut mir wahnsinnig leid, aber der Bergführer ist … also ist unpässlich und lässt sich entschuldigen. Er würde den Termin gern um einen Tag verschieben.«

Eva ahnte den Grund für seine »Unpässlichkeit« – auch Resi sah heute Morgen ziemlich müde und zerrupft aus. Und in ihre leichte Gereiztheit mischte sich eine kleine Enttäuschung, denn auch sie hatte er schon aufs allerschönste zerrupft. Ach, der Sepp!

Hans Peter war erleichtert. Er wanderte lieber ohne einen superfitten Bergführer, jedenfalls bis er etwas besser in Form war.

»Dann wünschen wir gute Besserung«, sagte er.

»Sie können gleich hier hinten aus dem Haus gehen, vorbei an den Chalets, dann links, und schon sind Sie auf dem richtigen Weg«, sagte Chrissie. »Lassen Sie's langsam angehen. Schließlich sind wir hier schon 1350 Meter über dem Meeresspiegel. Für den norddeutschen Besucher ganz schön hoch. Das ist wie Fallschirmspringen von unten nach oben. Daran muss sich der Körper erst mal gewöhnen. Zum Bergrestaurant Glocknerblick sind's gut 600 Höhenmeter. Ein leichter Wandersteig. Und oben haben Sie von der großen Sonnenterrasse einen wunderschönen Blick auf Österreichs höchsten Gipfel.«

»Auf geht's!«, rief Monika tatendurstig und marschierte einfach los. Sie hatte wunderbar geschlafen und fühlte sich jung und stark, ließ es aber aus Rücksicht auf ihren weniger durchtrainierten Mann etwas langsamer angehen. Wortlos, zufrieden wanderten die beiden durch den lichtdurchfluteten Wald. Und während Hans Peter dabei von einem Cappuccino und warmem Apfelstrudel mit Schlagsahne auf der Restaurant-Terrasse träumte, waren Monis Gedanken auf einer etwas dynamischeren Reise: Anderthalb bis zwei Stunden rauf, ein frisch gepresster O-Saft mit Glocknerblick, dann eine gute Stunde wieder runter und anschließend zur Gymnastik. Ja, so sportlich und gesund hatte sie sich ihren Urlaub vorgestellt!

Trotz der ungewohnten Anstrengung ging es ihrem sonst eher fußfaulen Gatten recht gut. So gut, dass er ohne nachzudenken zustimmte, als sie an einer Weggabelung fragte:

»Nehmen wir den kürzeren, direkten Weg?« Er ahnte ja nicht, dass kurz und direkt in der Bergwelt heißt: steil und so anstrengend, dass es dir fast die Lunge zerfetzt.

Auf dem steilen Pfad durch den Wald geriet allerdings sogar Monika etwas außer Atem. Fit wie ein Turnschuh? Im Moment eher zerknautscht wie ein ausgelatschter Mokassin. Hans Peter keuchte bereits wie eine Dampflok.

»Gnade!«, stöhnte er heiser, als er an einer Wegbiegung eine Bank sah. »Lass uns einen Moment die Aussicht genießen.«

Ohne ihr Okay abzuwarten, ließ er sich auf die Bank plumpsen.

»Du merkst sicher selbst, dass du ein bisschen aus der Form bist, oder?« Monika sagte es sanft, nicht vorwurfsvoll.

»Ja«, knurrte er, »und ich habe auch gemerkt, wie du vorhin den Lackaffen an der Rezeption angeschmachtet hast. Aber für den bist du noch zu jung, der liebt es überreif.«

»Danke fürs Kompliment!« Monika war zu gut gelaunt, um sich zu ärgern. »Ich fühle mich geschmeichelt, dass du nach fast 30 Ehejahren immer noch eifersüchtig bist.«

Der Rest des Weges war noch immer steil, aber kurzweilig, ein Kräuter- und Blumenweg mit vielen Schautafeln, Infos zur Alpenflora und Tipps zur Verarbeitung von Kräutern. Hans Peter interessierte zwar nur am Rande, dass die Wurzelzwiebel des seltenen Goldknopf-Liliengewächses früher zur Kräftigung diente, aber er war dankbar, immer mal wieder einen Grund zum Stehenbleiben zu haben. Seine Frau tat so, als merke sie es nicht. Als sie rief: »Da oben ist es« und auf ein etwa 50 Meter höher liegendes Bauernhaus zeigte, mobilisierte er die letzten Kräfte.

Hochroter Kopf, Schweißperlen auf der Stirn, durchgeschwitztes Hemd – fix und fertig erreichte Hans Peter hinter Moni die Sonnenterrasse und ließ sich schnaufend neben ihr auf eine Holzbank fallen. Sie dagegen sah trotz aller Anstrengungen immer noch aus wie aus dem Ei gepellt. Manchmal nahm er es ihr ein bisschen übel, dass sie so viel fitter war als er. Trotzdem: geschafft! Der Apfelstrudel war zum Greifen nahe … und doch so fern. Er war nur einen Moment lang unaufmerksam gewesen, hatte seinen Blick zu lange und ehrfürchtig auf dem Großglockner ruhen lassen, als er seine Frau sagen hörte: »Zwei Orangensaft bitte, frisch gepresst. Danke, das ist alles.«

Dies war der Moment, in dem Hans Peter wieder einmal sehr intensiv über einen einseitig fehlgeschlagenen Doppelselbstmord nachdachte. Und er wusste genau, wer ihn überleben würde.

DREI STUNDEN SPÄTER.

»Geh ruhig schon vor, ich verschnauf noch ein bisschen«, keuchte Hans Peter, als sie wieder vor dem Gradonna Mountain Resort standen. Wenigstens eine verbotene Zigarette wollte er sich genehmigen, bevor Moni ihm zum Dinner vermutlich nicht mehr als ein winziges Stück gedünsteten Fisch, mit einem Salatblatt garniert, erlauben würde.

»Ich geh schwimmen«, rief sie, warf ihm eine Kusshand zu und war verschwunden.

Er schaute auf die Uhr. Drei Minuten vor vier! Er hatte Hunger. Und wie! Wenn er sich beeilte, war die Nachmittagsjause noch nicht abgeräumt, und er konnte sich ein leckeres Stück Torte genehmigen. Ein Blick auf die Treppe hoch zur Bar, er nahm den Fahrstuhl. Glück gehabt! Ein Stück Schokokuchen war noch übrig. Er biss ab und seufzte tief. Ach, das Leben konnte so schön sein!

»Eine Tasse heiße Schokolade dazu?« Er blickte hoch und grinste erfreut. Die junge Frau vom Frühstücksbüffet.

»Lieber ein Bier«, antwortete er.

Sie lächelten sich an.

»Heute Abend gibt es unser Kalser Festtagsmenü«, sagte die Bedienung. »Ich hoffe, Sie haben richtig Hunger mitgebracht.«

Er seufzte. Hunger war in dieser Urlaubswoche leider sein zweiter Vorname.

»Sie haben wunderschönes rotes Haar«, sagte er, »ein Familienerbe?«

Sie schüttelte den Kopf.

»Ich bin die Einzige in meiner Familie«, meinte sie.

»Meine Frau hat genauso rote Haare wie Sie«, sagte Hans Peter, »aber leider hat sie sie auch nicht vererbt. Wir haben keine Kinder.«

»Keine Kinder! Ach, wie traurig«, rief Resi. »Dabei wären Sie sicher ein toller Vater!«

Hans Peter Landmann seufzte. Nicht sein Lieblingsthema. Vielmehr sein Lebenstrauma. Aber ein längst verdrängt geglaubtes. Warum fiel es ihm dann auf einmal so schwer, darüber zu reden? War wohl doch nicht so verdrängt, wie er gedacht hatte.

»Meine Frau ist Geschäftsfrau, und zwar eine sehr erfolgreiche«, sagte Hans Peter. »Sie besitzt einen florierenden Friseursalon, hat viele Hobbys, reist gern. Für Kinder war da leider kein Platz.«

»Und Sie?«, fragte Resi und schob ihm ein perfekt gezapftes Bier hin, »wollten Sie Kinder?«

Er schwieg, weil ihm die Worte fehlten. Weil er nichts auf dieser Welt lieber gewollt hätte. Am liebsten hätte er eine ganze Fußballmannschaft gehabt, gern eine gemischte. Aber ausgerecht diesen, seinen innigsten Herzenswunsch hatte Monika nicht geteilt.

»Wollen wir nicht erst mal unser Leben genießen?« Er erinnerte sich noch genau an diese Worte. Nach einer wilden, wunderschönen Hochzeitsnacht vor 29 Jahren hatte sie ihm so geantwortet, als er morgens in dem kleinen Romantikhotel im Schwarzwald aufgewacht und total verliebt geflüstert hatte: »Ich hoffe, du hast nicht verhütet! Denn ich möchte viele, viele Kinder mit dir.« Wie glücklich er gewesen war, wie absolut sicher, in Monika die Frau seines Lebens gefunden zu haben. Das war er immer noch, auch wenn sie bei der Kinderfrage in jeder Lebenslage neue Gründe dafür gefunden hatte, dass es nun gerade gar nicht passte. Und dabei war es dann geblieben. Leider.

»Ich hätte sehr gern Kinder gehabt«, sagte Hans Peter und wunderte sich, warum er über diese doch sehr persönlichen Dinge ausgerechnet mit der rothaarigen jungen Frau sprach. »Aber auch ohne ist das Leben ja lebenswert.« Er hörte selbst, wie wenig überzeugend er klang.

Resi wechselte das Thema. Sie hatte wohl einen wunden Punkt erwischt. Lieber zurück zum Essen: »Jetzt freuen Sie sich erst mal auf heute Abend! Unser Menü wird Sie begeistern. Unser Chefkoch, der Michael Karl, ist grandios. Er hat immerhin schon vier Hauben erkocht. Möchten Sie wissen, welche Köstlichkeiten auf Sie warten?«

»Lieber nicht!«, dachte Hans Peter, sagte aber stattdessen: »Was gibt's denn?«

»Tafelspitz und Rostbraten, gebratene Garnelen, Tiroler Knödl und Schlipfkrapfen mit geschmolzener Butter, Parmesan und Schnittlauch, Spinatschmarrn mit Sauerrahm und Pinienkernen, Henkele vom Lamm und …«

»Was zum Kuckuck ist Henkele«, wollte Hans Peter wissen. Ihm lief gerade vorfreudiger Speichel im Mund zusammen.

»Das ist eine Osttiroler Spezialität, hauchdünn aufgeschnittenes, geräuchertes und getrocknetes Fleisch«, antwortete Resi. »Das mögen Sie bestimmt. Sie sehen nämlich aus wie ein Mann, der Fleisch mag. Oder sind Sie etwa Vegetarier oder gar ein Veganer?«

»Weit entfernt«, rief Hans Peter entrüstet, »das werde ich aber wahrscheinlich als Einziges essen dürfen. Meine Frau hat mich nämlich auf Schonkost gesetzt.«

»Schonkost?« Resi schien echt entsetzt zu sein, »ausgerechnet in unserem Hotel?«

Wie dumm manche Frauen doch mit ihren Männer umgingen. Und wie dumm manche Männer mit Frauen, die geradezu ideal zu ihnen passten. Ach, wenn der Sepp doch bloß … Schnell verdrängte sie diesen Gedanken.

»Ich hätte da eine Idee«, lächelte sie. »Aber sie muss unter uns bleiben.«

»Ein kleines Geheimnis?«, lächelte er zurück, »auch vor meiner Frau?«

»Gerade vor Ihrer Frau«, sagte Resi, »aber nicht, was Sie denken.«

»Ich denke gar nichts«. protestierte er und lachte. »Ich bin über 60. Knapp drüber.«

»Doch, Sie denken«, widersprach sie, »aber garantiert das Falsche.«

»Was wäre denn das Richtige?«

»Lassen Sie sich einfach überraschen«, meinte sie, »aber halten Sie sich heute Abend am Büffet ein bisschen zurück. Und jetzt ruft mich die Küche. Ich heiße übrigens Resi.«

Ehe er etwas erwidern konnte, war sie verschwunden.

GOTT, WAR DAS alles nervig, dachte Leonie. Die lange Autofahrt, bei der ihr Vater ständig beplaudert werden wollte, statt sie in Ruhe auf ihrem iPad die neue Netflix-Serie sehen zu lassen. »Ich hab doch sonst so wenig von dir«, hatte er gesagt, was stimmte, aber wessen Schuld war das denn? Wer arbeitete denn als Schulleiter von morgens bis spätabends? Okay, sie sah ein, er hatte es nicht leicht seit der Trennung von ihrer Mutter, die seit Jahren mit ihrem 17 Jahre jüngeren Lover auf Ibiza lebte. Superglücklich, wie sie in monatlichen Abständen ihren »Zurückgebliebenen«, wie sie es so nett formulierte, whatsappte. Dass ihr Vater jetzt alleinerziehend war, fand Leonie nicht schlimm, ihre Mutter war nie sehr mütterlich gewesen, und sie selbst war schon immer ein Papakind. Aber genau das war es eben. Sie war kein Kind mehr! Sie war 15, sie brauchte keinen Erzieher mehr. Sie war so gut wie erwachsen. Und wenn sie Lust auf eine Zigarette hatte, auf ein bisschen Knutschen in *ihrem* Zimmer, auf ein süßes Schmetterlingstattoo, ein Piercing an wirklich sehr diskreter Stelle, dann brauchte sie wirklich keine zweite Meinung. Kein »Du bist noch nicht volljährig, davon versteht dein Vater ein bisschen mehr als du, solange du die Füße unter meinen Tisch streckst …«-Generve!

Der Trip nach Osttirol war natürlich auch nicht ihre Idee gewesen. Aber ihre Mutter, die sie eigentlich besuchen wollte, war spontan, wie es leider ihre Art war, mit ihrem Lover nach Marokko geflogen. Und da ihr Vater ein leidenschaftlicher Wanderer war und als Rektor leider auch gerade Ferien hatte, standen sie jetzt hier in einem zwar krassen, aber viel zu schicken Hotel und hatten zehn Tage Papatochterurlaub vor sich.

»Leonie, kommst du bitte mal?«, rief ihr Vater. Widerwillig stellte sie sich neben ihn an die Rezeption. Drei junge Mädchen standen dahinter und checkten die neuen Gäste ein. Sie trugen fesche Dirndl in verschiedenen Farben. Ich würde mich erschießen, wenn ich so ein Teil tragen müsste, dachte Leonie missmutig. Obwohl – sah schon auch irgendwie sexy aus, wenn sie ehrlich war.

»Was iss'n?«

Ihr Vater legte den Arm um sie, was sie sich notgedrungen gefallen ließ.

»Ich denke, ein Doppelzimmer reicht, was meinst du?«

»Was wäre denn die Alternative?«, fragte sie. »Wir beide im Einzelzimmer? Oder ist noch eine Abstellkammer für mich frei?«

Die Rezeptionsmädels wechselten einen diskreten Blick, das sah sie genau. Und aus den Augenwinkeln auch, wie ihr Vater zusammenzuckte. Sie war ihm peinlich, das war offensichtlich. Und warum grinste dieser blöde Typ am anderen Ende der Rezeption wie ein Vollhorst? Blitzschnell steckte sie ihm die Zunge raus und sah genau, wie er den Kopf schüttelte. Arschgesicht! Dabei war er ungefähr in ihrem Alter und, was sie so, ohne genauer hinzugucken, sehen konnte, gar nicht mal sooo übel. Bisschen skinny, bisschen blass, Brillenträger, dafür Ähnlichkeit mit Zac Efron. Als sich ihre Blicke kurz streiften, kippte sie sofort eine Dosis Arroganz in seine Richtung, damit er nicht auf falsche Gedanken kam. Kam er offensichtlich trotzdem, so dement, wie er sie anlächelte.

»Wir nehmen das Doppelzimmer, ich schnarche schließlich nicht«, sagte ihr Vater jetzt in seinem strengsten »Die Grenze ist erreicht, sonst werde ich ungemütlich«-Ton, den er ganz selten anschlug. Er war kurz in Versuchung geraten, als Eva ihm angeboten hatte, die Buchung auf eine Zwei-Zimmer-Turm-Suite zu ändern. Das wäre zwar teurer gewesen, hätte ihm aber auch ab und zu etwas Erholung von seiner heiß geliebten, zurzeit aber ziemlich anstrengenden Tochter ermöglicht. Doch ihre rotzfreche Antwort hatte den Ausschlag gegeben. Nein! Für Frechheit gab's keine Geschenke.

Obwohl die Vorstellung, acht ganze Nächte mit ihrem alten Vater das Doppelbett zu teilen, in Leonie einen geradezu Ganzkörpergrusel auslöste, lächelte sie und sagte: »Alles klar, Rainer.«

Mit seinem Vornamen nannte sie ihn nur, wenn sie ihn ärgern wollte. Sollten die Leute hier ruhig denken, er wäre ihr Sugardaddy, war ihr doch egal. Außerdem konnte sie ja auch nichts dafür, dass ihre Supermutter ihn mit einem noch längst nicht abbezahlten Kredit sitzengelassen hatte.

»Meine Tochter und ich bleiben beim Doppelzimmer«, sagte Rainer und drehte sich um, weil er im Rücken etwas spürte. Keine Berührung, aber etwas Warmes, Beruhigendes. Eine angenehme, weibliche Stimme.

»Entschuldigen Sie, ich hab nur zufällig mitgehört, und da ich das …« – die Stimme senkte sich zu einem Flüstern, »… da ich das Alter selbst gut kenne, nicht von meinem Sohn, aber von mir selbst, wollte ich Ihnen nur sagen: Es geht vorbei. Die Pubertät ist wie ein Virus, Dauer und Stärke kann man nicht beeinflussen. Da hilft nur guter Rotwein am Abend. Mindestens zwei Gläser.«

Die Stimme gehörte zu einer Frau, die diesen anstrengenden Anreisetag sofort vergoldete. Weil sie ein kleines, kompaktes, strahlendes Paket aus Weiblichkeit und offensichtlich guter Laune war. Man sah ihr einfach an, dass das Leben mit ihr Spaß machte, ihr Glas immer voll war, auch mit nur einem einzigen Tropfen drin.

»Danke für Ihr Verständnis«, flüsterte Rainer, »meine Tochter ist im Moment etwas speziell. Ich bin übrigens Rainer.«

»Und ich bin Maria.«

»Papa, duz doch nicht jeden Fremden, du bist so was von peinlich!« Leonie hatte seine letzten Worte verstanden und legte ihm energisch die Hand auf den Arm.

»Wie ich schon andeutete, speziell«, sagte Rainer augenzwinkernd zu Maria und stellte vor: »Das ist meine Tochter Leonie.«

»Freut mich«, sagte Maria. »Das Schmetterlingstattoo auf deinem Arm ist übrigens sehr niedlich.«

Niedlich! Sie war doch kein Baby mehr. Frechheit! Leonie ignorierte Marias ausgestreckte Hand. Fehlte gerade noch, hier mit völlig unbekannten Leuten einen auf happy clappy zu machen. Maria lächelte unbeeindruckt.

»Und das ...« Sie zeigte auf Zac Efron, der inzwischen neben ihnen stand, »ist mein Sohn Lucas. Wir sind acht Tage hier. Zum Wandern. Das ist jedenfalls mein Plan, mein Sohn liest lieber Bücher über den biologischen Urknall. Obwohl sein Vater kein Einstein war und ich schon gar nicht. Und ihr?«

Sie duzt bereits zurück, ärgerte sich Leonie, ein ganz schlechtes Zeichen. Und ihr Sohn scheint Lehrers Liebling zu sein. Voll der Streberhorst. Das kann ja richtig scheiße werden.

»Hallo Leonie!« Auch Lucas' ausgestreckte Hand blieb ignoriert, »seid ihr auch zum Wandern hier?«

Schleimer, dachte sie. Egal, ob er gut aussieht, ich kann ihn nicht ausstehen. Ich bin jetzt schon tierisch schlecht gelaunt, und ich gedenke es auch zu bleiben.

»Ein Doppelzimmer für Sie, ein Doppelzimmer für Sie. Das Gepäck wird gleich gebracht.« Eva gab jedem eine Keycard und widmete sich einem neuen Gast. Heute ist mein Glückstag, dachte sie, alle Männer sehen gut aus. Und dieser Neue hier ganz besonders. Aber so ganz allein?

»Willkommen im Gradonna Mountain«, strahlte sie, »Sie haben reserviert?«

Der Mann lächelte. Eva lächelte zurück. Und dann sah sie seinen Ehering und lächelte trotzdem weiter.

»Dr. Grundmann. Meine Tochter Miriam ist bereits Ihr Gast. Meine Frau kommt später.«

»Willkommen, Herr Dr. Grundmann.« Nach einem langen Tag taten Eva manchmal die Mundwinkel vom vielen Lächeln weh, aber bei diesem Gast fiel ihr das Lächeln leicht. Schade, dass die Guten immer schon vergeben waren.

Oder, siehe Sepp, die charmanten, doch leider auch treulosen Halunken.

DAS VORSPEISENBUFFET SAH einfach göttlich aus, und Hans Peter war nicht der einzige Gast, der mit dem Smartphone die hübsch dekorierten und üppig aufgetischten Köstlichkeiten fotografierte. Amüsiert beobachtete er, wie sogar das coole Teenagermädchen mit dem Nasenring, das heute mit seinem Vater angereist war und dessen dünne Beine in einer über den Knien zerrissenen Jeans steckten, ein Look, der ihm völlig schleierhaft war, sich zwar angestrengt um einen »ist mir doch egal«-Gesichtsausdruck bemühte, aber dann doch heimlich ihr pinkfarbenes iPhone aus der Hosentasche zog und im Vorübergehen ein Foto von der Nudeltheke machte. Oder war der braungebrannte, noch sehr junge Koch mit dem frechen Grinsen ihr Hauptmotiv? Egal. Wahrscheinlich würde sie es später per WhatsApp an ihre Freundinnen schicken. Mit einem coolen Kommentar natürlich. So waren die jungen Dinger doch heute. Wollten total erwachsen wirken und hatten doch noch ein ganz zartes, empfindliches Seelchen. Aber auch ihre Zickigkeiten hätte er gern ertragen, wenn, ja, wenn … Da war sie wieder, diese Traurigkeit. Diese Lücke in seinem Leben. Aber damit musste er allein fertig werden. Und endlich mit diesem Thema abschließen. Schließlich war er im Großvateralter, die Elternuhr seit langem abgelaufen.

Tapfer um seinen Ehefrieden bemüht, seine Cholesterinwerte waren ihm selbst völlig egal, widerstand Hans Peter gefüllten Champignons und Krabbensalat, ging vorbei an den Töpfen mit Nudeln und Schlipfkrapfen, den verschiedenen Sahnesoßen, der zerlassenen Butter, dem gebratenen Speck. Er ignorierte den Duft von Schweinemedaillons mit Knoblauchrahm und Rosmarinkartoffeln. Stattdessen häufte er sich eine Portion der knackig frischen Blattsalate auf den Teller, nahm je einen Löffel blanchierte Möhrchen, Mais, rote Bohnen und Radieschen dazu und streute frische Kresse drüber. Sogar auf die krossen Croutons, die neben den diversen Öl- und Essigsorten standen, verzichtete er heldenhaft.

Monikas verwunderter Blick auf seinen Teller machte ihm fast ein schlechtes Gewissen. Wenn sie wüsste! Die Schokoladentorte mit Schlagobers, die er sich in der Nachmittagsjause gegönnt hatte, würde sein kleines Geheimnis bleiben.

»Ich bin stolz auf dich, mein Hasenbär«, raunte Monika ihm zu. »Beherrschung ist die Disziplin der Könige.«

Er lächelte und warf einen Blick auf ihren Teller. Salat, Tomaten, ein Austernpilz. Seine Königin war offensichtlich noch disziplinierter als er.

»Und was darf ich Ihnen nach der Vorspeise als Hauptspeise bringen?«, fragte der Kellner.

»Ich nehme das gedünstete Hühnerbrüstchen mit Basmatireis und das Gemüse-Duo aus gelben und grünen Zucchini«, bestellte Monika und schaute ihren Mann fragend an.

»Ich verzichte auf Suppe und Hauptgang. Stattdessen hole ich mir zwei Scheiben Henkele vom Buffet«, sagte Hans Peter und fügte, seiner Frau zugewandt, schnell hinzu: »Das ist ganz mageres, geräuchertes Fleisch vom Lamm, ähnlich wie Bündner-Fleisch. Wäre das in deinem Sinne, meine Liebe?«

Monika nickte stumm. Sie kam aus dem Staunen nicht heraus. Wieso aß er plötzlich freiwillig Salat? Und sah trotzdem zufrieden aus?

Zwei Seelen schlugen in ihrer Brust, wie immer, wenn es um ihren Mann ging. Sie hatte gewusst, als sie ihm vor fast drei Jahrzehnten einen Heiratsantrag machte, dass er schwächer war als sie. Weniger aushielt, weniger verdiente, weniger sportlich war. Aber sie liebte ihn. Sein großes, dehnungsfähiges Herz, seinen Humor, seine Fähigkeit, in allen Lebenslagen ein halbvolles Glas zu sehen. Er war ein gutes Jahrzehnt älter, das mochte sie, ein Mann, der im Leben stand, wenn auch nicht immer mit beiden Füßen auf dem Boden. Aber auch das gefiel ihr. Hans Peter war einer, mit dem es sich gut leben und lachen ließ. Der irgendwann sogar akzeptierte, dass ihre Ehe kinderlos blieb, auch wenn er es selbst lieber anders gehabt hätte. Und der sie, wenn er den Grund dafür jemals erfahren sollte, trotzdem nicht verlassen würde.

Das war die eine Seite. Die andere waren seine Blutfettwerte, sein Hang zur Gemütlichkeit, zu allem, was Kohlehydrate, Zucker und Fett enthielt, kulinarisch lecker, gesundheitlich leider bedenklich.

»Herr Landmann, Ihr Körper ist eine Zeitbombe«, hatte sein Hausarzt ihn immer wieder gewarnt. »Sie muss nicht heute und auch nicht morgen explodieren, aber irgendwann wird sie.«

Hans Peter hatte diese Ansage einfach weggelächelt, aber Monika hatte sie sehr ernst genommen. Auf Besuche in der Reha, wo er mit anderen Hinfälligen seinen Herzinfarkt oder Schlaganfall auskurieren würde, hatte sie keine Lust, auf Witwesein noch weniger.

»Schmeckt dein Salat?«, fragte sie jetzt. »Ich finde, er sieht köstlich aus.«

Er antwortete nicht. Er kaute.

Nach dem Dessert – sie hatten Obstsalat gegessen und einen Espresso getrunken – trat Resi an ihren Tisch.

»Alles zu Ihrer Zufriedenheit?«, fragte sie lächelnd.

»Alles ganz wunderbar«, antwortete Monika Landmann. »Das Essen ist wirklich hervorragend.«

»Vielleicht haben Sie Lust, sich nach dem Essen unsere Küche anzusehen?« Resi stellte die Frage ganz unschuldig, während sie Hans Peter so diskret zuzwinkerte, dass niemand außer ihm es bemerkte.

»Entschuldigung, aber ich freue mich heute auf mein Bett«, sagte Monika. »Pfannen und Töpfe sind ohnehin nicht so meine Sache.« Und ihrem Mann zugewandt: »Aber du kannst gerne noch schauen.« Schließlich war Hans Peter zuhause auch derjenige, der meist am Herd stand und – zugegeben – der weitaus bessere Koch war.

»Na, das klappt ja prima«, dachte Resi und fragte den sympathischen Gast aus Hamburg, ob er sie gleich begleiten wolle.

»Gern«, sagte Hans Peter und spürte, wie sich seine Magensäfte in Stellung brachten.

»Donnerwetter«, dachte er beim Eintritt in die chromblitzende Essfabrik. Mehrere Dutzend Herde standen in Reih und Glied, darauf riesige dampfende Schüsseln, Töpfe und Pfannen. Und drum herum wuselten Köche und Köchinnen, Kochmützen auf dem Haar, Kochlöffel, Quirle oder Pfannenschieber in der Hand. Da wurde gemixt, gerührt, gewürzt, gestreut, dekoriert. Jeder Griff schien zu sitzen, jeder Handschlag tausendmal geprobt. Hans Peter fühlte sich irgendwie fehl am Platze zwischen all den weiß gekleideten, emsigen Küchengöttern. Doch niemand schien an ihm Anstoß zu nehmen.

»Alles o. k.«, sagte Resi, als hätte sie seine Gedanken erraten, und führte ihn in die hinterste Ecke der Küche zu einem kleinen Tisch. Er war für zwei gedeckt.

»Setzen Sie sich«, sagte sie und stellte einen dampfenden Teller auf den Tisch.

»Etwas dagegen, wenn ich Ihnen Gesellschaft leiste?«

»Ganz im Gegenteil«, erwiderte Hans Peter. »Darf ich schon anfangen? Ich sterbe vor Hunger.«

Während die junge Frau ihre weiße Schürze ablegte, schob er sich bereits ein Stückchen Fleisch in den Mund. Knusprig gebratene, mit Honig glasierte Entenbrust! »Himmlisch!«, sagte er und schickte ein Dankgebet gen Himmel – weil diese nette junge Frau ihn mit so einem kulinarischen Leckerbissen verwöhnte und weil seine so sehr auf Stil und gutes Benehmen bedachte Gattin nicht wusste, dass er vor lauter Begeisterung mit vollem Mund gesprochen hatte.

»Ich sehe, dass es Ihnen schmeckt«, freute sich Resi. »Sie können das auch alles ohne Gewissensbisse essen. Der Chefkoch ist bekannt für seine gesunde, leichte Küche.«

Sie war richtig stolz, dass ihr diese Überraschung geglückt war. Natürlich hatte sie vorher den Chef um Erlaubnis gefragt, und der hatte nichts dagegen gehabt. Schließlich gab es im Gradonna Mountain Resort sowieso häufiger mal eine Küchenparty, bei der den Gästen die Vorspeise im Weinkeller und das Hauptgericht in der Küche serviert wurde. Das war immer eine Riesengaudi. Für diesen armen, auf Schmalkost gesetzten Gast wurde die Party also eigentlich nur vorverlegt. Und so glücklich, wie er jetzt aussah, hatte sie ein richtig gutes Werk getan. Außerdem war es ihr immer ein besonderes Vergnügen, allzu domestizierten Ehemännern zu einer kleinen, sündigen Auszeit zu verhelfen. Einer rein kulinarischen natürlich.

LEONIE WAR SAUER, empört, wütend, traurig. Ach, irgendwie alles auf einmal. Beim Essen hatte ihr Vater kaum einen Blick für sie gehabt, sondern nur für diese Frau am Nachbartisch. Die mit dem Nerd-Sohn, der selbst beim Maroneneis-Dessert die Nase in sein Buch steckte und nur manchmal, wenn er dachte, es sähe keiner, mit weidwundem Blick zu ihr hinüber schaute. So ein bebrillter Softie hatte ihr gerade noch gefehlt!

»An mir beißt du dir die Zähne aus«, dachte sie grimmig. »Und mit dem coolen Nudel-Koch kannst du nicht mal ansatzweise mithalten.«

Dann hatte ihr Vater auch noch den Kellner gebeten, seinen Tisch mit dem der nervtötenden Mutter-Sohn-Kombi zusammenzurücken, damit man sich besser unterhalten könne. Sie hätte ihn erwürgen können und die beiden anderen gleich dazu.

Als sie später – natürlich zu viert! – zu ihren Zimmern gingen, kam es noch dicker. Jawohl, sie wohnten auch noch direkt nebeneinander. Womit habe ich das verdient, dachte Leonie entsetzt! Hat sich denn alles gegen mich verschworen?

»So ein Zufall«, freute sich dagegen ihr peinlicher Vater und wandte sich an seine Nachbarin. »Ich hätte gleich noch Lust auf einen Drink an der Bar. Wie sieht's aus? Kommst du mit?«

»Gute Idee«, stimmte Maria zu, »Lucas, du kannst dir ja noch mit Leonie das Hotel angucken. Oder ihr geht noch schwimmen, der Pool sieht fantastisch aus.«

Das fehlte gerade noch. Mit Nerdie-Luke im Wasser planschen, wahrscheinlich konnte er noch nicht mal schwimmen, und sie musste ihn dann vor dem Ertrinken retten.

Womöglich mit Mund-zu-Mund-Beatmung. No way!

»Ich bin müde«, murmelte sie und verschwand im Zimmer. Peinlich-Papa kicherte noch mit seiner neuen Eroberung. Geradezu würdelos und lächerlich, wie er sich benahm.

Leonie ging auf den Balkon, ignorierte das Bergpanorama vor ihrem Fenster und steckte sich eine Zigarette an.

»Rauchen macht unfruchtbar und Falten« – das war Lucas vom Nachbarbalkon. »Außerdem bist du doch höchstens 14.«

»Ich bin fast 16, und was ich mache, geht dich gar nichts an. Wehe, du verpetzt mich.«

Die Tür ging auf, blitzschnell schnippte sie die Kippe über die Balkonbrüstung. Lucas beobachtete sie amüsiert.

»Ich guck mir mal die Hotelanlage an. Kommst du mit?«

Sie sah so süß aus mit dieser kleinen, steilen Falte zwischen den Augen. Er hätte sie gern ganz vorsichtig geküsst. Aber er hatte noch nie, sie bestimmt schon, und sie sah nicht so aus, als ob sie es ihm beibringen würde.

»Mit dir?«, fauchte sie empört. »Nee, da such dir mal ein anderes Opfer. Ich chill lieber. Allein.«

Abgang Leonie.

»Schwieriges Mädchen«, meinte Maria, als ihr Sohn die Balkontür wieder schloss und sich aufs Bett legte. »Dafür ist der Vater umso netter.«

Lucas guckte verträumt aus dem Fenster. Maria legte sich neben ihn.

»Hast du ein Problem, wenn ich jetzt an die Bar gehe?«

»Wenn der Mann nicht verheiratet ist, hast du meinen Segen«, seine Stimme klang streng. »Finde das bitte schnell heraus. Ich hab keine Lust auf Drama und Liebeskummer.«

»Und wenn er nun unglücklich verheiratet ist?«, neckte sie ihn.

»Auch dann nicht. Denk an Lars. Angeblich kurz vor der Scheidung, und dann triffst du ihn zufällig in der Stadt mit seiner hochschwangeren Ehefrau.«

Stimmt, das war kein Highlight in ihrem Leben, aber jetzt war sie im Urlaub, ein neues Kapitel begann. Und die Hoffnung, wie es so richtig hieß, starb ja bekanntlich zuletzt. Besonders die Hoffnung auf Liebe.

Schwungvoll stand sie auf und ging ins Badezimmer.

»Ich geh an die Bar«, rief sie und zog sich schnell die Lippen nach. »Es kann später werden.«

»UN-GLAUB-LICH! Un-zu-mut-bar! Eine Frechheit! Wo ist der Chef? Ich möchte so-fort den Chef sprechen!« Gute 100 Kilo bebende Weiblichkeit hatten sich noch nicht ganz durch die Drehtür gewälzt, als die empörte Stimme schon die Empfangshalle erfüllte. Einen Moment war es mucksmäuschenstill. Die Hotelgäste, die vom Frühstück kamen oder sich gerade, wie Monika Landmann, für ihre Ausflüge bereitmachten, blieben neugierig stehen. Sah ganz so aus, als würde es jetzt spannend. Die drei Rezeptionistinnen schauten der Naturgewalt mit der braunblond gesprenkelten Mähne allerdings völlig ungerührt entgegen. Als Hotel-Angestellte hatten sie sich längst ein dickes Fell zugelegt. Und wer ganz genau hinsah, entdeckte bei den Mädels sogar ein kleines amüsiertes Grinsen, als die Drehtür den nächsten Gast ausspuckte, einen eher schmächtigen Herrn, der mit königsblauer Jeans, neongelben Joggingschuhen und türkisfarbenem Poloshirt alle Blicke auf sich zog.

»Nun beruhige dich doch, Ella!«, sagte er und steckte mit geübter Handbewegung die Sonnenbrille ins etwas zu lange und etwas zu offensichtlich gefärbte schwarze Haar. Der lautstarke Auftritt seiner Begleitung war ihm sichtlich unangenehm. »Lass doch, Ella, wir sind ja heil angekommen.« Er sah die neugierigen Blicke der umstehenden Gäste. Nicht schon wieder Orkan und Chaos. Er musste Ella irgendwie stoppen. Charmant lächelte er in die Runde, versuchte, entspannt zu wirken, so, wie er es ein Leben lang geübt hatte, als Mann, den, obwohl die Natur ihm zwar nur 168 Zentimeter Körpergröße, dafür aber eine, wie selbst Kritiker fanden, »Jahrhundertstimme« geschenkt hatte, nichts aus den Socken werfen konnte. Auch seine naturgewaltige Agentin nicht. Die sich leider gerade wieder in Rage redete, wobei ihr mächtiger Busen empört auf und ab bebte.

»Die Straße in diese Einöde ist eine Frechheit«, schimpfte sie, »diese Serpentinen! Diese Kurven! Das geht doch tierisch auf die Stimmbänder, das kann man doch einem Künstler wie Victor Gold nicht zumuten!«

Ach Ella-Mädchen, dachte Victor, du bist die beste Bulldogge, die man sich in meinem Beruf nur wünschen kann, aber an deinem Auftritt solltest du wirklich etwas arbeiten.

»Herzlich willkommen im Gradonna Mountain Resort«, Chrissie hatte geschickt den Moment abgepasst, als die Agentin Luft holte. »Sie sind sicherlich Frau Nussbaum. Schön, dass Sie da sind, und grüß Gott, Herr Gold. Wir freuen uns sehr, dass Sie Gast in unserem Hause sind. Darf ich Ihnen ein Glas Champagner anbieten? Tristan bringt derweil das Gepäck ins Chalet. Wir haben ein besonders schönes reserviert, mit vier Zimmern, zwei Bädern, großem Wohnraum mit Kamin, Küche, großem Balkon, Sauna und einer Aussicht, die Sie begeistern wird. Sie werden sich dort garantiert wohlfühlen.«

Beim Wort Sauna zuckte Victor Gold unmerklich zusammen. Um Himmels willen. Hoffentlich brachte Ella das nicht auf dumme Gedanken. Sofort entstanden Bilder vor seinem geistigen Auge, die er im Moment nicht sehen wollte. Es war schwierig genug gewesen, ihre komplizierte, einerseits professionelle, aber ursprünglich auch private und später hin und wieder auch unprofessionelle Beziehung wieder auf ein rein geschäftliches Gleis zu schieben. Aber es war einfach nicht gut für die Karriere, wenn er nach einem Konzert noch mit ein paar enthusiastischen Fans flirten wollte und ihm dann ein weiblicher Zerberus dazwischenfunkte. Nun gut, viele Groupies waren es ohnehin nicht mehr, aber gerade die wollten kultiviert werden.

»Oh, eine Privatsauna?« Ella warf einen vielsagenden Blick in seine Richtung. »Das hört sich gut an. Wir sind beide große Saunafreunde, nicht wahr, Victor?«

Er nickte und sah sich irritiert um. Keiner guckte, niemand wollte ein Autogramm. Hoffentlich war wenigstens das Hotel kein Flop. Ella hatte es persönlich für die Lesung seiner Biografie »Mein Leben als Sieger« ausgesucht, obwohl dieses Kals zwar am Fuß des Großglockners lag und nicht leicht zu erreichen war.

»Aber du wirst sehen, das Ambiente ist einfach göttlich«, hatte sie ihm versprochen. »Das Publikum ist hochklassig, und der Glockner, König der Hochalpen, sieht dir fast beim Frühstück zu.«

Wenn es um perfekte Locations ging, konnte er sich immer auf sie verlassen. Ella hatte ein gutes Gespür für die richtige Umgebung, nur passte sie leider selbst oft nicht so recht hinein. Allein dieser Auftritt gerade war zum Fremdschämen! Und wie sie wieder aussah! Manchmal, wenn er Fotos von früher anschaute, zum Beispiel aus dem Urlaub am Gardasee vor 15 Jahren – inkognito und mit aufregend-romantischer Liebesnacht auf einem Bootssteg –, dann konnte er gar nicht glauben, was aus diesem netten, bildhübschen Mädel geworden war, dessen wunderbar weiblicher Figur, bei der jedes Pfund am rechten Fleck saß, jeder Mann hinterhergeschaut hatte. Damals war er stolz darauf gewesen, sie an seiner Seite zu haben.

Er, Victor Gold, hatte Anfang der Achtziger seine Karriere als Schlagersänger gestartet. Gleich sein erster Song »Nimm mich, küss mich, lieb mich« wurde ein Hit und machte ihn über Nacht berühmt. Er war Dauergast in den TV-Hitparaden, trat für viel Geld in Discotheken und Stadthallen auf, und sogar die Frauen, denen er selbst mit

Absatz nur bis zur Schulter reichte, warfen ihre Schlüppis auf die Bühne. Er hätte sie damals alle haben können, und er tat sein Bestes, er war kein Kostverächter. Und als Ella Nussbaum ihm vorgeschlagen hatte, sein Management zu übernehmen, damit sie immer zusammen sein könnten, hatte er die Alarmglocken, die leider nur sehr leise in seinem Hinterkopf läuteten, ignoriert. Ein Fehler. Jetzt war es zu spät. Den optischen und beruflichen Zenit hatten sie beide überschritten, jetzt mussten sie das Beste daraus machen.

»Ich werde deinen herzlosen Vorschlag, Berufliches und Privates zu trennen, akzeptieren, auch wenn es mir das Herz bricht«, hatte sie damals unter Tränen gesagt. »Liebe kann niemand erzwingen. Aber man kann sie auch nicht einfach auslöschen. In meinem Herzen wirst immer nur du sein.« Sie einigten sich darauf, dass Ella aus seinem Privatleben verschwand, aber weiterhin als seine Managerin fungieren sollte.

Nur ganz selten, wenn er zu viel getrunken hatte, an Depressionsschüben litt und sich einsam fühlte, suchte er ihre Nähe. Was er am Morgen danach zwar bereute, aber da sie beide diesbezüglich keinen Gesprächsbedarf hatten, blieben sie weiterhin ein Team.

Victor Gold trank den köstlich-kühlen Schampus, den der Kellner ihnen an der Rezeption serviert hatte, fast in einem Zug aus, froh, dass sich Ella inzwischen wieder beruhigt hatte. Ein Glas Champagner besänftigte sie fast immer. Trotzdem fragte sie jetzt nach dem Hoteldirektor. »Ich brauche einen Ansprechpartner für den Ablauf der Veranstaltung am Samstag. Und ich möchte die Räumlichkeiten sehen. Heute noch.«

Wie auf Bestellung kam in diesem Moment Florian Partel aus seinem Büro. »Grüß Gott, die Herrschaften, mein Name ist Partel. Ich bin der Geschäftsführer dieses Hotels, und es ist mir eine Ehre, dass Sie unser Haus für die Lesung Ihrer Biografie ausgewählt haben.«

Sowohl Ella als auch Victor lächelten geschmeichelt. Ja, das hatte Stil. Ein Mann, der erkannte, dass er es bei ihnen nicht mit gewöhnlichen Sterblichen zu tun hatte.

»Ein schönes Hotel haben Sie hier«, lächelte Ella. »Nur die Anreise …«

»Einmalig, nicht wahr«, unterbrach der Geschäftsführer sie freundlich und legte seine Hand kurz vertraulich auf ihren Arm. »Unsere Gäste schätzen diese Abgeschiedenheit. Hier geht der Weg nicht weiter. Talschluss. Wenn man unser Hotel erreicht hat, ist man auf einer Insel der Glückseligen.«

»Klingt vielversprechend«, sagte Ella mit einem Seitenblick zu Victor und nahm noch einen großen Schluck Champagner. »Aber bevor wir auf dieser Insel den Bezug zur Realität verlieren, zeigen Sie mir bitte den Saal, in dem unsere Veranstaltung stattfinden soll. Außerdem brauche ich einen Ablaufplan, Menü-Vorschläge, Getränke- und Preisliste sowie …«

»Alles, was mit dem großen Event zu tun hat, liegt in den Händen unseres Restaurantleiters Gregor. Ich lasse ihn gleich rufen. Wie wäre es in der Zwischenzeit mit einem zweiten Frühstück? Bitte folgen Sie mir in unser Restaurant. Ich zeige Ihnen Ihren Tisch.«

SOMMERSÜCHTIGE SONNENSTRAHLEN schienen durch die großen Fensterscheiben, tauchten die Rezeption in ein goldenes Licht, und genau diesen Moment suchte sich Lea Kussi für ihren Auftritt aus. Ihr Flieger war verspätet, der Verkehr höllisch gewesen, sie konnte also nichts dafür, dass sie, als sie ihren Koffer durch die Eingangstür schubste, wie aus einer anderen Welt erschien. Dass Stimmen verstummten, sich aller Blicke auf sie richteten. Die der Männer voll fassungsloser Sehnsucht, die der Frauen deutlich weniger sehnsüchtig, dafür genauso fassungslos.

Lea Kussi wusste, dass sie Aufsehen erregte, weil der sanfte Bronzeton ihrer Haut und das lange, schwarze Haar – beides verdankte sie ihrer brasilianischen Mutter –, dazu die Größe von 1,82 cm, wovon allein ihre perfekten Beine fast die Hälfte einnahmen, eine sehr schwer zu toppende Kombination war. Aber manchmal nervten sie diese »Mir rutscht gerade der Verstand in die Hose«-Männerblicke extrem, noch mehr als die Zitronenmündigkeit, die sie bei den meisten Frauen auslöste.

»Ich habe reserviert, ein Doppelzimmer, meine Begleitung kommt nach«, sagte sie lässig, die Blicke, das Schweigen um sie herum ignorierend. Mochte man sie auch für arrogant halten, morgen würde der Mensch nachkommen, der ihr sowieso der wichtigste auf der Welt war. Bei dem sie immer noch, drei Jahre nach dem ersten Kuss, Schmetterlinge im Bauch hatte. Und zwar einen ganzen Schwarm.

»Herzlich willkommen im Gradonna Mountain.«

Chrissie hatte amüsiert beobachtet, was da gerade abgelaufen war, immer wieder lustig, wie Gäste auf einen Neuankömmling reagierten, der als Paradiesvogel alle anderen in den Hühnerstall schickte. Schöne Frauen, prominente Frauen waren im Gradonna keine seltenen Gäste, aber so schöne wie diese Lea Kussi schon. Und dass sie eben nicht in Versaceguccciprada gekleidet war, sondern ihre braunen Knie durch eine modisch durchlöcherte Jeans schimmerten, machte ihre Besonderheit noch auffälliger.

Victor Gold hielt es nicht länger in dem Klammergriff, mit dem Ella ihn energisch Richtung Chalet zerren wollte. Ihr war beim Anblick dieser jungen Frau die Laune so schlagartig vergangen, dass sie dringend einen Drink brauchte. Einen starken. Ihre Leber war strapazierfähig, auf die musste sie keine Rücksicht nehmen.

»Sie hat der liebe Gott sicher ganz persönlich gemalt.« Lea zuckte zusammen, als plötzlich dieser kleine Zigeunerbaron neben ihr stand und ihr mit Zähnen zulächelte, die sicher sehr viel Geld gekostet hatten.

»Ich glaube, der liebe Gott hat Wichtigeres zu tun, als sich um mein Gesicht zu kümmern«, antwortete sie und dachte: Warum hat ihm keiner gesagt, dass Kaugummikissen im Mund und schwarze Schuhwichse im Haar einen Mann nicht schöner machen?

»Victor-Darling, kommst du?« Ella war kurz davor, einen ihrer Wutanfälle zu bekommen, einen, bei dem kein Auge trocken blieb. In diesem Fall hätte sie vermutlich dieser Schnecke einmal mit ihren Krallen durchs Gesicht gefahren. Obwohl – die French Nails waren teuer gewesen, und ihr Anwalt hatte ihr dringend geraten, sich etwas »ladyliker« zu benehmen, nachdem er 10000 Euro Schmerzensgeld an einen weiblichen Fan überweisen musste, dem Ella in einem Ausbruch »berechtigter Wut« (die Beklagte) wie eine »völlig Wahnsinnige« (die Klägerin) das rechte Schienbein eingetreten hatte.

»Ella, du musst dich besser im Griff haben«, hatte ihr Anwalt gesagt. »Wenn nicht, bist du mich als Anwalt los.

Dich als Dauermandantin zu haben, ist inzwischen ja berufsschädigend.«

Victor sah Lea Kussi nach, als diese mit leicht schwingenden Hüften ihren Rollkoffer Richtung Fahrstuhl zog.

»So schön waren wir beide auch einmal«, sagte er und sah sie an. Ganz kurz versanken ihre Blicke.

»Sauna?«, fragte sie.

ES GAB NICHT viel, was Harry in seinem Leben noch nicht gesehen hatte. Dafür sorgte schon sein Job.

»Ein Barkeeper ist Priester, Psychologe und Rechtsanwalt in einer Person«, pflegte er zu sagen. »Schweigepflicht Ehrensache.«

Und wenn er tatsächlich mal aus dem Nähkästchen plauderte, dann ohne Namen zu nennen und so, dass keine Rückschlüsse möglich waren. Schließlich saßen an seiner Bar im Gradonna Mountain Resort auch viele Prominente, von »Loddar« Matthäus bis Barbara Wussow. Da hätte er, der Harry, so manche Schlagzeile liefern können. Aber das wäre mit seiner Berufsehre nicht zu vereinbaren gewesen. Und hätte für seinen sofortigen Rausschmiss gesorgt. Martha Schultz kannte da gar keinen Spaß, das wussten ihre Angestellten.

Auch an diesem Abend hockte an der Bar ein Promi. Na ja, ein C-Promi, ein in die Jahre geratener Altstar, den wahrscheinlich kaum noch einer auf dem Schirm hatte, außer seiner Managerin, die vermutlich auch lieber Xavier Naidoo oder Udo Lindenberg vertreten hätte. »Das Schlimmste ist es, wenn man mal berühmt war und jeder dein Gesicht kennt, und plötzlich bist du weg vom Fenster. Und dann bist du in irgendeinem Hotel und gehst in die Sauna und irgendein Arschloch sagt zu dir: Mann, im Fernsehen sahst du aber besser aus.« Weise Worte, die vor vielen Jahren Roy Black einmal zu ihm gesagt hatte. Netter Typ, der Roy, leider auch schon die Radieschen von unten betrachtend. Genau wie Falco, sein Lieblingssänger, mit dem dieser Kasper vor ihm sich nicht vergleichen konnte.

»Noch einen Whisky bitte, den guten«, rief Victor Gold gerade quer über die Theke. »Und ein Glas Champagner für die beste Managerin der nördlichen Hemisphäre.«

»Sehr gern«, antwortete Harry freundlich und holte die Flasche mit dem blassgoldenen Single Island Malt aus dem Regal. »Eigentlich Verschwendung«, dachte er. »Der Mann hat schon so viel Whisky intus, dass er vermutlich gar nicht merkt, wenn ich ihm billigen Fusel einschenken würde.«

Und dann stockte auch ihm der coole Barkeeper-Atem. Lea Kussi hatte sich ein paar Barhocker weiter hingesetzt. Schöne Frauen hatten in Harrys Leben immer eine große Rolle gespielt, aber diese übertraf sie alle.

»Ich bin Lea«, stellte sie sich vor und lächelte ihn an. »Lass uns du sagen, ich bin schließlich im Urlaub. Machst du mir bitte einen Prosecco auf Eis?« Sie vertiefte sich in ein Magazin und tat ganz so, als merke sie nicht, dass ihre Anwesenheit bei den Männern an der Bar Schnappatmung auslöste. Sie kannte ihre Wirkung. Die meisten Männer waren sowieso … egal, Themawechsel.

Einfach nervig, diese Angebereien, wenn Männer dachten, sie könnten Frauen damit beeindrucken. Dieser kleine Angeberzausel neben ihr zum Beispiel, der gerade alte Heldentaten, von denen sie sicher war, dass diese vermutlich aus dem letzten Jahrtausend stammten, vor ihr ausbreitete. Er sprach mit seiner Begleitung, aber sie war gemeint, das wusste sie. Ihr rief er lautlos, aber dringlich zu: »Hör zu, was für ein kapitaler Hirsch ich bin, potent, wichtig, berühmt und ein horizontaler Tornado, wenn es zwischen uns zur Sache gehen sollte. Lass mich dein Tiger sein, du wirst es nicht bereuen.«

Stumm, aber doch unüberhörbar.

Laut sagte er zu seiner Begleitung, einer üppigen, aber nicht unattraktiven Mittfünfzigerin:

»Weißt du noch, Ella, bei der großen Bambi-Gala? Das

Blitzlichtgewitter auf dem roten Teppich? Ich hatte mir vorher bei einem Promi-Fußballspiel die rechte Hand gebrochen und musste alle Autogramme mit links geben.«

»Ja, ja, ich erinnere mich«, antwortete Ella Nussbaum leicht genervt. »Erstens war ich dabei und zweitens hast du es ja in deiner Biografie ausführlich geschildert.«

Doch Victor Gold nahm gerade an Fahrt auf und brachte sich in Stellung. Es war nur eine Bar und keine Bühne, aber sie musste reichen:

»Und dann der riesige Open-Air-Erfolg auf Mallorca, als anschließend die leckeren Schwedenhappen unbedingt mit auf mein Zimmer wollten? Und mir gerade die Kondome ausgegangen waren?«

Seine Stimme dröhnte durch die Bar, herausfordernd sah er zu Lea hinüber, die sich mit den anderen Gästen gerade von einer mittelgroßen Fremdschamwelle überrollt fühlte.

Was blubberte denn dieser peinliche Vollpfosten für einen Schwachsinn? Sie schlug ihre Zeitschrift zu, nahm ihr Glas und zog sich in eine ruhige Ecke der Bar zurück. Als Chefin einer Eventagentur hatte sie beruflich genug mit überkandidelten egozentrischen Menschen zu tun. Die brauchte sie im Urlaub nicht auch noch.

Auch das Paar, das mit einer Flasche Grauburgunder am äußersten Ende der Bar saß, zeigte kein Interesse an den alten Glanzgeschichten des Victor Gold, der irgendwann, so glaubte Harry sich gerade dunkel zu erinnern, ein Lied über »Sechs Gallonen Bier, dann werde ich zum Tier« gesungen hatte. Als Burgenländer, aufgewachsen in einer idyllischen Rebenlandschaft, hatte er dieses Lied immer ein wenig peinlich gefunden.

Da gefiel ihm das Pärchen am Ende der Bar, er dunkle Locken, sie helle, schon deutlich besser. Beide um die vierzig und so begeistert aufeinander einredend, ganz eindeutig kein Ehepaar. Die verstummten nämlich meistens nach ein paar Jahren und saßen dann schweigend vor ihren Drinks. Harry war froh, dass er nicht verheiratet war.

»Wir werden uns bestimmt in den nächsten Tagen öfter sehen«, hatte der Mann zu ihm gesagt, »mein Name ist Rainer Richter, und das ist Maria … sorry, wie heißt du eigentlich weiter?«

Jetzt kommt wieder ein blöder Witz, dachte Maria, aber ich kann ja auch nichts dafür, dass ich so heiße.

»Ungestüm. Maria Ungestüm.«

Normalerweise kamen von Männern jetzt mehr oder weniger witzig gemeinte Wortspiele.

»Ungestüm? Na hoffentlich auch nachts!«

»Ungestüm wie Ungetüm?«

Doch Rainer Richter und der nette Barkeeper lächelten nur, so als hieße sie Meier oder Müller. Wunderbar. Gefiel ihr.

Beide Männer, aber besonders dieser Rainer.

»Wissen Sie, wir sind gestern zur selben Zeit hier angekommen, er mit seiner Tochter, ich mit meinem Sohn, beide im Teenageralter. Das verbindet.«

Harry ahnte, was sie andeuten wollte.

Als guter Barkeeper, der zuhören und den Mund halten konnte, wusste er alles über den Elternalbtraum, den man Pubertät nannte. Die vermüllten Jugendzimmer, die Besuche in der Ausnüchterungszelle, die unsäglichen Tattoos und Piercings, die sauschlechten Zeugnisse. Immer wieder war er heilfroh, dass er ein kinderloser Single war.

»Geht ja wieder vorbei«, sagte er. »Wenn ich meiner Mutter glauben darf, war ich auch kein einfacher Teenager.«

Während er die Moet Chandon-Flasche aus dem Kühlschrank holte, ließ er seinen Blick noch einmal über die gut besuchte Bar gleiten. »Immer wieder interessant, diese vielen unterschiedlichen Typen«, dachte er. »Aber eigentlich wollen alle nur eins: ein bisschen Glück. Wenigstens im Urlaub.« Die meisten Menschen, wusste Harry, waren mit ihrem Leben nicht glücklich. So wie die mehrfache Millionärin, die schon wieder versuchte, ihren schnieken Toyboy von der Bar loszueisen, obwohl er noch einen Gin Tonic bestellt hatte. Ihre Hand mit den riesigen Klunkern lag auf seinem Oberschenkel, ihre Augen forderten Aufmerksamkeit, und ihre diskret aufgespritzten Lippen hingen ganz nah an seinem Ohr. Wahrscheinlich flüsterte sie ihm wieder dieses alberne »Kaili« zu. Wollte sie ihn damit in Stimmung bringen? Es sah nicht so aus, als hätte sie Erfolg. Harry wusste nicht, wen er mehr bedauern sollte, sie oder ihn.

Hans Peter Landmann saß allein auf einem Hocker an der Bar und war gerade so richtig zufrieden. Irgendwie lief dieser Urlaub viel besser als gedacht. Im Hotel fühlte er sich wohl, die erste gemeinsame Bergtour hatte er lebend überstanden, und für sein leibliches Wohl sorgte, dezent und ohne dass seine diätwütige Ehefrau bisher Verdacht geschöpft hatte, die süße Resi. Auch heute Abend hatte die rotgelockte Windsbraut ihm wieder – als Moni sich nach dem Essen »entschuldigte«, um kurz noch mal aufs Zimmer zu gehen, warum auch immer – heimlich in der Küche ein köstliches Kalbsschnitzel mit Gurkensalat serviert.

Und nun saß er hier, ein frisch gezapftes Bier vor sich, wartete auf seine Frau und ließ sich derweil für sein geplantes Buch inspirieren. Dieses Hotel beflügelte seine Fantasie. Die Atmosphäre, die Landschaft, die Gäste, jedem Einzelnen traute er ein dunkles Geheimnis zu. Dem Silberfuchs mit

Begleiterin, der heimlich nach jungem Frischfleisch schielte, genauso wie der genervten Mutti mit drei kleinen Kindern, die sich beim Frühstück ständig in die Bar schlich und in ihr Smartphone flüsterte. Es war sicher nicht ihr Ehemann, mit dem sie da hinter vorgehaltener Hand telefonierte.

»Mami, bist du tot?«, schrie der kleine Tom, als er seine Mutter leblos im Hotelbett vorfand, »Mami, bitte, sag doch was.« Doch Brigitte Hohberg hatte zwar die Augen offen, aber sie war trotzdem tot. Und irgendwo im Hotel stand in diesem Moment ein Gast unter der Dusche und vernichtete alle Spuren.

Nicht schlecht, aber sein Liebesmörder gefiel ihm besser.

Aber vielleicht kam auch der schluffige Teenager in Frage, der sich in die Mutter des Freundes verliebt hatte, sie dagegen hatte ihn ausgelacht, vielleicht sogar nach dem Sex, weil er vor lauter Aufregung … Nein, zu dramatisch wollte er sich bei seinem Debütkrimi nun auch nicht aus dem Fenster lehnen. Lieber wieder auf den Silberfuchs konzentrieren, denn der hatte vermutlich nicht nur eine, sondern mindestens drei blutjunge Geliebte in drei Städten, die Mutti ein Verhältnis mit ihrer Nachbarin, der Teenie war heimlicher Dauerkiffer und die beiden Ehepaare Swinger, die jede Nacht eine Orgie feierten. Vielleicht nur Kopfkino, aber hatte nicht André Heller schon gesagt, dass die wahren Abenteuer immer im Kopf sind?

Manchmal ging er abends ein paar Schritte vor die Tür, betrachtete das Hotel und die Chalets rundum und fragte sich, was wohl gerade hinter all den erleuchteten Fenstern passierte. Später, wenn Moni schon vor sich hin schnorchelte, notierte er seine Gedanken sorgfältig in seiner immer dicker anschwellenden Kladde.

»Du bist verrückt«, machte sich Moni nun häufiger über

ihn lustig. Sie nahm ihn nicht ernst. Und seinen hartnäckigen Verdacht fand sie lächerlich. Aber Hans Peter wusste, dass er sich auf seinen Bauch verlassen konnte. Und dass mit diesem auf Hochglanz polierten Heiratsschwindler etwas nicht stimmte, dafür hätte er seine Hand ins Feuer gelegt.

»Da bin ich wieder«, sagte Monika in diesem Moment fröhlich, setzte sich schwungvoll auf den Hocker neben ihn und drückte ihm einen Kuss mitten auf den Mund. Hans Peter rührte dieser ungewohnte Gefühlsausbruch. »Sie scheint glücklich zu sein«, dachte er und wunderte sich, warum ihre Lippen ein ganz kleines bisschen nach Räucherlachs schmeckten. Sie hatte doch nur eine Rinderconsommé und einen gemischten Salat mit sieben abgezählten Croutons gegessen …

Eine Etage tiefer, an der eleganten Rezeption des Hotels, waren gerade die letzten Gäste, zwei Damen, eingetroffen. »Herzlich willkommen im Gradonna Mountain Resort«, begrüßte Brigitte Berger, die stellvertretende Hoteldirektorin, die neuen Gäste. Sie sah die sportliche Dame im hellen Trenchcoat an und verließ sich einfach auf ihre Menschenkenntnis. »Sie müssen Frau Dr. Kruse sein. Ihr Sohn erwartet Sie schon. Er ist an der Bar. Soll ich ihn anrufen?«

»Ja, ich bin Britta Kruse. Aber sagen Sie meinem Sohn noch nichts. Ich will ihn überraschen. Wo ist denn die Bar?«

»Dort die breite Treppe hinauf und dann links. Sie kommen direkt darauf zu.«

Warum hab ich so ein Herzklopfen, dachte Britta, als sie die Treppe hochging, ist ja nur mein Sohn, der mich erwartet, nicht mein heimlicher Lover. Aber sie freute sich einfach so auf Caspar. Wie alle alleinerziehenden, berufstätigen Mütter hatte sie bis zu seinem Studium mit einem permanent schlechten Gewissen gelebt. Immer zu wenig Zeit für ihn gehabt, immer erschöpft gewesen, obwohl sie selbst auf sehr viel verzichtet hatte. Auf ein richtiges Liebesleben zum Beispiel, auch da hatte es meist nur für ein paar hektische Stunden auf Dienstreisen gereicht. Immer nur für Krümel, nie für den ganzen Kuchen. Von einer Sahnetorte ganz zu schweigen.

»Britta?« Diese Stimme! Sie zuckte zusammen. »Michael? Was machst du denn hier?«

Hatte ihr Herz bis jetzt ungewohnt schnell geklopft, so klopfte es jetzt wie ein kleiner Presslufthammer. Denn den Mann, der ihr jetzt auf der Hoteltreppe entgegenkam, hatte sie vor drei Tagen zum Abschied geküsst. Und sich vorher sehr innig von ihm verabschiedet. In einem Hotelzimmer in Dresden, wo sie, beide Internisten, eine Fortbildung zum Thema »Darmbakterien – Segen oder Fluch?« gemacht hatten. Es war nicht ihr erstes Hotelzimmer und nicht ihre erste Fortbildung. Sie kannten sich jetzt fünf Jahre, und es war eine sehr entspannte, von Erwartungen und Zukunftsplänen völlig freie Geschichte zwischen ihnen. »Lass uns nicht über Privates reden«, hatte er sie nach ihrem ersten gemeinsamen Orgasmus gebeten, und sie sah ihn noch vor sich, neben sich im Bett, weich und gelöst nach einem Sex, der so unerwartet gut gewesen war, dass sie sich mit zitternden Knien auf seine Bettkante setzte und nur »Ist mir total recht« sagte. Und das war es auch. Weil Caspar sowieso der wichtigste Mann in ihrem Leben war. Und sie war gern Geliebte. Weil Geliebte Urlaub war und Ehefrau Alltag und sie deshalb nie geheiratet hatte. Und als Krönung der Sex immer besser wurde. Definitiv besser als mit seiner Frau, da war sie sicher. Falls sich da überhaupt noch etwas abspielte. Eine Vorstellung, die sie nicht vertiefen wollte.

»Ich bin übrigens mit meiner Familie hier«, sagte Michael. Ihm war nicht anzumerken, ob diese unerwartete Begegnung ihn genauso stresste wie sie. Was sie sowohl verblüffte als irgendwie auch verletzte. Meine Tochter hat uns eingeladen. Meine Frau Susanne ist auch gerade eingetroffen. Da unten steht sie an der Rezeption. Sie weiß natürlich nichts von uns. »Was treibt dich hierher?«

Britta war erstaunt, wie schmerzhaft der Stich war, den sie bei seinen nonchalanten Worten quer durch ihr Herz spürte.

Er redete von seiner Frau, als sei es das Selbstverständlichste der Welt. War's ja auch. Eigentlich. Was für eine absurde Situation! Äußerlich blieb sie ganz die coole Internistin, die sich auf Darmbakterien spezialisiert hatte.

»So ein Zufall! Ich bin hier mit meinem Sohn Caspar verabredet.«

»Caspar?«, fragte er ungläubig. »Dein Sohn heißt Caspar?«

In diesem Moment begann eine Sirene so laut zu schrillen, dass es durch Mark und Bein ging. »Feuer!«, brüllte jemand in der Empfangshalle. »Feuer!«

CHAOS. SPITZE SCHREIE. Gäste in Bademänteln, die hilflos hin- und herliefen. Florian Partel, Brigitte Berger, Chrissie und Eva, die beruhigen wollten. Die brennende Frage – Wo? Wo? Wo? Fünf Feuerwehrwagen, aus denen Männer in Uniform und Schutzhelmen sprangen und lange Schläuche aus den Wagen zogen. So einen Tumult hatte das Gradonna Mountain Resort noch nie erlebt.

Kai beobachtete das Getümmel amüsiert. Als Mann, der sich in jungen Jahren auf der Flucht vor ungünstig aufgetauchten Ehemännern in so manchen Wandschränken verstecken musste, ließ er sich nicht so leicht aus der Fassung bringen. Auch nicht von diesem Graubär, von dem er sich schon seit seiner Ankunft irgendwie belauert fühlte. Neid wahrscheinlich, aber den war er gewohnt. War nicht immer einfach, der schönste Fisch im Teich zu sein.

»Wo ist denn Ihre Ehefrau?« Das war der Graubär, der ihn jetzt wieder mit seinen stechenden Graubäraugen musterte.

»Meine … ach so, Sie meinen Waltraud. Wir sind nicht verheiratet. Sie schläft bereits.«

»Um diese Zeit schon?« Die Frage war Hans Peter entschlüpft, ehe er es verhindern konnte. Aber er wollte es auch gar nicht.

Was will dieser Mensch von mir, dachte Kai, warum stellt er mir so blöde Fragen? Aber er lächelte höflich.

»Sie hat ein paar Schlaftabletten genommen«, sagte er, »weil sie die letzten Nächte schlecht geschlafen hat.«

Schlaftabletten, gleich ein paar? Hans Peter wurde hellhörig.

Er stand im Badezimmer, die geöffnete Pillenschachtel in der Hand. Sollte er? Die Gelegenheit war günstig. Gestern waren sie beim Notar, er stand jetzt im Grundbuch ihrer Villa als Alleinerbe. Hatte sie nicht ein schönes Leben ge-

habt? Täte er ihr, der 69-Jährigen, nicht sogar einen Gefallen, wenn er ihr zu einem sanften Übergang verhelfen würde? Denn was vor ihr lag, war ja doch nur Krankheit und Verfall.

»Gut schlafen zu können ist in dieser hektischen Zeit ja fast ein Geschenk des Himmels«, sagte er und wusste selbst, wie albern dieser Satz wirken musste.

Doch Kai hatte gar nicht zugehört, weil er die schmucken jungen Feuerwehrmänner bewunderte, die ausgeschwärmt waren, um den Brand zu löschen. Vermutlich hatte ein Idiot im Bett geraucht, dachte er, die Menschheit verblödet wirklich immer mehr.

Da erklang eine laute Stimme. Offensichtlich der Feuerwehrhauptmann.

»Bitte mal alle herhören«, rief er, alle Köpfe drehten sich in seine Richtung, es wurde mucksmäuschenstill.

»Entwarnung, meine Damen und Herren! Sie können sich beruhigt wieder in ihre Zimmer oder an die Bar zurückziehen. Wir haben die Ursache für den Alarm gefunden. Ein Gast hat seine Badehose in der Infrarotkabine zum Trocknen ausgelegt. Keine gute Idee, meine Damen und Herren, das hätte böse ausgehen können. Denn die sind mit einem elektrischen Heizelement ausgestattet. Also bitte in Zukunft keine nassen Sachen in die Nähe der Infrarotstrahler legen, sonst droht Brandgefahr. Und jetzt wünsche ich Ihnen nach dieser Aufregung noch einen schönen Abend.«

Die Gäste schüttelten den Kopf.

»Ich würde gern mal wissen, wer dieser Trottel war«, sagte Kai. Nicht besonders laut, aber der Feuerwehrchef, der mit seinen Männern vor der großen, gläsernen Eingangstür stand und gerade gehen wollte, drehte sich noch einmal um.

»Ach ja, wer von Ihnen ist Kai Lauterbach?«

»Das bin ich.« Kai lächelte.

»Dann waren Sie dieser Trottel«, meinte der Feuerwehrchef und verschwand im Gelächter seiner Männer. Motoren heulten auf, dann kehrte Ruhe ein. Und Kai gelang ein so schneller Abgang wie vor 35 Jahren, als der Apotheker, von dessen blutjunger Ehefrau er gerade genüsslich vernascht wurde, sein Schlafzimmer betrat und er nackt vom Balkon im 2. Stock springen musste. Zum Glück wohnte sein bester Freund nebenan, und sie hatten dieselbe Jeansgröße.

Leise, um Waltraud ja nicht aufzuwecken, betrat er die Suite.

An der Tür der Infrarotkabine klebte ein Zettel: »Vorübergehend nicht zu benutzen«. Seine Badehose bzw. das, was von ihr übrig geblieben war, lag auf dem Küchencounter.

Als er sich ins Bett legte und einen Blick auf die Frau warf, die seit einem Jahr seinen Lebensunterhalt finanzierte und deren Gesicht von einer goldenen, strassverzierten Schlafbrille bedeckt war, durchfuhr ihn, ganz untypisch, ein tiefes Gefühl der Dankbarkeit. Du bist ja eigentlich ein armes Würstchen, Kai Lauterbach, dachte er, hast nichts gelernt, dich nie für irgendetwas angestrengt, außer für dein eigenes Wohl, und trotzdem immer Frauen gefunden, die dein Leben warm und weich gepolstert haben. Aber du wirst nicht jünger, nicht schöner, vor allem nicht potenter. Dein kleiner Kai ist erschöpft nach all den Jahren Dauereinsatz. Vielleicht ist jetzt der Zeitpunkt gekommen, sich zur Ruhe zu setzen. Warum nicht bei Waltraud?

»Trinken Sie noch einen Absacker mit uns, Frau Kruse? Nach all der Aufregung kann ich jedenfalls einen Obstler gebrauchen. Einen doppelten.«

Britta warf einen Blick auf ihren Sohn, der ihr begeistert zunickte.

»Klar, gute Idee, oder bist du zu müde, Mami?«

Alle sahen sie an. Susanne, die Ehefrau ihres Geliebten, die ihr diese unschuldige Frage gerade gestellt hatte und die so schrecklich nett zu ihr war, dass Britta sich ganz elend fühlte. Wenn sie wüsste! Michael, dessen Augen nichts verrieten und für den sie in diesem Moment gleichzeitig eine ungute Melange aus Sehnsucht und leiser Verachtung fühlte.

Und Caspar mit Miriam, seiner neuen Freundin, die sie sehr sympathisch fand. Sie hatte ein Wellness-Wochenende mit ihrem Sohn erwartet, kein Psychotreffen. Am liebsten wäre sie sofort wieder abgereist. Aber sie würde das Beste daraus machen.

»Gern«, sagte sie deshalb, »falls die Bar noch nicht geschlossen ist.«

Natürlich wusste Harry, wann Überstunden selbstverständlich waren. Zum Beispiel, wenn ein Gast mit einer falsch platzierten Badehose einen Großalarm ausgelöst hatte. Zumal die Gäste in Zweierreihen vor der Bar standen und nach dem Schreck noch etwas Alkoholisches brauchten. Nichts war ja gesprächsverbindender als Pleiten, Pech und Pannen, an denen man selbst nicht schuld war.

Und dann wurden plötzlich zwei Plätze direkt an der Bar frei, und Michael sagte: »Die sind für euch. Ich gehe mit den Kindern nach draußen, Sterne gucken, bestellt uns bitte schon mal drei Aperol Spritz.« Und so saßen Britta und Susanne nebeneinander. Die eine völlig entspannt, die andere mit klopfendem Herzen.

»Ich finde, wir sagen du«, sagte Susanne. »Einverstanden?«

Britta nickte. Was blieb ihr auch anderes übrig. Aus den Augenwinkeln sah sie, wie Michael, Miriam und ihr Sohn sich auf der Terrasse angeregt unterhielten. Erstaunlich, diese Teflonseelen der Männer, die Lästiges und Schwieriges so mühelos an sich abgleiten ließen. Ob Michael auch nur eine Sekunde daran dachte, wie sie sich fühlte? Vielleicht fand er die Situation sogar spannend. Bei Männern wusste man nie.

»Wo ist denn dein Mann?«, fragte Susanne jetzt. »Keine Lust auf Familie? Das kenn ich, geht meinem auch oft so. Ständig ist er unterwegs. Angeblich Dienstreisen.«

Sie lachte.

»Und vermuten Sie, sorry, vermutest du etwas Undienstliches?«, fragte Britta und war heilfroh, dass sie eine Jacke trug, unter der man ihr geradezu aufdringlich klopfendes Herz nicht hören konnte.

»Also, wenn da etwas wäre, könnte er sich auf was gefasst machen«, erwiderte Susanne, und ihre blauen Augen blitzten. »Er weiß genau, was ihn erwartet, wenn ich ihn beim Fremdgehen erwische.«

»Und was?«

»Ich schneide ihm etwas ab, an dem er ganz besonders hängt. Mit einem stumpfen Kartoffelschälmesser.« Sie grinste.

Britta schwieg und leerte ihr Glas. In ihrem Kopfkino fand ein sehr blutiges Massaker statt.

»Und wenn du ihn nicht erwischst, was dann?«, fragte sie und dachte: diese Situation glaubt dir kein Mensch.

»Dann hat er Glück gehabt«, sagte Susanne. »Ich gehöre nicht zu der eifersüchtigen Sorte Ehefrau, die im Smartphone ihres Mannes herumschnüffelt. Außerdem kenne ich meinen Mann so gut, dass ich sofort merken würde, wenn da eine andere Frau im Spiel wäre.«

»Und woran merkt man so was?«

»Du bist nicht verheiratet, oder?«

Britta schüttelte den Kopf.

»Mein Mann ist vor 12 Jahren verunglückt«, sagte sie. »Aber darüber möchte ich jetzt nicht reden.«

Susanne sah sie mitfühlend an und legte ihre Hand auf Brittas Arm.

»Dann wechseln wir sofort das Thema. Hast du denn jetzt wenigstens einen Bettwärmer, einen Kerl, der dir Spaß macht?«

»Ja, so ab und zu«, meinte Britta zögerlich.

»Schöner, junger Mann!«, rief Susanne und signalisierte Harry, dass sie bestellen wollte. »Fünf Aperol Spritz bitte.« Harry nickte und griff zur Aperolflasche.

»Drei für die Herrschaften auf der Terrasse?«, fragte er kurze Zeit später. Natürlich war ihm, wie immer, nichts entgangen.

»Danke, die bring ich selbst.« Schon war Susanne vom Barhocker gerutscht und ging, die Gläser geschickt zwischen beiden Händen balancierend und Hilfe abwehrend, nach draußen.

Britta beobachtete, wie sie lachend die Gläser verteilte, ihrem Mann und ihrer Tochter einen schnellen Kuss auf die Wange gab, noch einmal winkte. Eine schnelle, lustige, selbstbewusste Frau. Höchstens fünf Jahre älter als sie und mit ihrem frechen Kurzhaarschnitt und der schlanken, trotzdem an den genau richtigen Stellen kurvigen Figur, keineswegs unansehnlicher. Britta wusste nicht, warum sie sich Michaels Ehefrau immer wie ein graues Mäuschen vorgestellt hatte, vermutlich eine Arroganz, die sie mit den Geliebten auf der ganzen Welt teilte.

»Ab und zu heißt vermutlich, dein Kerl ist verheiratet, oder?«, setzte Susanne das Gespräch fort.

Britta fühlte sich wie auf dem Zahnarztstuhl nach der Ansage: »Leider müssen wir jetzt die Wurzelbehandlung ohne Betäubung fortsetzen, Frau Kruse.«

»Ja, aber er will sich demnächst scheiden lassen.« Keine Ahnung, warum sie das sagte. Auch in ihren Ohren klang dieser Satz ausgesprochen dämlich.

»Das glaubst du doch nicht wirklich?«, fragte Susanne voller Mitgefühl, »ich hätte dich für schlauer gehalten. Nichts halten Ehemänner länger aus als den Spagat zwischen Standbein und Spielbein.«

Unter anderen Umständen könntest du meine Freundin werden, schoss es Britta durch den Kopf. Sie musste lachen, obwohl ihr eigentlich gar nicht danach war.

»Woran erkennt man denn, ob ein Mann fremdgeht oder nicht?«, wollte sie wissen. »Der Seitenspringer von heute achtet doch wohl auf Lippenstiftspuren am Hemdkragen, oder?«

Susanne nahm einen tiefen Schluck von ihrem Drink und seufzte: »Schade, dass man an der Bar nicht rauchen darf. Okay. Ich sag's dir. Es gibt ein untrügliches Zeichen, woran man als Ehefrau erkennt, ob man betrogen wird.«

Nach einer kleinen Kunstpause fuhr sie fort: »Ganz einfach. Man erkennt es am Sex. Wenn er wegtröpfelt oder der Mann auf dir einschläft und dabei noch superlecker riecht, dann war er bei einer anderen und hat danach geduscht. Wenn der Sex aber noch so richtig knallt oder sogar besser denn je ist, dann ist er treu.«

Britta spürte, wie sich eine Schraubzwinge um ihr Herz wand und ihm die Luft abschnürte.

»Und das ist bei euch offensichtlich der Fall«, würgte sie hervor und trank ihr Glas in drei großen Zügen leer.

Susanne strahlte.

»Ich kann wirklich nicht klagen«, sagte sie. »Dabei sind wir schon fast zwanzig Jahre verheiratet. Aber der Sex wird immer besser.«

In diesem Moment kamen die drei anderen zurück, und Britta rang sich mit letzter Kraft ein entspanntes Lächeln ab.

»Wir haben euch etwas Wichtiges zu sagen«, sagte Miriam sehr plötzlich und ergriff Caspars Hand.

Drei Augenpaare sahen sie gespannt an.

»Wir haben uns verlobt«, rief Caspar. »Wir werden heiraten.«

Schweigen. Die Überraschung war gelungen.

Susanne war die Erste, die auf die Verlobten zuging und sie fest umarmte.

»Herzlichen Glückwunsch, ich freu mich so!«

Michael und Britta sahen sich an. Dann riss er sich zusammen und schloss sich der allgemeinen Umarmung an.

»Mama, komm!«, rief Caspar, »Wir sind doch jetzt eine Familie.«

Britta holte tief Luft und hatte nur einen Wunsch – aus diesem Albtraum endlich aufzuwachen.

DIE WOHNUNG IN LIENZ, zwei Zimmer, erster Stock, war klein, aber Resi war sie groß genug. Sie war ja schließlich Single, und wenn sie abends nach der Schicht im Gradonna nach Hause kam, warteten weder Mann noch Kinder auf sie. Das letzte lebende Wesen, mit dem sie ihre Miniwohnung geteilt hatte, war Donna gewesen, ein Hamsterweibchen, dass ihr ihre Mutter Vroni vor zwei Jahren mit den Worten »damit du was zum Kümmern hast« im Käfig in die Küche gestellt hatte. Donna hatte allerdings die letzte Silvesternacht nicht überlebt. Am Neujahrsmorgen hatte sie tot im Käfig gelegen, vermutlich hatte das Feuerwerk sie zu Tode erschreckt. So blieb alles, wie es war. Aber Resi wusste, was ihre Mutter unausgesprochen dachte:

»Ich fasse es nicht, dass meine hübsche, tüchtige Tochter noch keinen Mann und keine Kinder hat. Was hab ich verkehrt gemacht? Wann kriege ich endlich Enkel?«

Das Schlimme war, dass Resi auf diese stummen Fragen selbst keine Antwort wusste. Okay, sie war keine WOW-Frau, sondern eine auf den zweiten Blick. Nicht wie diese junge Frau, die heute angekommen war, als sie sich kurz von ihrer Freundin Chrissie verabschiedete. Lea Kussi, ein Name wie ein Ausrufungszeichen. Resi Pallhuber dagegen, eher ein kleines Komma. Gut geschminkt vielleicht ein Semikolon.

Resi beschloss, diese etwas trüben Überlegungen nicht weiter zu vertiefen, denn eigentlich war sie mit ihrem Aussehen ganz zufrieden. Ihre dicken, roten Locken wurden allgemein bewundert, ihre braunen, dichtbewimperten Augen waren ein Geschenk, von wem auch immer. Gegen ein paar Kilo weniger hätte sie keine Einwände gehabt, aber sie war Köchin im Gradonna Mountain Resort, da war die Versuchung überall, wer konnte da widerstehen?

Heute hatte sie früher Feierabend machen können. Normalerweise aß sie nach Dienstschluss im Hotel noch eine Kleinigkeit. Doch heute war sie sofort nach Hause gefahren. Und jetzt war sie hungrig. Sie öffnete die Kühlschranktür. Bis auf eine Tube Senf und ein Stück Appenzeller war der Kühlschrank leer.

Ernüchtert schnitt sie sich ein Stück Käse ab. Bevor sie es in den Mund schieben konnte, klingelte es an der Haustür.

»Ich war in der Nähe, und da dachte ich, guck doch mal, ob die Resi zuhause ist«, von Ohr zu Ohr grinsend, streckte ihr Sepp eine Pappschachtel entgegen: »Lust auf Pizza? Ich sterbe vor Hunger.«

Und plötzlich wurde aus einem etwas trüben Feierabend ein Sonnenaufgang.

»Du kommst mir gerade recht«, lachte sie.

Und dann saßen sie in ihrer kleinen Küche, und sie hatte auf einmal keinen Hunger mehr. Zumindest nicht auf Pizza. Weil ihr gegenüber ein junger Mann saß, der aus ihr einen aufgeregten Teenager machte. Einen, der zwar keine Pizza mehr, dafür aber ihn am liebsten vernascht hätte. Und warum auch nicht? Pizza konnte man wieder aufwärmen. Schließlich hatte sie eine Mikrowelle.

»Was ist?«, fragte er mit vollem Mund »Du guckst so komisch. Keine Lust auf Pizza?«

»Später«, sagte sie.

Nur Sepp schaffte es immer wieder, aus einer erschöpften Köchin eine tiefenentspannte, glückliche junge Frau zu machen.

»War ich gut oder war ich sehr gut?« Nur er durfte eine so dumme Frage stellen, eine, auf die Resi bei jedem anderen mit einem sofortigen Rausschmiss reagiert hätte.

Resi rollte unmerklich mit den Augen, setzte sich auf und betrachtete ihn. Egal, ob stehend, sitzend oder liegend, egal, ob mit dem Snowboard durch den Tiefschnee bretternd oder postkoital rosig durchblutet im Bett einer Frau liegend, Sepp sah immer aus wie einer schlüpfrigen Hausfrauenfantasie entsprungen. Nur was Humor und Selbstironie angingen, hatte er, als der liebe Gott sie verteilte, ganz laut »Danke, brauch ich nicht« gerufen. Und ob sein IQ zwei- oder dreistellig war, interessierte auch keinen. Dafür hatte er das süßeste Grübchen, das Resi je an einem Männerkinn gesehen hatte.

Plötzlich fiel ihr die Pizza wieder ein. Jetzt hatte sie Hunger. Sie stand auf, ging in die Küche, schob sie in die Mikrowelle, wartete aufs Pling und überlegte, wie es wohl wäre, wenn Sepp und sie … so richtig zusammen … in einer Wohnung, jede Nacht. Sie lächelte. Wer weiß? Wunder gab es schließlich immer wieder.

Als sie mit dem Teller ins Schlafzimmer trat, hörte sie:

I sing a Liad für di, und dann fragst du mi / Mogst mit mir tanzn gehn …

Was machte Andreas Gabalier in ihrer Wohnung?

»Das ist mein Handy, da muss ich ran«, murmelte Sepp und wühlte in seiner Jeans, die auf dem Fußboden lag. Ein schneller Blick aufs Display, dann verschwand er im Bad und machte die Tür zu.

Resi stellte den Teller auf den Nachttisch und presste ihr Ohr gegen die Tür.

»Nein, Eva, ich bin nicht daheim«, hörte sie ihn sagen. »Aber ich könnte noch vorbeikommen, wenn du willst. Aber nur kurz. War ein langer Tag heute.«

Resi ging in die Küche zurück. Eva von der Rezeption. Sie hatte es geahnt. Es tat trotzdem tierisch weh.

»Noch ein Stück Pizza, bevor du gehst?« Sie konnte sich beherrschen, wenn sie wollte, ihr würde niemand anmerken, dass ihr Herz gerade in Stücke zerbrochen war. Wie kitschig das klang, passte doch gar nicht zu ihr.

»Gern. Du hast mich hungrig gemacht.« Da waren sie wieder, diese unfassbar weichen Sepplippen, die jetzt ihre Halsbeuge küssten und wohlige Schauer …

»Wer war das eben am Telefon?«, fragte sie.

»Niemand«, sagte er und küsste weiter. »Und weißt du, was ich an dir besonders liebe? Dieses herzförmige Muttermal an deinem Hals. Ein richtig fettes Herz. Einfach irre!«

»Ach, der Leberfleck, nichts Besonderes.«

Sepp lachte.

»Du bist eben einzigartig, Resi. Die Beste. Die Allerbeste.«

Als er gegangen war, stand sie vor dem Spiegel und betrachtete ihren Hals. Sah wirklich witzig aus, ihr Herz. Eine seltsame Laune der Natur.

Sie ging ins Bett und griff zum Telefon neben sich. Es gab jetzt nur eine Stimme, die sie hören wollte.

»Mami?«

Im Defereggental lächelte Vroni zärtlich ins Telefon.

»Resi, Schatz, dein Papa und ich sind schon im Bett. Ist was passiert?«

Ich hatte Sex mit Sepp, Mama, zweimal, es war super und dann hat er sich mit meiner Kollegin verabredet. Und da ist er jetzt und hat vermutlich noch mal Sex mit ihr. Wie sagt man so schön … aller guten Dinge sind drei.

Das dachte Resi, und laut sagte sie: »Nein, nichts ist passiert, ich hatte nur Sehnsucht nach meiner alten Mutter.«

Ein tiefer Seufzer, den Resi hörte, weil Vroni ihn nicht unterdrücken konnte.

»Ach Schatz, was hab ich bloß falsch gemacht, dass meine über 36-jährige Tochter, die so hübsch, so gescheit, so tüchtig ist, nachts um 23 Uhr niemanden zum Reden hat außer ihrer alten Mutter?«

Schweigen. Dann räusperte sich Resi.

»Mach dir um mich keine Sorgen, Mama. Deine Tochter ist nicht einsam.«

»Ja, wo ist denn der Mann, der jetzt neben dir liegt und dich in die Arme nimmt, wo ist er denn?«

Resi holte tief Luft. Ach Mama.

»Leider kann man Papa nicht klonen«, sagte sie. »Hör ich da übrigens sein Schnarchen im Hintergrund? Klingt, als wolle er alle Wälder des Nationalparks Hohe Tauern kleinsägen.«

Vroni lachte.

»Das würde er nie tun. Dafür liebt er seine Wälder viel zu sehr. Und jetzt leg ich auf. Ich hab dich lieb, meine Große. Schlaf gut.«

Resi legte auf.

Okay, mein Bett ist zwar zur Hälfte leer, aber dafür schnarcht auch niemand. Ob Sepp jetzt gerade schnarchte? In Evas Bett? Oder ob er noch beschäftigt war?

Endlich schlief sie ein.

»ICH DENKE DA an ein Flying Buffet mit kleinen Köstlichkeiten aus der Region«, schlug Gregor, der Restaurantleiter, vor, und Harry, der neben ihm hinter der Bar stand, warf einen Blick auf die stämmige Frau mit dem breiten Kreuz, die ihn unwillkürlich sein eigenes etwas gerader durchdrücken ließ. Sie erinnerte ihn an seine Großmutter Dora, eine strenge Frau, die ihrem Enkel nichts durchgehen ließ, aber wäre er irgendwann mit dem Flugzeug im Dschungel abgestürzt, so wäre sie der Mensch gewesen, den er am liebsten dabeigehabt hätte. »Ich bin eine Berghexe«, hatte sie oft gesagt und dabei ein bisschen gekichert: »zäh und schlau und gefährlich.« Einen Tag vor ihrem 93. Geburtstag war sie an einem schönen Sommertag zu einer Bergwiese geradelt, hatte sich ins Gras gelegt und war friedlich eingeschlafen.

»Hören Sie noch zu, junger Mann?« Harry zuckte zusammen. Er war kurz gedanklich abgetaucht. Gottlob gesellte sich in diesem Moment Florian Partel zu der kleinen Gruppe. »Kann ich behilflich sein?«

»Wir besprechen gerade das Buffet zur Lesung von …« Gregor suchte einen Moment nach dem Namen des Sängers. »Victor Gold heißt mein Klient, lieber Mann, das sollten Sie sich nun wirklich merken können«, sagte Ella Nussbaum in genau dem Ton, den Oma Dora immer hatte.

Der Restaurantleiter schluckte. »Selbstverständlich weiß ich, wie der berühmte Sänger heißt, der unserem Hotel die Ehre gibt. Und natürlich kenne ich seine großen Hits.« Verdammt, warum fiel ihm nur jetzt partout kein Lied von ihm ein, seine Oma hatte ihn glühend verehrt … Moment …

»Ein bisschen Spaß muss sein«, summte Gregor, war das nicht sein Superhit?

»Das ist Roberto Blanco«, korrigierte ihn Ella Nussbaum genervt, »aber auch ein erfolgreicher Song. Kommen wir zur Sache. Flying Buffet ist okay, aber ich stelle es mir thematisch inspiriert vor. Gold ... verstehen Sie? Was fällt Ihnen dazu ein?«

»Wir könnten einen Aperitif aus Goldwasser servieren und die Desserts vergolden«, sagte Gregor, »das macht das Ganze natürlich etwas teurer. Wegen des Blattgolds«, ergänzte er schnell, während sich Ellas Stirnrunzel vertiefte.

Sie wandte sich an Florian Partel.

»Ihnen ist doch hoffentlich bewusst, dass es sich bei Victor Gold um einen international bekannten Künstler handelt.« Ella reckte sich und ließ ihre Schultermuskeln spielen. Durchaus eindrucksvoll, wie Gregor fand. Aber auch ein bisschen einschüchternd.

»Und dass dieses Hotel sich glücklich schätzen kann, ein so exklusives Fünf-Sterne-Event ausrichten zu dürfen. Deshalb erwarte ich selbstverständlich ein gewisses Entgegenkommen.«

Die Männer sahen sich an, beide seufzten innerlich.

»Ich höre«, sagte Ella und wartete.

Florian sah Gregor an.

»Flying Buffet mit Dessert und Champagner«, überlegte er, »wenn wir stattdessen Prosecco ...«

»Wie bitte?« Ellas Augen blitzten Dolche.

»Veuve Cliquot, meine Herren«, erklärte sie ungeduldig, »und nicht jeden Jahrgang. Den 1999er zum Beispiel, den mag er am liebsten.«

Für rund 200 Euro die Flasche kein Wunder, dachte Gregor, aber er schwieg. Er war für die leiblichen Genüsse zuständig, für die Finanzen zum Glück nicht.

»Ist das ein Problem?« Die Männer hörten sie durchaus, die leichte Drohung, und schüttelten den Kopf.

»Optimal wäre natürlich, wenn der Champagner in

Gläsern mit goldenem Rand ausgeschenkt würde«, fuhr Ella fort. »Auch das Personal sollte etwas Goldenes an der Kleidung tragen. Und was das Flying Buffet angeht, so stelle ich mir ein sowohl lukullisches als auch erotisches Motiv vor. Was denken Sie, meine Herren?«

Die Herren bemühten sich, nicht so ratlos zu gucken, wie sie dieser Vorschlag machte.

»Ero…«, stotterte Gregor, »wie darf ich mir das vorstellen?«

Ella lächelte. Sie liebte es, wenn sie Männer ratlos machen, geschickt über den Tisch ziehen und das Maximum für ihre Künstler dabei herausschlagen konnte. Nicht umsonst wurde sie in der Branche der »Barrakuda« genannt.

»Ganz einfach«, sagte sie und wandte sich zum Gehen, »so weit möglich, bitte alles in dezenter Penisform.«

Weg war sie.

Gregor sah Florian an.

»Dann müssen wir wohl den Wackelpudding von der Liste streichen«, sagte er.

DER AUSSENPOOL WAR nicht groß, aber so angenehm temperiert, dass er immer gut besucht war. Kinder tauchten, Erwachsene entspannten auf den Sprudelliegen vor Massagedüsen. Trotz der Enge war die Stimmung friedlich. Die Sonne lachte von einem geradezu unverschämt blauen Himmel, blitzweiße Schäfchenwolken rasten hin und her. Etliche Gäste hatten Buch oder Zeitschrift zur Seite gelegt und beobachteten, auf ihrer Liege ausgestreckt, das in den Bergen immer dramatische Himmelsspektakel wie eine spannende TV-Doku. Nachmittags würde sich der Himmel zuziehen, es würde kurz regnen, um dann am frühen Abend wieder sommerlich zu werden, so stand es in der »Gradonna Morgenpost«, die jeder Gast täglich beim Frühstück an seinem Platz vorfand – mit der Wettervorhersage, dem Programm des Tages, Wander- und Ausflugstipps oder Wellness-Empfehlungen.

»Darf ich?« Britta schaute von ihrem Krimi hoch, direkt in das lachende Gesicht von Susanne.

»Die Liege ist breit genug«, antwortete Britta, die eine der himmlisch bequemen Doppelliegen erwischt hatte. Sie hoffte, dass man ihrer Stimme das leichte Seufzen nicht anhörte. Am liebsten hätte sie sich einfach in Luft aufgelöst. Zu turbulent und anstrengend waren ihre Gefühle, seit sie die Ehefrau ihres Geliebten nicht nur getroffen hatte, sondern auch sehr nett fand. Und sich selbst deswegen klein und mies.

»Unsere Kinder sind wandern«, Susanne lag jetzt neben ihr. Unwillkürlich rückte Britta ein Stückchen weg. »Ich finde, sie passen großartig zusammen.«

»Und Mi … und dein Mann, was macht der?«

»Der geht spazieren«, Susanne schloss die Augen, »vermutlich ruft er gerade heimlich seine Geliebte an.«

»Aber gestern Abend …« Britta war ein bisschen fassungslos.

Susanne öffnete die Augen und sah Britta an. Etwas Undeutbares lag in ihrem Blick.

»Vergiss, was ich gestern Abend gesagt habe. Das war mehr Wunschdenken als Realität«, sagte sie, »Michael war immer ein Fremdgänger, und ich habe mich irgendwann daran gewöhnt. Er braucht diese Eroberungen, um sein Ego zu bestätigen. Eine einzige Frau würde ihm auf Dauer nie genügen.«

Britta hatte einen kleinen Hustenanfall und musste sich aufsetzen.

»Und du?«, fragte sie, »bist du immer treu gewesen?«

Jetzt lächelte Susanne.

»Ich hab's ja lange nicht gemerkt«, sagte sie. »Und über die One-Night-Stands hab ich tatsächlich großzügig hinweggesehen. Nur einmal, da hab ich gemerkt, dass es was Ernstes war. Aber das war die Ausnahme.«

Britta dachte an den Sex mit Michael, so wild, so voller Zärtlichkeit und Leidenschaft. Nie wieder, dachte sie, und sie hätte heulen können.

»Na, ihr beiden, wart ihr schon im Pool?« Michael stand im weißen Bademantel vor ihnen. Er sah so unschuldig aus, so harmlos.

»Nein, wir plaudern gerade so schön«, lachte Susanne.

»Und worüber?«, fragte er, aber er sah nicht so aus, als ob er die Antwort hören wollte.

»Über die Liebe und über den Verrat«, sagte Britta schnell. Ihre Blicke kreuzten sich.

»Davon versteht ihr Frauen sicher mehr.« Michael gelang ein Grinsen, das er für unwiderstehlich hielt. Er drehte sich um und ließ sich in den Pool gleiten. Sportlich elegant sollte das aussehen. Und überlegen. Dumm nur, dass er direkt auf Rainer rutschte, der neben Maria auf der Sprudelliege im Wasser lag, den Kopf auf der Nackenstütze, die Augen geschlossen, ihre Hände verschlungen.

Leonie, die das Spektakel vom Beckenrand gegenüber mit wachsendem Misstrauen beobachtete, musste unwillkürlich grinsen. Aber nur kurz, dann guckte sie wieder gewohnt finster. Peinlich, wenn alte Menschen in aller Öffentlichkeit herumknutschten, ohne Rücksicht auf ihre Kinder, die ohnmächtig mit ansehen mussten, wie ihre Eltern sich zum Deppen machten.

»Na, zukünftige Stiefschwester?« Mit einem Platsch war Lucas in den Pool gesprungen und sah sie lächelnd an. Ohne Brille, das musste sie zugeben, sah er noch einen Tick besser aus. Auch seine Badehose, die ihm bis fast zu den Knien reichte und zum Glück kein Speedoalbtraum war, stand ihm nicht soooo schlecht. Trotzdem – sie war jetzt nicht in der Stimmung für freundliches Geplauder. Nicht, wenn sie aus den Augenwinkeln sehen musste, wie ihr Vater diese Maria gerade sehr zärtlich küsste.

»Du und mein Stiefbruder? Ich würde mich erschießen!«, zischte sie und hoffte, dass sie ihn genauso wütend ansah, wie sie sich gerade fühlte.

»Ich könnte damit leben«, meinte Lucas ganz ruhig. »Meine Mutter hat schon viel schlimmere Männer als deinen Papa gehabt. Aber ich kann dich beruhigen. Die meisten Flirts dauern bei ihr nicht lange.«

Ihr Papa, ein unwichtiger Ferienflirt? Das wurde ja immer besser!

»Leonie und Lucas, kommt mal beide her«, rief Rainer mit so lauter Stimme, als wären sie nicht drei Meter, sondern drei Kilometer Luftlinie entfernt.

»Was iss'n?«, grunzte Leonie, »Ich wollte gerade schwimmen.«

»Oh, hat gerade nicht danach ausgesehen«, lachte Maria und verstummte, als Leonie einen Augenblitz abschoss.

»Was haltet ihr davon, wenn wir morgen zusammen eine Wanderung machen?« Rainer hielt Maria immer noch fest, zwar unter Wasser, aber Leonie sah es trotzdem.

»Irgendeine nette Tour. Nicht zu anstrengend, 'ne urige Hütte am Schluss«, sagte Maria. »Wäre doch schön, wenn wir uns alle ein bisschen besser kennenlernen würden.«

Noch besser? Leonie hätte jetzt gerne Feuer gespuckt. Auch Lucas wirkte alles andere als begeistert.

»So richtig Bock hab ich eigentlich nicht«, murmelte er.

»Ich hab den neuen Harry Potter dabei. Auf Englisch natürlich«, fügte er schnell hinzu, als er Leonies Blick sah.

Doch in deren Augen funkelte es plötzlich. Sie hatte eine Idee, die ihre Laune spürbar verbesserte.

»Ich bin dabei«, sagte sie. »Aber nur, wenn ich die Tour aussuchen darf.«

Die Erwachsenen sahen sich an, Leonie wusste genau, was sie dachten. Na, geht doch! Kriegt sich wieder ein, das kleine, freche Pubertätsmonster. Ja, das dachten sie, die Ahnungslosen.

»Kommst du mit?« Leonie sah Lucas an. Lucas sah Leonie an. Er hätte sie so wahnsinnig gern geküsst. »Oder liest du lieber ein Kinderbuch?«

Auch Hans Peter hatte eine Doppelliege ergattert und sich getraut, dort in Badehose zu liegen. Natürlich wusste er, dass sein quarkweißer, sixpackloser Männerkörper keine optische Delikatesse war, aber das konnte ja noch werden. Und da Moni heute mit Sepp, dem Bergführer, unterwegs war, konnte sie ihm kein »Bitte zieh den Bauch ein, Spatz, du bist nicht schwanger« zuraunen. Er war wirklich gern verheiratet, aber mit seinem »Seniorenhobby«, wie Moni seine Schriftstellerei gern nannte, war er lieber ungestört.

So wie jetzt, Notizbuch auf dem nackten Bauch, Augen und Ohren gespitzt, einfach nur entspannt beobachten.

Seinen Krimihelden zum Beispiel, der seiner Begleitung ein paar Doppelliegen weiter gerade den Rücken eincremte. Nicht seine Lieblingsbeschäftigung, wie man ihm deutlich ansah. Jetzt drehte sie sich um, er hörte, wie sie »Nicht so fest, mein Gott, Eincremen ist doch keine Gehirnchirurgie« zu ihm sagte. Nach Harmonie klang das nicht. Er beobachtete, wie Kai Lauterbach aufstand und durch die Glastür ins Hotel ging. Wie Waltraud nur die Schultern zuckte und zu einer Zeitschrift griff. Hans Peter griff zum Kugelschreiber.

Wie sie ihn behandelte! Wie einen Leibeigenen! Das konnte und wollte er sich nicht länger gefallen lassen. Aber ohne Abfindung einfach gehen? Nach den vielen Nächten, in denen er ihr zu Diensten war, mit letzter Kraft seinen Mann gestanden hatte? Die Welt war so ungerecht!

Er legte den Kugelschreiber zur Seite. Es wurde langsam Zeit, irgendwie musste Lionel jetzt zur Sache kommen, also zum Mörder werden. Die Frage war nur, wie? Es gab so wunderbar viele Mordarten im Internet, dass er sich nicht entscheiden konnte:

- mit der Lammkeule erschlagen und diese anschließend verspeisen, den Knochen bekam der Hund
- Zyankali auf dem Lippenstift
- Alkohol mit Ethanol
- klein geschnittene Haare mit Leberwurst vermischen
- Türklinke an Stromkreis anschließen.

Fantastisch, was er alles ergoogelt hatte! Bei so vielen großartigen Möglichkeiten konnte er sich einfach noch nicht entscheiden. Aber die Leiche, die sah er bereits vor sich – hingegossen auf einem zerwühlten Bett, schneewittchen-bleich, mit einer Wunde, aus der dekoratives Blut floss. Oder ein bisschen Gehirnmasse, wenn es eine Kopfwunde war.

Apropos! Dekorativ! Unwillkürlich zog er den Bauch ein, denn eben trat Lea Kussi durch die Glastür, und der Hauch von Nichts, den sie fast nicht trug, schimmerte auf ihrer goldbraunen Haut wie Sternenstaub. Neben ihr, in einem güldenen Speedo, das seine durchaus beachtliche Männlichkeit wie eine fette Bratwurst kurz vor dem Platzen umschloss, versuchte Victor Gold Schritt zu halten. Hans Peter folgte seinem Blick nach oben, wo Ella Nussbaum vom Balkon lehnte. Ihr durchtrainierter Rücken und ihr breites Kreuz sahen auf die Entfernung noch furchteinflößender aus. Wie die beiden wohl wirklich zueinander standen? Rein geschäftlich oder auch … erotisch? Falls ja, dann kam nur die S&M-Variante in Frage.

»Auf die Knie, Sklave«, zischte sie und streckte ihm ihren spitzen Stiefel hin, »du warst wieder einmal ungehorsam, dafür musst du bestraft werden. Küss meinen Stiefel.« Er tat, wie sie befahl. Sie war die Herrin, er ihr ergebener Sklave. »Ich danke dir für meine gerechte Strafe«, flüsterte er, während die Peitschenhiebe auf seinen Rücken knallten, »ich habe sie verdient.«

Nicht schlecht, Hans Peter, dafür, dass du im Grunde null Ahnung von Sadomaso hast.

»Vergiss die Sonnencreme nicht, Victor, die UV-Strahlen sind schlecht für deine Altersflecken!« Jeder konnte Ella verstehen, nur der Angesprochene ignorierte sie. Da alle

Liegen besetzt waren, breitete Lea ihr weißes Handtuch auf dem Rasen aus.

»Darf ich?« Blitzschnell hatte Victor seins danebengelegt.

Warum immer ich?, dachte Lea, aber weil sie nicht unhöflich sein wollte, lächelte sie Zustimmung.

»Victor, hörst du mich?« Ellas Fürsorge war ihm manchmal einfach zu mütterlich. Schließlich war er kein kleiner Junge mehr, der nach seinem Schnuller schrie. Dies war so ein Moment. Er fühlte sich wie ein rebellischer Teenager, dem seine Mami die erste Zigarette verbieten wollte. Er warf einen Blick zur Seite, wo Lea mit geschlossenen Augen auf ihrem Handtuch lag, und eine tiefe Sehnsucht nach seiner Welt von gestern durchströmte ihn.

Genauer gesagt von vorgestern. Als er noch Zugriff auf so wunderschöne Körper wie diesen hatte, weil er jung, attraktiv und ein Weltstar war. Okay, nicht Welt, aber Deutschland und deutschsprachiges Ausland. Ihm war bewusst, er war ja nicht blöd, dass diese Zeiten vorbei waren, aber es lebte sich einfach schöner mit einer gewissen Verdrängung.

»Sie sollten sich eincremen«, murmelte Lea schläfrig.

»Darf ich?« Ohne ihre Antwort abzuwarten, griff er zu der kleinen Spraydose mit dem Sonnenschutzmittel, die neben ihr lag. Sie öffnete die Augen. Sah etwas in seinen, das sie anrührte. An ihren verstorbenen Vater erinnerte, der auch immer so liebebedürftig und immer leicht peinlich gewesen war.

»Möchten Sie, dass ich Ihnen den Rücken eincreme?«, fragte sie.

Der Anblick, der sich Ella jetzt bot, war nicht dazu angetan, sie zu beruhigen. Ein Männerrücken, auf dem sich eine zarte Frauenhand geschmeidig hin und her bewegte.

Natürlich war sie Kummer gewohnt, hatte im Laufe ihrer Zusammenarbeit schon vor mancher Hotelzimmertür gestanden, den verdächtigen Lauten gelauscht und ihren Herzschmerz anschließend an der Hotelbar versenkt. Ja, sie liebte ihn, diesen eitlen, unsensiblen, narzisstischen Mann mit der goldenen Stimme. Immer noch. Aber sie würde sich hüten, ihn das merken zu lassen.

Entschlossen drehte sie sich um und ging ins Zimmer zurück.

»Sie haben wirklich magische Hände«, seufzte Victor. »Darf ich Sie als Dank heute Abend zu einer Flasche Champagner einladen?«

»Ich erwarte noch jemanden«, meinte Lea.

»Einen Mann?«

»Nein, eine Frau.«

»Kein Problem«, sagte Victor. »Ihre Freundin ist natürlich auch mein Gast.« Ella hatte Kopfschmerzen angedeutet, das passte gut.

»Okay«, meinte Lea. »Ich glaube, das reicht, den Rest können Sie selbst … Ah, da bist du ja endlich!«

Sie sprang auf und lief auf das junge Charlize Theron Lookalike zu, das ihr mit ausgebreiteten Armen entgegenkam.

»Ich hab dich so vermisst.«

»Kaum bin ich nicht da, reibst du fremden Männern den Rücken ein.«

Sie lachten und umarmten sich. Die allgemeine Aufmerksamkeit war ihnen sicher. Alle guckten und taten so, als gucken sie nicht.

»Ein schicker Laden, den du uns da ausgesucht hast«, flüsterte die Frau. »Können wir uns das überhaupt leisten? Du weißt, eine Grundschullehrerin verdient nicht viel.«

»Was für ein Glück, dass ich eine Eventagentur habe und die Kosten von der Steuer absetzen kann«, flüsterte Lea zurück.

Und dann küsste sie die junge Frau. Auf den Mund. Deutlich mit Zunge. Lang und innig.

Es war ganz still am Pool.

Lea trat einen Schritt vor, sodass alle sie sehen konnten, und sagte: »Das ist übrigens Yolande. Meine Lebensgefährtin, die ich nächstes Jahr heiraten werde. Wahrscheinlich im Mai hier in Kals. Falls jemand in der Zeit auch hier sein sollte – Sie sind alle herzlich eingeladen!«

Lea hakte sich bei Yolande ein, einen Moment später hatte die Glastür sie verschluckt. Zurück blieb nur das weiße Badetuch auf dem Rasen.

Und Victor Gold, der bis zu diesem Moment, wie so viele Männer, geglaubt hatte, dass Liebe unter Frauen immer nur eine Ersatzlösung sein kann, musste nach dem Auftritt von Charlize Theron leider dieses lieb gewonnene Vorurteil endgültig in die Tonne treten.

»WÜRDEN SIE BITTE mal ein Foto von uns machen?« Ohne eine Antwort abzuwarten, drückte Moni der hübschen blonden Bedienung mit den in schmalen Jeans steckenden Endlosbeinen ihr Handy in die Hand. »hier bitte, mit dem Großglockner im Hintergrund.«

Sie stand auf der Aussichtsplattform der Adlerlounge, lehnte sich mit strahlendem Lächeln an Sepp, und der legte mit geübter Geste den Arm um sie, drückte die Schultern durch und setzte seinen teils »Gott der Berge«-, teils Dackel-Blick auf, der, wie er wusste, sofort auf Facebook landen und dort schmeichelhaft oft geteilt und geliked werden würde. Es gehörte ja nicht viel dazu, um Flachlandtiroler, besonders die weiblichen, glücklich zu machen. Man musste nur ein Kerl sein, der nicht viele Worte, dafür umso mehr Komplimente machte. Und der, sollte ein Flirt ins Horizontale übergehen, anschließend nicht enttäuschte. Zum Glück enttäuschte er nie.

»Seppl weiß, was Frauen wünschen«, hatte schon seine Tante Auguste immer gesagt, auf deren Hof er als Bub jeden Sommer bei der Heuernte half. Er konnte sich noch gut erinnern, dass er damals abends oft im Bad vor dem etwas trüben Spiegel stand und die Blick-Variationen übte, die männliche Unschuld vom Lande, den Verführer, den Verliebten, den »Ich vernasch dich auf dem Küchentisch«-Kerligen. Sein erfolgreichster war der »Ich sterbe gleich vor Sehnsucht«-Blick, halb geschlossene Lider, leicht zerfurchte Stirn, männliches Seufzen.

Im Laufe der Jahre hatte er diese Wirkung perfektioniert und zu seiner besten Disziplin gemacht.

»Im Winter Skilehrer, im Sommer Bergführer, zu allen vier Jahreszeiten Charmeur«, pflegten seine Geschwister zu sagen, wenn sie nach dem Beruf ihres Bruders gefragt wurden. Doch manchmal ertappte er sich dabei, von einem gemütlichen Heim mit Garten, einer hübschen Frau und zwei niedlichen Kindern zu träumen. Ein Junge in zünftigen Lederhosen, ein Mädchen im rosa Dirndl. Manchmal hatten sie rote Locken, so wie diese Monika. Und, ja, so wie Resi. Aber solche Gedanken löschte er immer schnell von seiner Festplatte. Er wollte keine Familie, keine große Liebe, keine Enttäuschungen. Für einen kurzen Moment schob sich ein längst vergessen geglaubtes Bild vor sein geistiges Auge. Eine Frau saß reglos auf einem Sessel am Fenster. Das Haar grau, der Blick leer, das Fenster vergittert. Schnell verdrängte er das Bild.

»Sei's drum«, dachte er und zog Moni etwas fester an sich. »Sie zahlt gut, ist sportlich, sympathisch, flirtet gern und hat keine ernsthaften Absichten.« Er hatte schon unangenehmere Jobs gemacht.

Moni genoss den festen Griff des feschen Bergführers. Den leichten Druck eines durchtrainierten Männerkörpers, den ihr Ehemann, so lieb sie ihn hatte, leider nie gehabt hatte.

Sie hörte im Geiste schon die neidischen Kommentare ihrer Hamburger Busenfreundinnen Heidi und Jutta, wenn sie ihnen das Foto per WhatsApp schicken würde. »Da hat sich die Moni aber eine echte Sahneschnitte ausgesucht. Der könnte seine Bergschuhe gern auch mal vor mein Bett stellen.«

Na ja, war ja nur fürs Foto. Und ein bisschen flirten, wenn auch nur ganz harmlos, war nun mal der beste Jungbrunnen. Mal ehrlich, welche auch noch so glücklich verheiratete Frau ließ ihren Blick nicht gerne mal auf einem so muskulösen Männerkörper auf Entdeckungstour gehen? Und welche Frau käme beim Blick in diese blitzblauen Augen nicht

– rein theoretisch – in die Gefahr, sich darin zu verlieren? Sogar die blutjunge Bedienung schenkte dem mindestens doppelt so alten Naturburschen einen sexy Augenaufschlag.

»Noch mal zwei Cappuccino?«, fragte sie, als sie das Handy zurückgab. Und ehe Sepp verneinen konnte, nickte Moni und sagte, zu ihm gewandt: »Dafür ist doch noch genug Zeit, oder? Es ist so wunderschön hier oben auf der Terrasse.«

»Meinetwegen«, murmelte er. »Du bist die Chefin.« Entspannt ließen sie sich wieder in den roten Liegestühlen nieder. »Aber nur ein halbes Stündchen, dann müssen wir los.«

Die Chefin, wie er alle weiblichen Gäste nannte, Frauen mochten das, hatte ihn für eine Wanderung zum Rotenkogel gebucht, einem der schönsten Aussichtsberge Osttirols. Wenn man, wie sie, die Gondel hinauf zur Adlerlounge nahm, war das eine etwa zweistündige kurzweilige Tour mit teilweise ausgesetzten Abschnitten, die mit Drahtseilen gesichert waren. Eigentlich brauchte man dafür keinen Bergführer, nur Trittsicherheit, Schwindelfreiheit und etwas Erfahrung. Eigentlich.

»Warum ist dein Mann nicht dabei?«, fragte er in die schläfrige Stille hinein. »Keine Lust auf Gipfelglück?«

»Nicht, wenn er sich dafür anstrengen muss«, meinte Moni, »Hans Peter ist kein Gipfelstürmer. Er mag's gemütlich und betätigt sich lieber als Hobbydetektiv.«

Kein Gipfelstürmer ist er also, dachte Sepp, war das jetzt eine Einladung? Erotisch unterfütterte Ehefrauen waren eigentlich seine Spezialität, bei dieser war er unsicher und zog seine Hand wieder zurück.

Monika blinzelte in die Sonne und schloss zufrieden die Augen. Sie fühlte sich großartig, jung, unbeschwert. Einfach himmlisch, diese Höhenluft! Sie hatte ihre karierte Bluse abgelegt, trug nur noch ein knappes T-Shirt und war sich sicher, noch einen durchaus akzeptablen Anblick abzugeben. Ein bisschen Bräune würde ihre Attraktivität sicher noch erhöhen.

»Pass nur auf«, warnte Sepp. »Wir sind hier auf über 2500 Metern. Da ist die Sonne gefährlich.«

Doch Monika blieb entspannt liegen. »Ich hab Faktor 30 aufgetragen«, beruhigte sie ihn. »Da sollte nichts passieren.«

Doch als sie eine Dreiviertelstunde später zahlten, Moni übernahm die Rechnung, war ihre nur an die Hamburger Sonne gewöhnte Haut brutzelbraun gebrannt. Bis auf einen etwas unförmigen hellen Fleck über ihrem Schlüsselbein. »Hast du dir da ein Tattoo entfernen lassen?«, fragte Sepp grinsend.

»So was Ähnliches«, meinte Moni und knöpfte energisch ihre Bluse zu.

»Auf geht's«, rief Sepp, »hast du genug Wasser dabei? Einen Müsliriegel für alle Fälle?« Moni nickte. »Alles klar«, sagte sie, warf ihren Rucksack über die Schulter, nahm ihre Wanderstöcke und steckte die Hände durch die Schlaufen. »Sag dem Abenteuer, dass ich komme.«

Und Sepp stellte fest, dass sie auch von hinten ausgesprochen appetitlich aussah.

»WEISST DU NOCH …?« In einem kleinen, gemütlichen Bauernhaus im Defereggental hielt Vroni Pallhuber ihrem Mann ein winziges gelbes Mützchen vors Gesicht. »Wir fanden Resi so süß damit, aber sie hat es sich immer vom Kopf gezogen, aus dem Kinderwagen geworfen und vor Freude gequietscht, wenn du es wieder aufgehoben hast.«

»Ja, mein Schatzerl wusste schon immer genau, was es wollte. Das hat's von mir.« Franz ließ sich schwerfällig auf der Eckbank am Küchentisch nieder, auf die seine Frau mal wieder die große Kiste mit den Erinnerungen an Resis Kindheit gestellt hatte. Fotos, Briefe mit rosa Schleifchen, eine Adoptionsurkunde, winzige Babykleidung. Das tat sie immer dann, wenn sie Sehnsucht nach ihrer Tochter hatte. Oder sich Sorgen um sie machte. Meistens kam beides zusammen.

»Sie tut immer so, als wäre alles in Ordnung. Aber ich nehme ihr das nicht ab«, sagte sie, während sie verträumt Fotos, Babywäsche und Kuscheltiere aus der Kiste holte, »gestern Abend, als du schon geschnarcht hast, rief sie an, wollte nur mal hören, wie es uns geht, aber ihre Stimme klang irgendwie traurig. Sag, was du willst, aber das Kind hat Kummer.«

»Ach, du immer mit deinen Ahnungen«, grummelte Franz. »Aber wir sollten endlich Klartext mit ihr reden. Sie denkt immer noch, dass ihre leibliche Mutter tot ist.«

»Ja, das war lange Zeit eine gute Lösung, aber jetzt nicht mehr«, sagte Vroni leise, und ihre Gedanken flogen 36 Jahre zurück, als der Anruf aus der Klinik in Wien kam: »Wir haben ein Kind für Sie. Ein kleines Mädchen.« Und da war er plötzlich und ohne Vorwarnung, der kleine Expander, der ihren Herzmuskel von diesem Moment an ständig dehnen und strecken würde. Ihr Herz weiten und Platz schaffen würde für ein so unfassbar großes Ausmaß an Liebe, dass es manchmal kaum auszuhalten war. Und dieser kleine Expander, in ihrem Fall war er hyperaktiv, was vielleicht daran lag, dass sie von null auf hundert Mutter geworden war. Nicht mit wachsender Babykugel, sondern nach vielen vergeblichen Hormonbehandlungen. Aber die Mutterliebe war genauso heftig in sie hineingeschossen wie bei anderen Müttern die Muttermilch. Und Franz war es genauso gegangen. Nie hatten sie sich als Adoptiveltern gefühlt, immer nur als Eltern. Und deshalb waren sie tief unglücklich und sehr besorgt, dass ihre innig geliebte Tochter Resi mit 36 Jahren noch keinen Mann hatte. Und keine Kinder. Wenn sie endlich schwanger ist, sage ich ihr noch mal ganz deutlich, dass ihre leibliche Mutter noch lebt, das hatte Vroni sich ganz fest vorgenommen.

»Pack das Mützchen wieder ein und mach dir nicht so viele Gedanken«, sagte Franz und dachte an das nette junge Ehepaar aus Stuttgart, das seit einer Woche mit zwei süßen Kleinkindern in dem Apartment wohnte, das sie über die Organisation »Osttiroler Herzlichkeit« vermieteten. »Aber sag mal: Kann man eigentlich auch Enkel adoptieren?«

Vroni lachte und packte die Kiste wieder weg. Sie hätte nichts dagegen gehabt.

LOVE WAS IN the air. Jedenfalls in Zimmer 333.

»Ich kann es immer noch nicht glauben, dass wir bald ein Paar sind!« Yolande beugte sich über Lea und küsste sie sanft. »Sorry, ich korrigiere: ein richtiges Ehepaar. Ein Paar sind wir ja schon eine Ewigkeit.«

Wie immer, wenn Yolandes weiche Lippen sie berührten, egal wo, egal wann, brauchte Lea einen Moment, um wieder aufzutauchen. Kein Mann, und sie hatte vor Yolande einige ausprobiert, hatte dieses Gefühl von Wehrlosigkeit und Verzauberung in ihr ausgelöst.

»Ich möchte ein Kind mit dir«, flüsterte sie, »am besten Zwillinge, für jeden von uns eins.«

Stille. Die Lea nach einer Minute ungemütlich fand.

»Aber was sollen wir tun? Die Versuche mit der künstlichen Befruchtung sind ja alle fehlgeschlagen. Und, ganz ehrlich, ich fand sie auch irgendwie entwürdigend.«

»Es gibt bestimmt eine Lösung. Ich hab schon www.spermaspender.de gegoogelt«, sagte Lea. »Außerdem haben wir ja auch ein paar schwule Freunde, die uns behilflich sein könnten.«

»Genau. Wir könnten alle einladen und auf die Karte schreiben: Bitte statt Blumen euer Persönlichstes mitbringen.«

Sie lachten.

»Und dann mischen wir alles ordentlich durch, damit später keine Ansprüche gestellt werden können.« Typisch Yolande, sie sah die Dinge praktisch – und mit Humor.

Sie lagen nebeneinander auf dem großen Bett, durch das geöffnete Balkonfenster schien die Nachmittagssonne und wärmte ihre wie zwei Bretzeln ineinander verschlungenen Körper.

»Wir könnten uns ja auch hier mal umgucken …«,

sinnierte Yolande, »dieser Bergführer, der sah doch eigentlich sehr gesund und für einen Mann recht attraktiv aus.«

»Untersteh dich«, warnte Lea und drohte mit dem Zeigefinger.

Dann küssten sie sich und vergaßen den Rest der Welt.

Irmgard – Gesundheitspädagogin, Masseurin, Berg-Wanderführerin, vor allem aber »Kräuterhexe« – war heute das Schlusslicht in der Wellness-Abteilung. Gerade hatte sie die letzten Steine, Kräuter, Tiegel und Töpfe weggeräumt, als das Telefon klingelte. Der Reiz, einfach so zu tun, als wäre sie schon weg, war groß. Denn ihr feingeschliffener siebter Sinn sagte der Osttirolerin, dass ihr pünktlicher Feierabend in Gefahr war.

»Ja bitte? Gradonna Mountain Resort, Wellness-Abteilung. Was kann ich für Sie tun?«

»Ich bin nach meiner langen Anreise total verspannt und wollte fragen, ob ich noch eine Massage haben könnte.« Die Stimme klang freundlich und sehr angenehm.

»O.k. Wenn Sie sofort herkommen, geht das schon noch.«

Eine Viertelstunde später lag Yolande bäuchlings auf Irmgards Massageliege und schnurrte wie eine Katze. Jaaa, das tat richtig gut. Die Frau wusste genau, was sie tat.

»Sie machen das großartig«, lobte sie. »Diese Loomi-Loomi-Massage ist der Wahnsinn!«

»Danke für die Blumen.« Irmgard lächelte. »Hauptsache, Sie fühlen sich anschließend besser. Und das nächste Mal müssen Sie sich unbedingt eine Glockner-Stein-Massage gönnen. Die Steine dafür sammle ich selbst in den umliegenden Tälern.«

»Wie jetzt? Warum denn in verschiedenen Tälern?«

Yolande, eben noch etwas schläfrig, war plötzlich blitzneugierig. Das war ja hochinteressant.

»Weil jedes Tal eine andere Energie, andere Menschen und andere Steine hat«, antwortete Irmgard, als wäre es das Selbstverständlichste der Welt. »So sind zum Beispiel die Steine aus dem Ködnitztal sehr fordernd, und sie helfen den Menschen, sich zu öffnen. Die aus dem Teischnitztal dagegen sind sanft, weiblich mit ungeheurer Urkraft.«

Yolande hörte interessiert zu. »Ist ja spannend, was Sie alles wissen. Vielleicht haben Sie ja auch für mich noch einen Tipp. Meine Lebensgefährtin und ich wünschen uns so sehr ein Kind. Aber trotz inzwischen gefühlt rund zwanzig Versuchen einer künstlichen Befruchtung hat es bisher nicht geklappt.«

»Da würde ich auf jeden Fall den nächsten Versuch mit einem Tee aus Frauenmantel unterstützen«, sagte sie. »Außerdem gibt es hier in der Nähe einen speziellen Kraftplatz, den Sie mal aufsuchen sollten. Und hier«, sie drückte ihrer Patientin einen ovalen, glatt-glänzenden Stein in die Hand. »Der wird Ihnen auch helfen.«

Yolande wunderte sich über sich selbst, dass sie nicht, wie eigentlich üblich, dachte »was für 'n Hokuspokus« und innerlich grinste. Stattdessen war sie zutiefst beeindruckt und irgendwie hoffnungsvoll. Kraftplatz, das klang gut.

Drei Stunden später.

Die letzten Gäste gönnten sich nach dem üppigen Dinner noch etwas Süßes vom Dessertbüffet, die Frühaufsteher lagen schon wieder in den Federbetten, nur die Bar war wie immer gut besucht. Zu Hans Peters klammheimlicher Freude hatte sich Moni schon nach der Vorspeise mit den Worten »War doch anstrengender, als ich dachte« zurückgezogen. Er hätte sich also ungestört an den köstlichen Pasta-Spezialitäten bedienen können, aber bei Resi in der Küche war es einfach am schönsten.

»Ich hätte noch ein kleines Schnitzel«, sagte sie, und während seine Augen aufleuchteten und er begeistert nickte, brutzelte das Kalbfleisch bereits, bemehlt, in Ei getunkt und danach paniert, in der Pfanne. Er kaute stumm und genießerisch versunken, trotzdem fiel ihm auf, dass Resi stiller war als sonst.

»Schade, dass ich schon verheiratet bin«, sagte er, »sonst hätte ich Ihnen längst einen Antrag gemacht. Sie kochen einen Mann ja geradezu in den Himmel!«

Resi lächelte, aber nur mit dem Mund, nicht mit den Augen.

»Sie sind ja auch ein dankbarer Esser.«

Sie sah so zauberhaft aus mit ihren roten Locken und den roten Wangen, dass er sie am liebsten ganz fest gedrückt hätte. Rein väterlich natürlich.

»Ich hätte gern eine Tochter wie Sie!« Die Worte standen plötzlich im Raum. Resi sah ihn erstaunt an.

»Sie wissen ja, ich habe keine Kinder«, fügte er schnell hinzu. »Da wird ein alter Mann wie ich eben manchmal sentimental, besonders mit einem so köstlichen Schnitzel im Bauch.«

Resi sah ihn an und dachte: Wenn du wüsstest! Sie hatte nämlich seine Frau und Sepp beobachtet, wie sie sich lachend nach ihrer Wanderung dem Hotel näherten. Und vor dem Eingang hatte diese Moni *ihrem* Sepp einen Kuss auf den Mund gedrückt. Was heißt gedrückt? Aufgezwungen hatte sie ihm diesen Kuss. Obwohl – er hatte über das ganze Gesicht gegrinst, als er in die Küche gekommen war.

»Ein müder Wanderer mit einem Riesenhunger steht vor

dir!« Mit drei Riesenschritten war er bei ihr, hatte sie hochgehoben und auf den Metalltisch gesetzt. »Und wenn ich wieder bei Kräften bin, hast du anschließend ja auch was davon.«

Und dann küsste er sie. Und sie küsste ihn zurück. Obwohl seine Lippen nach Monis Lippenstift schmeckten.

Britta saß allein auf der Terrasse vor der Bar und rauchte eine Zigarette. Caspar und Miriam waren früh ins Bett gegangen, weil sie am nächsten Tag eine Wanderung machen wollten, Susanne und Michael hatten sich zu den Tagesthemen verabschiedet. Was Britta sehr recht war. Es war höllisch anstrengend, sich ständig verstellen und die entspannte Singlefrau vortäuschen zu müssen. Was für eine Erleichterung! Und was für eine Leere! Ich werde alt und einsam sein, dachte sie und inhalierte tief. Mein Sohn wird nach Neuseeland auswandern, ich werde ihn einmal im Jahr besuchen, und wenn ich tot bin, wird es niemand merken, bis sich meine Nachbarn über den fiesen Geruch wundern, der durch mein Schlüsselloch kriecht.

»Michael!« Sie zuckte zusammen, als er plötzlich vor ihr stand. »Sind die Tagesthemen schon vorbei?«

Er nahm ihr die Zigarette aus der Hand und zog daran.

»Susanne schläft«, sagte er, »und ich hatte Sehnsucht.«

»Ich mag deine Frau«, sie sah ihn an, »damit habe ich nicht gerechnet. Und deshalb …«

»Deshalb?«

»Sollten wir beide nicht mehr allein sein. Nicht hier, nicht woanders, nie mehr.«

Sie drehte sich um und ging zurück in die Bar.

Er folgte ihr.

In den Aufzug. Über den Hotelflur, bis zu ihrem Zimmer.

Sie holte ihre Keycard aus der Handtasche und drehte sich um. Er stand so dicht hinter ihr, dass sie sich nicht bewegen konnte.

»Britta … Liebling …«

Da war er wieder, dieser süße, unwiderstehliche Sog, der sie in seiner Gegenwart so willenlos machte. Sie riss sich zusammen.

»Nein, Michael«, ihre Stimme klang fest, obwohl ihre Knie weich wie Wackelpudding waren. »Es ist vorbei. Unsere Kinder heiraten, wir sind jetzt eine Familie. Gute Nacht.«

Sie öffnete die Tür. Sein Atem streichelte ihren Hals.

»Mach es doch nicht so kompliziert, Britta«, flüsterte er, »Liebe ist doch etwas Wunderschönes.«

Sie holte tief Luft.

»Aber Fremdgehen nicht«, sagte sie. »Geh zu deiner Frau. Da gehörst du hin.«

Britta stand auf dem Balkon. Die Nacht war warm, der Himmel so voller Sterne, dass es fast hell draußen war. Es klopfte.

Sie öffnete die Tür.

»Komm rein«, sagte sie, »aber es ist das allerletzte Mal.«

»HAST DU WAS von deiner Mutter gehört?« Miriam sah an diesem Morgen wieder zauberhaft aus – trotz einer süßen Sorgenfalte auf der Stirn, die Caspar ihr am liebsten weggeküsst hätte. Aber natürlich nicht am Frühstückstisch. Er schüttelte den Kopf. »Nichts. Und deine Eltern? Gestern saßen sie doch schon in aller Herrgottsfrühe mit einer Kaffeetasse auf der Terrasse.«

»Keine Ahnung. Ich finde sie sowieso seltsam, irgendwie verspannt. Hast du eine Ahnung, was los sein könnte?«

»Vielleicht mögen sie mich nicht«, überlegte Caspar, »weil ich nicht der reiche Erfolgsmensch bin, den sie sich für ihre Tochter erträumt haben.«

»Unsinn!« Sie wischte seine Vermutung empört vom Tisch. »Beide sind begeistert von dir. Es muss einen anderen Grund dafür geben, dass sie so neben der Spur sind.«

Caspar sah sie an, seine kleine, schnuckelige Traumfrau, so lieb, so unzickig, dass er sein Glück gar nicht fassen konnte. Aber jetzt sah sie richtig besorgt aus. Ihm dagegen ging es fantastisch, aber er war ja auch ein Mann und als solcher immun gegen das Wittern von Stimmungen und Befindlichkeiten. Das war eindeutig Frauensache, da mischte er sich nicht ein, da hatte er auch keine Ahnung.

»Vielleicht schlafen sie heute etwas länger«, schlug er deshalb vor. »Und bei meiner Mutter weiß man nie. Die hat oft die verrücktesten Ideen. Ich würde mich nicht wundern, wenn sie schon um sechs zu einer Barfuß-Wanderung aufgebrochen wäre.«

Er spießte eine kleine, mit Frischkäse gefüllte Paprika auf die Gabel. »Augen zu, Mund auf«, sagte er, und als Miriam gehorchte, schob er sie ihr vorsichtig zwischen die Lippen. »Iss, mein Schatz, damit du mir nachher nicht aus den Socken kippst.«

Sie kaute und sah ihn an.

»Von eins bis zehn, wie groß ist deine Liebe heute Morgen?«

Er schwieg und überlegte.

»Caspaaar!«

»Ich würde sagen, sieben mit Tendenz halb acht«, sagte er.

Sie lachten. Der Himmel war blau, ihre Liebe war rosig, alles war gut.

»Heute Mittag stehen wir da oben«, Caspar zeigte mit der Gabel hinauf zu dem markanten grünen Gipfel, der ihnen jeden Morgen beim Frühstück zuschaute.

Miriam strahlte ihn glücklich an. »Ich freu mich so! Unsere erste gemeinsame große Bergtour!«

Die Entscheidung für diesen Ausflug war gestern Nachmittag spontan gefallen. Sie hatten bei der Mittagsjause auf der Terrasse den Hoteldirektor getroffen und ihn nach dem Berg gefragt, der da so eindrucksvoll hoch über Kals seinen stolzen Gipfel reckte.

»Das ist das Figerhorn«, hatte Fabian Partel geantwortet. »2743 Meter hoch, gehört zur Glocknergruppe. Wenn Sie genau hinsehen, können Sie sogar das Gipfelkreuz erkennen.«

»Kommt man als Normalsterblicher, der nicht Reinhold Messmer heißt, denn da rauf?«, fragte Miriam.

»Aber ja, wenn man so fit ist, wie Sie beide aussehen, ist das kein Problem«, hatte er das Paar ermuntert. »Der Weg hinauf ist zwar relativ lang, schweißtreibend und zum Schluss ziemlich steil, aber nicht schwierig.« Und nach einer kleinen Kunstpause hatte er hinzugefügt: »Morgen soll das Wetter besonders schön sein. Ideal fürs Figerhorn.«

Entschlossen und voller Vorfreude hatten sie abends ihre Rucksäcke gepackt. Warme Ersatzkleidung, Regenzeug für alle Fälle, Kamera, Akkus. Dann hatten sie den Wecker auf sieben Uhr gestellt, waren früh ins Bett gegangen und ausnahmsweise sofort eingeschlafen.

»Träumst du? Oder möchtest du noch eine Tasse Kaffee?« Ohne eine Antwort abzuwarten, füllte Miriam noch einmal die Tasse ihres Verlobten. »Wir müssen gleich los. Um 8.30 Uhr geht der Transferbus zum Lucknerhaus.«

»Bist du fertig, Liebling? Das Taxi wartet nicht.« Monikas Stimme hatte eine Frequenz, die an das Pfeifen eines zornigen Murmeltieres erinnerte und Hans Peter höchste Eile signalisierte. Ungeduldig trat sie von einem Fuß auf den anderen. Sie wollten heute mit dem Hotelbus über die Kalser Glocknerstraße zum Lucknerhaus fahren und von dort zur Lucknerhütte wandern. Ein breiter, rentnerfreundlicher Weg, nicht allzu anstrengend, jedenfalls hatte Chrissie das versprochen. Ein Ausflug, der Hans Peter nicht zu sehr fordern, ihn aber hoffentlich etwas mehr in Schwung bringen würde. Sie seufzte diskret. Nach ihrer Wanderung mit dem durchtrainierten, muskelbepackten Bergführer durfte sie keine ungerechten Vergleiche ziehen. Das wäre nicht fair. Aber man durfte ja wenigstens träumen. Hans Peters Herz in diesem Bergbub-Body. Halleluja, Baby! Aber sie würde es bei dem einen Kuss belassen, alles andere war zu gefährlich.

»Pssst, Moni, pssst«, flüsterte Hans Peter und drückte leise die Balkontür von außen zu. Seine Mutter Trudi hatte ihm zwar, manchmal sogar von mehreren Klapsen begleitet, beigebracht, dass es sich nicht gehört, zu lauschen. Aber jetzt führte kein Weg daran vorbei. Er MUSSTE unbedingt hören, was dort auf dem Nachbarbalkon gesprochen wurde.

»Ja, es ist wirklich alles in Ordnung, aber ein paar Tage

musst du dich noch gedulden.« … »Nein, wirklich, du bekommst das Geld. Versprochen.« … »Mach dir keine Sorgen. Es wird alles gut.« … »Ja. Ich dich auch.«

Kein Zweifel. Die Stimme von Kai Lauterbach. In flagranti erwischt. Auf jeden Fall literarisch.

Obwohl ihn der Anblick der toten Frau in den weißen Laken unangenehm berührte, griff Lionel von Wiedenbrück nach seinem iPhone und wählte eine Nummer. »Es ist geschafft, Liebling«, flüsterte er, als könne Victoria ihn noch hören. »Ich habe die Generalvollmacht für ihre Konten. Nein, keine Sorge, sie ist mit allem einverstanden. Wir treffen uns in Paris, im George V. Das können wir uns jetzt ja leisten. Nein, sie hat nichts gemerkt, die dumme, alte Frau, zum Glück ist sie ja blind vor Liebe.«

AN DER RAFTING-STATION »Adrenalin« war an diesem Vormittag Hochbetrieb. Fast fünfzig Unternehmungslustige aller Altersgruppen hatten sich angemeldet und mussten mit Neoprenanzügen, Rettungswesten und Schutzhelmen ausgerüstet werden. Alle waren aufgeregt, stellten Fragen und redeten durcheinander. Doch den Leiter, gebürtiger Holländer und schon lange im Bereich Wassersport tätig, konnte nichts aus der Ruhe bringen. Geduldig antwortete er, wies die Leute darauf hin, dass sie keine Wertsachen mitnehmen sollen, keine Handys oder Kameras, versicherte den Angsthasen, dass Sicherheit allerhöchste Priorität habe, und teilte die Gruppen auf die unterschiedlichen Boote und Mitarbeiter ein.

»Bei der Rodeo-Tour auf einer Strecke von 14 Kilometern weißt du nicht mehr, wohin mit deinem Adrenalin! Action pur!«, hatte Yolande aus dem Prospekt vorgelesen, den ihr Eva gegeben hatte, als sie nach spannend-sportlichen Unternehmungen suchte. »Das ist genau das Richtige für uns. Oder wäre dir die sanfte Familientour lieber?«

Lea lachte: »Du kennst doch mein Motto: Ich will Spaß, ich geb Gas.« Highfive!

Als Yolande die Rafting-Tour an der Rezeption buchte, stand Victor Gold plötzlich hautnah hinter ihr. Er schien in Paco Rabanne gebadet zu haben, so intensiv roch er danach.

»Eine sportliche Rafting-Tour – das würde mich ja auch reizen. Wann soll's denn losgehen?«

Sie lächelte leicht gequält.

»Die Tour ist ja leider immer ausgebucht, aber wir haben noch zwei Restplätze bekommen.«

Und jetzt standen sie also tatsächlich alle gemeinsam vor einem großen blau-gelben Schlauchboot am Ufer der Isel: zwei bildschöne Frauen, deren Kurven in den hautengen schwarzen Neoprenanzügen bei allen männlichen Teilnehmern zu einer gewissen Atemlosigkeit führten. Daneben ein Mann, relativ kleiner Wuchs, wenig Bizeps, aber stolzgeschwellte Brust, mit einer Frau, die ihn um eine halbe Kopfgröße überragte. Wenn er sich auf die Zehenspitzen stellte, konnte er vermutlich seinen Kopf an eine ihrer breiten Schultern lehnen.

»Zieht bitte eure Rettungswesten an, schnürt sie fest zu und setzt die Helme auf. Die Tour, die ihr euch ausgesucht habt, ist keine Spazierfahrt«, begann ein sportlicher Typ namens Mike die Einweisung ins Rafting-Abenteuer. »Die Isel führt zurzeit viel Wasser, und die Stromschnellen haben es in sich. Da bleibt kein Auge trocken – und auch sonst nichts.«

Lea und Yolande hörten aufmerksam zu, Ella Nussbaum wirkte unternehmungslustig, nur Victor Gold sah ernst und angespannt aus.

»Hast du Angst, mein Lieber?« Ella flüsterte es, aber auch ihr Flüstern war ein kräftiges. Allgemeines Schmunzeln.

»Ich bitte dich«, zischte der Angesprochene und wand sich pikiert aus der unerwünschten Umarmung, »wovor sollte ich denn Angst haben?«

»Die Füße müssen immer in den Schlaufen am Boden des Bootes stecken«, erklärte Mike, »sonst habt ihr keinen Halt. Sollte trotzdem jemand über Bord gehen, bitte ruhig bleiben, im Wasser auf den Rücken legen und Füße voraus treiben lassen, bis ihr Halt findet oder wir euch wieder rausfischen. Aber das üben wir gleich noch.«

Sein Blick blieb unwillkürlich auf dem kleinen Mann hängen. Der sah nicht gerade sportlich aus. Auf ihn würde er ein besonderes Auge haben müssen.

»Oh Gott, worauf habe ich mich da eingelassen«, dachte

Victor Gold leicht panisch und begann zu schwitzen. Er hatte sich die Rafting-Tour wie eine nette Floßfahrt vorgestellt, auf der er mit kleinen Schmankerln aus seinem Leben glänzen und den einen oder anderen Hit zum Besten geben könnte. Stromschnellen? Über Bord gehen? Ruhe bewahren? Das klang ungut. Er war als Achtjähriger mal im Schwimmbad von zwei älteren Jungs untergetaucht und erst nach einer Ewigkeit wieder losgelassen worden. Sie hatten ihm die Badehose heruntergezogen und aufs Einmeterbrett geworfen, hundeelend hatte er sich gefühlt, ein schlaffer Versager, der mit nacktem Hintern und unter dem Gelächter der Klassenkameraden seine Shorts suchen musste. Nie hatte er jemandem von diesem entwürdigenden Erlebnis erzählt, das sein Verhältnis zum nassen Element entscheidend geprägt hatte.

Schweißperlen sammelten sich unter seinem Helm.

»Hoffentlich hält die Farbe«, durchfuhr es ihn plötzlich. Sein Haar war frisch gefärbt. Nicht auszudenken, wenn in aller Öffentlichkeit schwarze Schweißstreifen sein Gesicht zum Zebra-Face machen würden …

Eine halbe Stunde später ging's los. Nach den Wasserübungen – reinspringen, untertauchen, Füße voraus treiben lassen – saßen acht Personen, gewichtsmäßig gut verteilt, mit je einem Paddel auf dem Rand des Schlauchbootes, die Füße fest in die Schlaufen am Boden gesteckt. Nachdem Mike das Boot mit zwei Helfern ins Wasser geschoben hatte, sprang er schwungvoll vorn hinein und rief: »Los geht's, Freunde, auf eine unvergessliche Rodeo-Tour!«

Schnell nahm das Boot Fahrt auf, wurde durch Strudel energisch gedreht, gestoppt, gewendet. Mike gab kurze, laute Kommandos, und seine Crew reagierte. Besonders Lea und Yolande machten eine gute Figur. Sie stießen sich geschickt mit ihren Paddeln von aus dem Wasser ragenden Felsblöcken ab, lachten laut, wenn eine Welle über das Boot hinwegschwappte, und brachten mit ihrem Temperament die anderen Teilnehmer richtig in Schwung.

»Alles klar?«, rief Lea dem unter seinem Helm etwas bleich wirkenden Victor zu.

»Geht schon«, antwortete Ella Nussbaum, die, multitasking-erprobt, sowohl die Stromschnellen als auch ihren Schützling bestens im Blick hatte.

Als das Wasser etwas ruhiger wurde und eine Gruppe junger Frauen, die am Ufer picknickten, den Raftern zuwinkte, vergaß Victor als erprobte Rampensau plötzlich alle Ängste.

»Hallo, hallo«, rief er, so laut er konnte, und begann, den Refrain eines seiner Hits zu singen: »Nimm mich, küss mich, lieb mich«. Übermütig klatschten die Damen im Takt. Victor strahlte, seine gebotoxten Bäckchen glänzten. Applaus ist das Brot eines jeden Künstlers – und lässt ihn jede Vorsicht vergessen. Noch ehe Mike eingreifen konnte, riss sich der Sänger den Helm vom Kopf und stand auf, um sich seinem Publikum in voller Größe zu präsentieren.

»Setz dich!«, brüllte Mike. »Sofort!« In diesem Moment schrammte das Boot über einen Felsen, geriet in Schräglage, wurde von einem Strudel durchgeschüttelt und von einer mächtigen Welle überrollt. Als alle wieder zu Atem kamen, war der Platz von Victor Gold leer.

In der Empfangshalle des Gradonna Mountain Resorts war an diesem Vormittag wieder Hochbetrieb. Das geradezu granatengute Wetter hatte viele Gäste zu Ausflügen und Wanderungen animiert. Als Irmgard aus der Wellness-Abteilung kam, um die Gäste zu begrüßen, die sich für die Kraftplatzwanderung ins Teischnitztal angemeldet hatten, winkte Brigitte Berger sie zu sich. Sie schob den leuchtend roten Dildo, ohne den sein Besitzer, ein sehr distinguierter Herr mit einer sehr jungen Begleitung, gerade abgereist war, schnell in eine Schublade. Hätte es sich um ein Handykabel oder ein Buch gehandelt, kein Problem, das wurde normalerweise an die Rechnungsadresse geschickt, aber ein Dildo? Lieber nicht.

»Schau mal, was heute mit der Post aus Abu Dhabi gekommen ist«, freute sich Brigitte und hielt ein Foto in die Höhe, das eine verschleierte Frau mit einem süßen Baby zeigte. »Dein Verdienst!«

»Wie jetzt? Mein Verdienst?« Irmgard merkte selbst, dass sie ein ziemlich dummes Gesicht machte.

»Du hast mal wieder das richtige Kraut verschrieben«, lachte Brigitte. »Erinnerst du dich an den Scheich, der letztes Jahr mit seinen drei Frauen in unserem schönsten Chalet gewohnt hat? Die Haremsdamen waren mit dir auf Kräuterwanderung und haben ein ganzes Leinensackerl von dem Kraut gepflückt, das du ihnen als schwangerschaftsfördernd empfohlen hast. Sie haben es ihrer Haremskollegin mitgebracht, die sich so sehr ein Kind wünschte. Wie du siehst, hat es geholfen. Welches Kraut war es denn?«

»Frauenmantel.« Irmgard freute sich: »Siehst du: die Kräuter helfen und heilen.«

»Und manchmal sind sie sogar lukrativ«, sagte die stellvertretende Hoteldirektorin und legte ein Bündel bunter Geldscheine auf das Foto. »Das Dankeschön des Scheichs.«

»Wie großzügig«, freute sich die »Kräuterhexe«, obwohl sie keine Ahnung hatte, wie wertvoll die Scheine sein mochten. »Die kommen in die Tipp-Box, damit alle etwas davon haben.«

Sie lachte, warf ihren Rucksack über die Schulter, ihre langen blonden Haare flogen, als sie sich schwungvoll umdrehte. »Bis später. Jetzt muss ich mich um die Kraftplatzgäste kümmern.«

RESIS LAUNE HATTE an diesem Morgen eine Graufärbung. Eher dunkelgrau. Was natürlich an Sepp lag, der sich im Morgengrauen mit den Worten: »Wird schon schiefgehen, man sieht sich«, von ihr verabschiedet hatte. Die Stunden davor ... ja, verdammt, sie war wieder schwach geworden, wie immer.

»Ich hab nichts dabei, Resi«, hatte Sepp geseufzt. »Hast du vielleicht?«

Nein, auch sie hatte keine Kondome im Haus, die Pille vertrug sie zwar nicht, aber sie fand es einfach ungerecht, dass Verhütung immer Frauensache war. Außerdem kaufte sie keine Kondome mehr, seit eine Verkäuferin einmal »Sind die Billy-Boy-Kondome nicht im Angebot?« durch den ganzen Drogeriemarkt gerufen hatte. Wie im TV-Spot. So peinlich!

»Resi?«

Natürlich wäre es schlauer gewesen, wenn sie vom Bett aufgestanden und sich einen Bademantel übergezogen hätte. Wenn sie nicht, nackt, heiß und wehrlos einfach liegengeblieben, »Komm schon, ich glaub, ich bin sicher« gesagt und dann einfach nur immer schwerer geatmet hätte.

»Ich pass auf«, hatte Sepp versprochen, wie schon öfter in letzter Zeit, und dann, auch das war nicht das erste Mal, ebenfalls sehr schwer geatmet.

»Und wenn jetzt doch etwas passiert ist?«, hatte sie gefragt.

»Was soll passiert sein? Ist doch bisher auch immer alles gut gegangen«, hatte er schläfrig gemurmelt.

»Ich könnte zum Beispiel ... na ja ... also schwanger sein.«

Schweigen.

»Schläfst du schon?«

Schweigen. Aber kein Schnarchen, also war er nicht, wie sonst immer, direkt nach dem Sex eingeschlafen.

»Wäre das denn so schlimm?«, flüsterte sie und hoffte, er würde das Gegenteil sagen.

»Was genau ist denn jetzt das Problem?« Seine Stimme klang unwillig. Die Stimme eines Mannes, der einfach nur schlafen und auf gar keinen Fall Probleme wollte.

»Also, eine Abtreibung kommt für mich nicht in Frage.«

Sie zuckte zusammen, als Sepp sich plötzlich aufsetzte, die kleine Lampe auf dem Nachttisch anknipste und sie unwirsch anschaute.

»Resi, ganz klar und ganz deutlich: Ich mag dich richtig gern, aber ich will kein Kind. Und keine Familie. Wenn es das ist, was du willst, bin ich eindeutig der Falsche.«

Warum konnte es nicht bleiben, wie es war? Eine nette, liebevolle Beziehung ohne Verpflichtung? Ohne die Gefahr, dass ein Herz zerbricht? Die große, ewige Liebe? Nein, das hatte bei seinen Eltern schon nicht geklappt. Die Ehe ist ein Trauerspiel, der Lieblingsspruch seiner Mutter, und wer schlau ist, guckt sich lieber eine Komödie an. Warum sollte es ihm besser ergehen? Ein Risiko, das er lieber nicht eingehen wollte.

»Keine Angst, Sepp«, sie hörte die Schärfe in ihrem Ton, es war ihr egal. »Ich dränge meinem potenziellen Kind keinen Vater auf, der keine Lust auf Verantwortung hat.«

Er wusste, er hatte die Wahl. Beschwichtigung oder Abgang. An Schlaf war jetzt leider nicht mehr zu denken.

»Resi, meine Königin«, sagte er deshalb. »Das sind doch alles ungelegte Eier. Außerdem, wie alt bist du?«

»Ich bin 36!« Warum kam sie sich auf einmal so uralt vor?

Er grinste.

»Dann passt es doch. In deinem Alter wird man doch nicht mehr so einfach schwanger, oder?«

Das war wieder so ein Männersatz, bei dem eine Frau nur tief seufzen konnte.

Durch die Vorhänge blinzelte die Morgensonne. Es war fünf Uhr, um sieben fing ihr Dienst im Gradonna Mountain Resort an. Sie war todmüde und hellwach gleichzeitig. War Sepp etwa einfach eingeschlafen? Ohne Rücksicht auf ihren Seelenschmerz? Sie beugte sich über ihn. Er hatte die Augen geschlossen, ein Lächeln umspielte seine Lippen, wahrscheinlich träumte er von einer wunderbaren Orgie.

Plötzlich schlug er die Augen auf. Schaute sie prüfend an und berührte ihre Schulter.

»Wie lange hast du den eigentlich schon?«

»Du meinst den Leberfleck? Seit meiner Geburt. Warum?«

»Sieht wirklich aus wie ein Herz, echt cool«, meinte er. »Erinnert mich an was. Hab aber vergessen, woran. Ist ja auch egal. Hab ich noch ein Stündchen oder schmeißt du mich raus?«

»Ich glaube, deine Verehrerinnen im Gradonna warten schon auf dich«, sagte sie und ging ins Bad.

Unter der eiskalten Dusche nahm sie sich ganz fest vor, die längst überfällige Nulldiät in Sachen Liebe nicht weiter aufzuschieben. Es würde schwer werden, die Droge Sepp war hartnäckig, aber das Rauchen hatte sie sich ja auch abgewöhnt. Nach dreißig Zigaretten täglich.

Als Resi die Serpentinen nach Kals hochfuhr, war ihre Stimmung rabenschwarz, obwohl die Fahrt zur Arbeit von Lienz zum Gradonna sie normalerweise jeden Morgen aufs Neue beflügelte und beglückte. Das gigantische Bergpanorama, die satten Wiesen, der Himmel, der ständig seine Farbe wechselte. Nie hätte sie im Flachland wohnen mögen. Eine Kurzreise nach Hannover, wo der Himmel das gesamte Wochenende in Kniehöhe baumelte, eine dicke, graue Wolkendecke, hatte sie nachhaltig verschreckt. Sie war ein Bergmädel, durch und durch.

Sie sah auf die Uhr. Halb sieben. Da blieb noch Zeit für einen kleinen Abstecher zur Felsenkapelle. Sie parkte das Auto im Kalser Ortsteil Burg am Straßenrand, ging mit schnellen, kräftigen Schritten den Weg hoch zur kleinen, in den Felsen gebauten Kapelle und öffnete die Tür. Nur fünf Minuten … Sie setzte sich auf die hintere Holzbank und atmete tief durch. Dieser Ort, der früher ein Kultplatz gewesen sein soll, tat ihr gut. Immer mal wieder zog sie sich hierher zurück, wenn ihr etwas auf der Seele lag. Sie war nicht besonders gläubig. Sie kam auch nicht, um zu beten. Aber in dieser Kapelle konnte sie ihre Sorgen abgeben. Auch an diesem eigentlich zu dunklen Tag. Erleichtert lief sie kurze Zeit später zum Auto zurück, fuhr die letzten Meter zum Hotel und stürzte im Laufschritt in die Küche.

»Grüß dich, Prinzessin, ist noch Kaffee da für einen müden Krieger?«

Nicht zu fassen. Sepp war tatsächlich schon vor ihr da. Er zwinkerte ihr zu, er war unwiderstehlich, er war einfach Sepp.

Sie ging zur Kaffeemaschine, zwei Stücke Zucker, einen Spritzer Milch, sie wusste ja, wie er seinen Kaffee mochte. Sie wusste, wie er alles mochte, das war ja das Problem. Ihr Problem, nicht seins.

Er trank den Kaffee in drei großen Schlucken aus, drückte Resi die leere Tasse in die Hand und verabschiedete sich mit einem schnellen Kuss. »Heute geht's von der Dolomitenhütte über die Bügeleisenkante zur Laserzwand«, verriet er unternehmungslustig. »'ne Vierer-Klettertour mit zwei topfitten Münchnern. Das wird 'ne Gaudi.«

Ehe Resi noch irgendwas erwidern konnte, hatte er die Küche schon verlassen, stieg in seinen dunkelgrünen Geländewagen, den er mal wieder im Halteverbot vor der Rezeption geparkt hatte, und fuhr mit aufheulendem Motor davon. Zwei Minuten später folgte ihm ein dunkelroter Touran. Rainer, Maria, Leonie und Lucas auf dem Weg zu ihrem ersten Ausflug zu viert.

»Wir machen eine Tour zur Karlsbader Hütte«, hatte Leonie abends nach dem Pastabuffet verkündet. »Das ist eine supercoole Hütte in den Lienzer Dolomiten, 2260 Meter hoch. Da übernachten auch viele Kletterer, die nicht so verwöhnt sind wie wir. Zieht Eure Bergschuhe an, nehmt Wanderstöcke mit und packt Badesachen ein. Es gibt da oben einen tollen See.«

Die verwunderten Blicke ihres Vaters und seiner neuen Bekanntschaft Maria hatte sie mit Genugtuung registriert, überfreundlich gelächelt und gedacht: »Wenn ihr denkt, ihr hättet mich auf euren Patchwork-Familien-Quatsch eingenordet, seid ihr auf dem Holzweg. Einem, der mit spitzen Nägeln und Reißzwecken gespickt ist. Ha!«

Vor dem Einschlafen – ihr Vater war natürlich wieder mit dieser penetranten Maria an der Bar verabredet – dachte sie daran, wie stolz er war, weil seine Tochter die Vorbereitungen für den Ausflug in die Hand genommen und alles super organisiert hatte. Ach, Papa! Er vertraute ihr total. Und sie? Schwarz war ihre Tochterseele, kohlrabenschwarz.

Und falls überhaupt möglich wurde ihre Laune noch schwärzer, als Maria am nächsten Morgen wie selbstverständlich auf dem Beifahrersitz Platz nahm.

»Die traut sich was«, dachte Leonie, »das ist mein Stammplatz, seit Mami uns verlassen hat.« Doch als Maria sich umdrehte und fragte: »Es ist dir doch recht, wenn ich vorne sitze?«, lächelte Leonie honigsüß. Ihre Rache würde kommen. Sofort wurde ihre Laune besser.

Schweigen auf der Fahrt nach Lienz. Jeder hing seinen Gedanken nach. Die Erwachsenen hatten dieses leichte innere Lächeln in den Augen, die Nacht war schön gewesen, sehr schön. Sie hatten sich heimlich – die Kinder wussten von nichts – noch ein Zimmer gemietet, um ungestört zusammen sein zu können. Es fühlt sich gut an, dachte Maria, richtig und gut. Ein bisschen nach Zukunft. Rainer warf einen Blick in den Rückspiegel und schmunzelte. Leonie und dieser Lucas, irgendwas schien sich da anzubahnen. Die Sehnsuchtsblicke dieses leicht verpickelten, aber sehr netten jungen Mannes waren ihm nicht verborgen geblieben. Und die schlitzigen Eisaugen seiner Tochter auch nicht. Aber die machte sie immer, das war ihr Markenzeichen, seit aus seiner kleinen Prinzessin, die ohne ihr Kuscheltier nicht einschlafen konnte, eine spitzstachelige Kratzbürste geworden war. Ein ständig beleidigtes, oft freches kleines Biest. Pubertät, was sonst! Ein Virus, hatte Maria gesagt, ein Trost.

Lucas dachte gar nichts. Er fühlte nur. Sein Herz klopfte. Und Leonie war gespannt, ob ihr Plan funktionieren würde. Sie blätterte in ihren Unterlagen und fühlte sich ein bisschen wichtig. Fühlte sich gut an, wenn alles auf ihr Kommando hörte.

»Wir fahren jetzt erst mal in Richtung Sillian«, sagte sie,

als sie den Kreisverkehr in Lienz erreicht hatten. »Und dann müssen wir die Abzweigung zur Mautstraße hinauf zur Dolomitenhütte finden. Alle einverstanden?«

Alle nickten. Leonie grinste. Vorbereitung war schließlich alles. Selber schuld, wenn sie ihr blind vertrauten.

»Wie wäre es mit einer Wanderung zur Karlsbader Hütte?«, hatte Chrissie Leonie vorgeschlagen, als sie gestern Abend ein bisschen recherchiert hatte, »da geht ein leichter Weg hinauf. Insgesamt 620 Höhenmeter. Und oben ist's wunderschön.«

Leicht! Von wegen! Kam ja überhaupt nicht in Frage.

»Haben Sie vielleicht einen etwas sportlicheren Vorschlag?«, fragte sie. »Wir sind ja alle noch keine Omas.«

Chrissie lächelte. »Geübte Bergsteiger können auch über den Rudl-Eller-Steig hinaufgehen. Da ist allerdings Trittsicherheit erforderlich, und schwindelfrei sollte man auch sein.«

Leonie war sofort ins Zimmer gegangen und hatte gegoogelt. Tatsächlich! Von der Dolomitenhütte zur Karlsbader Hütte führten zwei Wege. Ein leichter und ein deutlich schwierigerer, an den sogar ein kurzer Klettersteig angeschlossen war. Bingo! Leonie war sicher, die Erwachsenen würden es – blind-verliebt, wie sie waren – gar nicht merken, wenn sie den Weg zum Steig einschlug, der, so wurde im Internet beschrieben, anfangs auch echt harmlos aussah. Aber weiter oben, dort, wo Trittsicherheit und Schwindelfreiheit gefragt waren, da würde sie, Leonie, als Sportskanone glänzen, während sich Maria und ihr Bücherwurm-Spross als totale Weicheier erweisen würden. Und Weicheier, das wusste sie genau, konnte ihr Vater absolut nicht ausstehen.

»ER LEBT NOCH!« Victor hörte die Worte, aber er verstand sie nicht. Wo war der engelsgleiche Chor, mit dem er gerade noch auf der Bühne gestanden hatte? Dieser wunderbare helle Scheinwerfer, in dem er sich so leicht, so sorglos glücklich gefühlt hatte, war auch erloschen. Stattdessen war da ein unangenehmer Geschmack in seinem Mund und ein Gewicht lastete schwer auf seinem Körper. Wo, um Himmels willen, war er?

»Ganz vorsichtig«, sagte jetzt eine Stimme, die ihm vage bekannt vorkam. »Nicht bewegen.«

Langsam öffnete Victor die Augen – und schloss sie sofort wieder. So viele Gesichter über ihm! Wer waren all die Fremden, die ihn neugierig anstarrten! Nur ein Augenpaar erschien ihm vertraut und löste ein warmes Gefühl aus. Er blinzelte, versuchte zu sprechen. »Ella?«

»Ja, Victor. Hab keine Angst. Alles wird gut.«

Er hatte zwar immer noch keine Ahnung, was eigentlich los war, aber allein der Klang dieser Stimme hatte eine beruhigende Wirkung. Er versuchte, sich zu konzentrieren, einen klaren Gedanken zu fassen. Sein Schädel brummte, die rechte Schulter schmerzte höllisch. Er öffnete die Augen. Jetzt war nur noch ein Gesicht über ihn gebeugt. Ella. Er lag auf dem Rücken am Boden, ein paar Leute, die ihm jetzt doch irgendwie bekannt vorkamen, hockten um ihn herum. Sie trugen orangefarbene Westen und sahen aus wie begossene Pudel.

»Wo bin ich? Was ist passiert?« Die Stimme gehorchte ihm wieder. Gott sei Dank!

»Lassen Sie mich mal ran«, sagte eine Frau, schob Ella, die gut anderthalb Köpfe größer und eine Schulter breiter war, energisch an die Seite und öffnete ein kleines Köfferchen. »Mein Name ist Ilse Rosenbauer. Ich bin Ärztin.«

Ohne eine Antwort abzuwarten, begann sie, seinen Körper fachkundig abzutasten.

»Heben Sie mal das rechte Bein … jaaa, o. k., das linke … o. k., einmal tief einatmen …, ausatmen … Schauen Sie nach links … nach rechts … nach oben. Tut das weh? Ist Ihnen übel? Wie heißen Sie? Wie alt sind Sie? Was ist heute für ein Wochentag? Drehen Sie sich mal auf die Seite. Oje, die Schulter. Alles kein Drama.«

Im Feuerwerk der Fragen und Befehle fühlte sich Victor noch etwas schwindeliger und hilfloser. Teufel, es ging ihm verdammt dreckig. Und diese Ärztin, die ihn wie einen ganz normalen Sterblichen behandelte, sie schien ein Herz aus Stein zu haben. Hatte sie wirklich keine Ahnung, dass sie es mit einem Weltstar zu tun hatte?

Nein, hatte sie nicht, denn Dr. Ilse Rosenbauer hörte keine Schlager, sie war Jazzfan, Freejazz war ihre Leidenschaft.

Für Dr. Ilse Rosenbauer war die Untersuchung reine Routine. Als Ärztin der Innsbrucker Unfallchirurgie war sie weit Schlimmeres gewohnt. Zersplitterte Knochen, klaffende Wunden. Die Biketour mit ihren Freundinnen an Drau und Isel entlang war als kleine Erholungspause gedacht. Und dann sah sie plötzlich diesen Kasper in einem wackeligen Boot, stehend, die erste Dummheit, dann nahm er seinen Helm ab, das war die zweite, dann stürzte er in die Isel. Ohne zu überlegen, warf sie ihr Bike ins Gras und wollte gerade ins Wasser springen, da hatte es bereits eine andere Frau getan. Fasziniert beobachtete Dr. Rosenbauer die große, kräftige Gestalt, die sich geschmeidig kopfüber rückwärts ins Wasser fallen ließ, das leblose Wesen bei der Schwimmweste packte und damit zum Ufer schwamm.

Sie reagierte sofort und rief 112 an.

»Bedanken Sie sich bei ihrem Schutzengel«, sagte sie jetzt und zeigte auf Ella. »Diese Frau hat Ihnen das Leben gerettet.«

Mühsam richtete sich Victor auf. Blut tropfte von seinem Kinn. »Was ist denn eigentlich passiert?«

»Das können Ihnen Ihre Freunde erzählen«, antwortete Dr. Rosenbauer. »Ich verabschiede mich jetzt und würde Ihnen raten, sich die nächsten Tage zu schonen. Wahrscheinlich haben Sie eine leichte Gehirnerschütterung. Bedanken Sie sich bei Ihrer mutigen Retterin.« Sie zeigte auf Ella und schwang sich wieder aufs Rad. Schnell weg, bevor wieder etwas passierte.

Ächzend setzte Victor sich auf.

»Ella? Du hast mir das Leben gerettet?«

»Ach was«, wehrte Ella Nussbaum ab. »Ist doch keine Heldentat. Ich war in meiner Jugend Leistungsschwimmerin. Da werde ich doch wohl einen leichtsinnigen Schlagersänger vor dem Ertrinken retten können.«

Er sah sie an, seine Ella, das alte Schlachtross. Nicht mehr die Schönste, nicht mehr die Jüngste, aber aus seinem Leben nicht mehr wegzudenken. Und plötzlich war ihm klar, wie viel sie ihm tatsächlich bedeutete.

»SO MUSS ES im Paradies sein!« Maria breitete die Arme aus und atmete tief ein. Nach einem abwechslungsreichen, teilweise ziemlich steilen Anstieg waren sie auf einer wunderbar großflächigen Alm angekommen. Schwungvoll warf sie ihren Rucksack auf den Boden und setzte sich mitten zwischen Butterblumen, Kornblumen, Maßliebchen, Süßklee und Alpenastern ins Gras.

»Bleib genau so«, rief Rainer und zückte sein iPhone für ein Foto.

»Wunderschön!«

»Die Landschaft?«

»Die Landschaft und du.«

Lucas und Leonie wechselten einen Blick. Leonie steckte ihren Zeigefinger in den Hals, Lucas lachte. Peinlich, diese Eltern, aber vermutlich wurde man peinlich, wenn langsam der Lack ein bisschen wegbröselte. Man musste nachsichtig sein mit den Alten. Mit ihren Macken, ihrer Überfürsorglichkeit, ihrem völligen Mangel an Coolness. Sie wussten es schließlich nicht besser.

Rainer war glücklich.

»Ich bin beeindruckt, Supertour, die du da organisiert hast.«

Er war stolz auf seine Tochter, so mochte er sie, tüchtig, sportlich, unpubertär. Das freute ihn vor allem. War der Virus vielleicht sogar schon verschwunden?

»Am Ende des Parkplatzes müssen wir links über eine Wiese hoch«, hatte seine kleine Zaubermaus gesagt, als sie aus dem Auto gestiegen waren und die Rucksäcke geschultert hatten. Und niemand hatte gemerkt, dass der Normalweg nach rechts geführt hätte. Pfeifend war sie voranmarschiert, vorbei an Kühen, hinein in einen schattigen Wald, über Heidekraut und Felsblöcke bis zu der Alm, die in der

Karte als Weißsteinalm gekennzeichnet war und auf der zwei sehr pittoreske Almhütten standen, mit tiefgezogenen Schindeldächern und einer kleinen Holzterrasse.

»Wenn das Ferienhäuser sind, möchte ich hier nächstes Jahr Urlaub machen«, sagte Maria verträumt und stellte sich vor, wie sie in dieser Einsamkeit abends mit Rainer auf der Terrasse liegen würde. Allein, ohne pubertierende Kinder. Ein Glas Rotwein, ein Dutzend Kerzen. Millionen Sterne.

»Hast du an die Müsliriegel gedacht?«, holte Leonie sie aus ihren Tagträumen. »Dann pack mal aus. Wir können hier nicht ewig sitzen. Es ist noch eine ordentliche Strecke bis zur Karlsbader Hütte.«

»Greift zu«, sagte Maria jetzt und ließ die Tüte kreisen. Sie freute sich, dass die 14-Jährige sichtlich Gefallen an ihrer Führungsrolle gefunden hatte, und natürlich war ihr als Mutter nicht entgangen, dass Lucas das Mädchen geradezu anhimmelte. Wer wollte es ihm auch verdenken. Erstens sah Leonie heute mit ihrem wippenden Pferdeschwanz, der rot-karierten Bluse, die sie so geknotet hatte, dass ihr brauner Bauch hervorschaute, und den engen 5/8-Jeans besonders hübsch aus. Und zweitens war sie gar nicht so unfreundlich und ruppig wie sonst.

»Weiter geht's«, rief Leonie. »Oder ist etwa irgendjemand schon k.o.?«

Hätte sie diese Fragen auf der Terrasse der Lucknerhütte gestellt, Hans Peter hätte sofort den Arm gehoben. Der Weg vom Parkplatz des Lucknerhauses, wo der Transferbus Moni, ihn und das sympathische Verlobungspaar abgesetzt hatte, bis zur Hütte war ja eigentlich nicht weit. Eine knappe Stunde stand im Osttiroler Wanderprospekt. Aber die Steigung hatte ihm doch arg zugesetzt. Die erste

Strecke konnte man ja noch wunderbar alle paar Schritte pausieren, um die Schauobjekte und Infotafeln des Lehrwegs »Glocknerspur-BergeDenken« anzusehen. So fiel gar nicht auf, wenn die Luft dünner wurde. Aber dann! Moni war so gut in Form, dass sie wie eine junge Gams den steilen Weg hinaufgespurtet war. Hans Peter fühlte sich hinter ihr wie ein Hängebauchschwein. Ja, das war der richtige Vergleich, ein altes, müdes Hängebauchschwein.

»Wäre wohl doch nicht verkehrt, mal ein paar Kilo abzunehmen«, hatte er reumütig gedacht, während er sich schwer atmend und schweißüberströmt hinter seiner Frau bergauf quälte. »Wenn ich so weitermache, läuft sie mir noch irgendwann mit einem dieser unverschämt muskulösen, fit aussehenden Tiroler Bergmänner davon. Haben die eigentlich ein angeborenes Bauchspeck-Frühwarnsystem im Körper, oder woran liegt es, dass die Männer in den Bergen auch im Alter noch so gut in Schuss sind?« Ein kleiner Hass auf diese Konkurrenz hatte sich bei ihm eingenistet.

Auf der Hüttenterrasse hatten sie sich ausgerechnet zu so einem Typ gesetzt, weil alle anderen Tische besetzt waren. Figur wie ein Zwanzigjähriger. Zumindest von außen besehen. Flacher Bauch, wahrscheinlich ein prächtiges Sixpack unterm blaukarierten Berghemd, muskulöse Arme. Aber das graue Haar und die Falten im braungebrannten Gesicht zeichneten ihn deutlich als Ü60er aus. Schlecht lebte der garantiert auch nicht. Hatte ein Bier vor sich stehen, und gerade brachte ihm die fesche Bedienung, deren schlanke Beine in einer rustikalen kurzen Lederhose steckten, eine Portion Bratkartoffeln mit Spiegeleiern. Hans Peter lief das Wasser im Munde zusammen. Er würgte ein »Guten Appetit« hervor und hoffte, dass es nicht zu neidisch klang.

»Wünsche ich Ihnen auch«, hängte sich Moni an. »Sind

Sie aus Kals? Dann haben Sie ja eine wunderschöne Heimat.«

Der Mann kaute zu Ende, nahm einen großen Schluck Bier und antwortete in feinstem Hochdeutsch: »Nein, ich komme aus Kiel. Ich verbringe nur jedes Jahr meinen Urlaub in Osttirol. Ich liebe die Berge.«

»Dann waren Sie sicher auch schon auf dem Großglockner«, vermutete Monika und zeigte auf Österreichs höchsten Berg, der von hier so nah erschien, als könnte man eben mal hinüberlaufen. »Da oben würde ich auch gern einmal stehen.«

»Ja, ich war wirklich schon mal auf dem Gipfel, aber das ist schon ein paar Jahre her und war wirklich sehr aufregend«, sagte der Kieler. »Der Weg ist lang, anstrengend und nicht ungefährlich. Denn es gibt überall Gletscherspalten. Aber dort oben zu stehen war ein unvergessliches Erlebnis. Übrigens, ich heiße Olaf. Hier in den Bergen duzt man sich ja über 1000 Meter.«

Eine Weile unterhielten sie sich. Dann fragte Olaf: »Habt ihr nicht Lust, mit mir noch zur Stüdlhütte zu wandern?«

»Oh ja!«, rief Moni.

»Ein anderes Mal«, brummte Hans Peter.

»Keine Sorge«, sagte der Kieler und sah sein Gegenüber verständnisvoll an. »Wir gehen langsam, Schritt für Schritt, dann ist es garantiert für dich auch kein Problem.«

»Och ja, bitte!« Moni schlang ihren Arm um Hans Peters Hals und drückte ihm einen Kuss auf die etwas kratzige Dreitagebart-Wange. »Ich würd so gerne.«

Der bittenden Moni hatte Hans Peter noch nie widerstehen können. Außerdem wäre vielleicht auch ein Mord in den Bergen eine Alternative. Ein mörderischer Schubs in die Gletscherspalte. »Zahlen bitte!«, rief er der Bedienung zu und fühlte sich schon jetzt wie ein Held. Eine halbe Stunde später gingen sie los.

Olaf gab das Tempo vor, langsam, gleichmäßig, bewusst. Auch Monika hielt sich an diese Vorgabe. Ab und zu drehte sie sich zu ihrem Mann um, fragte: »Geht's noch?« und sah verwundert, dass ihr Dickerchen tapfer Schritt hielt.

Am erstauntesten aber war Hans Peter selbst. Bergsteigen konnte ja richtig Spaß machen! Lag vielleicht an seinen mörderischen Überlegungen, dass seine Beine wie von selbst gingen. Aber von der Gletscherspalte war er inzwischen wieder abgerückt, er zog dann doch die Bettvariante vor.

Wohin mit der Leiche? Vorsichtig versuchte Lionel von Wiedenbrück, sie vom Bett hochzuheben, und war erstaunt, wie schwer sie war. Dumm von ihm, sie ausgerechnet im Gradonna Mountain Resort in die ewigen Jagdgründe geschickt zu haben, das Hotel war ausgebucht, und da war dieser eine Gast, so ein ältlicher Graubart, der ihren letzten Streit an der Bar mitbekommen hatte und ihn seitdem argwöhnisch beobachtete. Aber was war auch von einem Mann zu erwarten, der Hans Peter hieß?

So wunderbar literarisch abgelenkt war er kaum aus der Puste, als sie gut zwei Stunden später bei der berühmten Stüdlhütte am Fuße des Großglockners ankamen. Unfassbar! Er konnte sich an der eindrucksvollen Gletscherlandschaft kaum sattsehen. Die musste er jetzt doch in seinen Roman einbauen. Entscheidungen, Entscheidungen!

Lionel von Wiedenbrück spürte den schweren Ruck an seinem Seil und gab noch ein paar Meter nach. »Achtung, da war eine Gletscherspalte«, rief er hämisch grinsend. Ein Geräusch, eine Mischung aus dumpf und klirrend, sagte ihm, dass sie unten angekommen war. Für ewig im ewigen Eis. Ein fast perfekter Mord. Aber damit wäre natürlich leider seine Eingangsszene gestrichen. Und die war einfach zu schön. Vielleicht im nächsten Buch.

»Schau mal, dort in der Wiese, ein Murmeltier. Ist das nicht putzig!« Caspar hatte es zuerst entdeckt. Miriam lachte. »Ja, jetzt sehe ich es auch. Dann warst gar nicht du es, der mir bewundernd hinterhergepfiffen hat, sondern der kleine Wicht!«

Langsam und vorsichtig schlich sie zu dem Felsen, neben dem das Tier friedlich in der Sonne lag, und machte ganz aus der Nähe ein Foto. »Für unser Familienalbum«, rief sie – etwas zu laut. Erschrocken verschwand das Murmeltier blitzschnell in einem Loch.

Der Anstieg zum Figerhorn machte den jungen Leuten Spaß. Sie folgten dem gut beschilderten Steig über den Wendelin Weingartner Weg, der im Tourenführer als leicht bezeichnet wurde. Die ersten 200 relativ steilen, in Serpentinen ansteigenden Höhenmeter durch einen Wald hatten sie locker hinter sich gebracht und auf einer Holzbank beim Aussichtspunkt »Greil Bühel« die erste Rast gemacht. Kein Mensch weit und breit. Stille, nicht bedrohlich, sondern unendlich friedlich. Unterbrochen nur vom Zwitschern der Vögel und dem Pfeifen der Murmeltiere.

»Als wären wir die einzigen Menschen auf der Welt«, flüsterte Miriam.

»Dann könnten wir hier ja auch …« Caspar zog sie ganz nah zu sich heran und küsste ihren Hals. »Untersteh dich«, lachte sie und versetzte ihm einen Knuff. »Auf der Alm, da gibt's koa Sünd. Oder willst du hier etwa einen Mile High Club für Gipfelstürmer gründen?«

»Gib mir noch etwas Bedenkzeit«, grinste Caspar. »Noch sind wir ja nicht am Gipfel.«

Lachend setzten sie sich wieder in Bewegung. »Was meinst du? Ob wir auch so eine glückliche Ehe haben werden wie meine Eltern?« Miri sah ihren Verlobten fragend an.

»Noch viiiiiiiel glücklicher«, antwortete er. »Außerdem finde ich, dass die beiden eigentlich gar nicht so wahnsinnig happy wirken.«

»Meinst du das ernst?« Miriam war irritiert. Ihre Eltern! Ein Traumpaar! Nie ein böses Wort! Nein, dieses Bild wollte sie sich nicht zerstören lassen. Auch nicht von ihrem Traummann. Sie blieb stehen. »Warum sagst du das? Nur weil deine Mutter allein lebt und nicht so aussieht, als würde sie es genießen?«

»Komm, Süße, lass uns nicht streiten«, lenkte Caspar ein, harmoniesüchtig, wie er war. »Wahrscheinlich sind sie glücklich, und ich hab mir was eingebildet.«

Wortlos gingen sie weiter. Miri dachte nach. Sie hatte die Ehe ihrer Eltern immer für vorbildlich gehalten. Sollte sie irgendwas übersehen haben? In diesem Moment merkte sie, dass sie beide doch nicht ganz allein hier oben waren.

»Schau mal dort!« Mit einem Kopfnicken wies sie auf einen Mann, der gut 200 Meter weiter etwas abseits des Steigs im Gras saß. »Seltsam. Er wirkt irgendwie verloren. Ob ihm was fehlt?«

»Krankenschwester Miriam, übernehmen Sie«, witzelte Caspar.

Als sie näher kamen, lächelte der Mann sie freundlich an und sagte: »Grüß Gott, junges Glück! Geht's rauf zum Figerhorn?«

»Genau«, antwortete Miri. »Und Sie? Waren Sie schon oben?«

»Ja, ja«, sagte der Typ, der bestimmt die 70 schon überschritten hatte, etwas wehmütig. »Aber das ist schon 20 Jahre her. Jetzt macht mein Herz leider nicht mehr mit. Drei Stents. Bis hierher geht's gerade noch. So weit habe ich meine Frau begleitet. Den Rest macht sie allein. Und oben am Gipfel wird sie die Erinnerungen für uns beide auffrischen. Ich genieße solange die schöne Aussicht.«

Miriam machte einen Schritt auf den Mann zu, bückte sich und streichelte seine faltige Hand.

»Alles Gute für Sie und Ihre Frau«, sagte sie.

Kurz vor dem letzten Steilanstieg kam ihnen eine ältere, sehr sportlich wirkende Bergsteigerin entgegen.

»Grüß Gott! Sie sind bestimmt die Frau, die Erinnerungen für zwei aufgefrischt hat«, sprach Miriam sie an.

»Ah, Sie haben meinen Mann getroffen!« Ein sympathisches Lachen. »Dann wissen Sie ja Bescheid. Haben Sie fünf Minuten Zeit und Lust auf einen kleinen Plausch mit Kaffee? Ich hab noch welchen in der Thermoskanne.«

»So eine nette Einladung kann man nicht abschlagen«, freute sich Miriam. Und während Caspar sich entschied, lieber noch etwas die Gegend zu erkunden, ließen sich die beiden Frauen auf einem Felsblock nieder.

»Ich heiße Dagmar«, stellte sich die Ältere vor, während sie ein Tuch auf dem Felsen ausbreitete, zwei Plastikbecher draufstellte und Kaffee hineinschüttete. »Und der Mann, der da unten wartet, ist mein Wolfgang. Wir sind seit 51 Jahren verheiratet und haben gemeinsam so manchen Gipfel erklommen. Aber nach drei Herzoperationen darf er sich nicht mehr so anstrengen. Deshalb gehe ich meist das letzte Stück allein und erzähle ihm anschließend, wie es war.«

»Sie müssen sich sehr lieben«, sagte Miri beeindruckt

und nahm einen Schluck vom heißen Kaffee. »Ich hoffe, Caspar und ich können es Ihnen nachmachen.«

»Sie sind noch frisch verliebt?«

»Ja! Wir kennen uns zwar erst ein knappes halbes Jahr, aber wir sind schon verlobt«, sagte Miriam und streckte der Fremden ihre Hand mit dem Verlobungsring entgegen.

»Wenn's der Richtige ist, weiß man's sofort«, sagte Dagmar mit einem weisen Lächeln. »Ich wünsche Ihnen alles Glück der Welt.«

Sie packte ihre Sachen wieder zusammen und schulterte gerade ihren Rucksack, als Caspar zurückkam. »Einen schönen Tag noch – und ein glückliches Leben«, rief sie ihm zu. Dann ging sie leichtfüßig weiter bergab.

Eine halbe Stunde später hatte das junge Paar, nun doch etwas außer Atem, den Gipfel des Figerhorns erreicht.

Nach einem zarten Gipfelkuss setzten sie sich glücklich nebeneinander auf den Sockel des mächtigen weißen Gipfelkreuzes und ließen den Blick rundum wandern. Zum Großglockner, der von hier aus gar nicht mehr so hoch wirkte, und zum Gradonna Mountain Resort im Tal, das von hier oben, aus 2743 Meter Höhe, wie ein kleines Puppenstübchen im Grün schimmerte.

»Morgen früh werden wir dort auf der Terrasse sitzen und sagen können: da oben waren wir«, sagte Caspar und sah seiner Miriam tief in die Augen. »Und zur Erinnerung hab ich etwas für dich.«

Er griff in die Tasche seiner Weste und zog ganz vorsichtig ein Edelweiß heraus. »Für dich, liebste Miri. Ich weiß, dass es unter strengem Naturschutz steht. Du kannst mich auch dafür anzeigen. Aber ich musste einfach eins für dich pflücken. Genauso wie die einheimischen Männer es heimlich tun, um ihrer Auserwählten ewige Liebe zu schwören.

Sie nennen das Edelweiß Immortelle des Alpes, Unsterbliche der Alpen.«

Wie zauberhaft er war! Wie gut er aussah! Wie schlau er war!

Miriam hätte jodeln können vor Glück. Sie hatte das Gefühl, ihr Herz müsste vor lauter Liebe zerspringen. Hier und jetzt. Gipfelglück total.

»Am besten legst du dich gleich ins Bett und ruhst dich aus.« So fürsorglich hatte Ellas Stimme noch nie geklungen, und Victor spürte zu seiner Verblüffung, wie gut ihm diese Stimme tat. Lag vermutlich daran, dass er wie ein schlaffer Sack an ihrem Arm hing, sie ihn mehr oder weniger durch die Rezeption schleifen musste, so schwach, so jämmerlich hatte er sich noch nie gefühlt. Und dass er wie ein triefnasser Kater aussah, trug auch nicht gerade zu seinem Wohlbefinden bei. War einfach eine Scheißidee gewesen, dieser Rafting-Trip.

»Ist etwas passiert, soll ich einen Arzt rufen?« Chrissies besorgte Stimme hinter dem Empfangstresen war auch nicht dazu angetan, seine Stimmung zu heben.

»Vielen Dank, nicht nötig, nur ein kleiner Badeunfall«, wehrte Ella ab und zog ihn Richtung Fahrstuhl. Die neugierigen Blicke, die ihnen folgten, ignorierte sie.

Und dann lag er endlich im Bett, seine nassen Sachen hingen zum Trocknen über der Badheizung, und Ella saß auf seiner Bettkante.

»Das war knapp, Erwin, sehr knapp.«

Nur sie durfte ihn so nennen. Mit seinem schrecklichen Geburtsnamen.

Er schwieg.

»Total leichtsinnig. Unverantwortlich. Jetzt schläfst du

dich erst mal aus. Ich bring dir nachher eine Suppe, damit du wieder zu Kräften kommst.«

Sie beugte sich über ihn und küsste ihn auf die Stirn. Wie eine fürsorgliche Mutti. Da war es wieder, dieses wohlige Gefühl, das er bei keiner anderen Frau erlebt hatte. Nur bei ihr.

»Weißt du was?« Gott, war er müde, aber was er jetzt sagen wollte, war wichtig.

»Was denn?« Sie stand schon in der Tür.

»Ich …«, … sollte er es wirklich sagen? Nach diesen Worten gab es kein Zurück mehr, … »also ich …«

»Also du?«

Er zögerte.

»Sag's mir später.« Die Tür fiel ins Schloss.

Er schloss die Augen und schlief sofort ein.

»DAS SIEHT ABER gar nicht einladend aus. Sollten wir nicht lieber umkehren?« Vor wenigen Minuten hatten sie noch über Höhenmarkierungspunkte mit witzigen Namen wie Hexenlackel und Promachnocke gelacht, aber das felsige Gebiet, das jetzt vor ihnen lag, sah irgendwie furchterregend aus. Fast senkrecht ging es bergab, mindestens gefühlte 100 Meter. Der Steig führte an einer Felswand entlang und dann, gesichert mit Seilen, eine Felsrinne hinauf. Gruseloptisch.

»Ach Papa, sei kein Spielverderber«, sagte Leonie forsch, obwohl auch ihr leicht mulmig war. »Wir sind doch sportlich und durchtrainiert.« Wobei sie das Wörtchen WIR betonte und einen etwas gönnerhaften Blick zu Maria und Lucas schickte, die etwa drei Meter vom schauerlichen Abgrund entfernt standen.

Maria wirkte tatsächlich zögerlich. Doch Lucas schob bereits seine Wanderstöcke zusammen, um sie außen am Rucksack zu befestigen. »Die stören nur, wenn wir klettern«, sagte er. »Denn da brauchen wir beide Hände. Hier sind einige schwierige Stellen mit Seilen gesichert.«

Leonie verschlug es – fast – die Sprache. »Woher willst du das denn wissen? Aus deinem Zauberbüchlein?«

»Nein, aus einem Kletterführer.«

Stille. Lucas war sich bewusst, dass er jetzt – wahrscheinlich zum ersten Mal – richtig gepunktet hatte.

»Eigentlich sollten wir als Anfänger einen Klettergurt anlegen, aber da wir alle sportlich sind« – er betonte das Wort ALLE –, »werden wir es auch ohne schaffen. Es ist nur wichtig, konzentriert zu gehen, jeden Schritt und jeden Griff genau zu überlegen.«

»Ich weiß nicht.« Seiner Mutter war nicht wohl in ihrer Haut, der Blick in die steil abfallende Geröllrinne machte ihr Angst. Aber Maria wollte ihrem Sohn nicht den Spaß verderben. »Meinetwegen, gehen wir weiter.«

Und Leonie, die, ehrlich in sich hineingehorcht, spürte, dass sie selbst absolut nichts dagegen hätte, wenn sie jetzt umkehren würden, nickte zustimmend. Warum sich als Hasenfuß outen, wenn's kein anderer tat?

»Na gut, wenn ihr meint.« Auch Rainer wollte nicht als Spielverderber gelten. Wenn Maria sich das zutraute und Leonie so eine Freude an der Tour hatte …

Niemand sagte etwas, als Lucas jetzt wortlos die Führungsrolle übernahm. Nicht mal Leonie. Schritt für Schritt gingen sie eng hintereinander über den Latschenkopf, bemüht, nicht in die Tiefe zu sehen.

»Prima«, lobte Lucas und fühlte sich wie Reinhold Messmer. Wie gut, dass er sich gestern Abend noch in der Hotel-Bibliothek den Berg- und Klettersteigführer ausgeliehen und sich über diese Tour informiert hatte. Als hätte er's geahnt. »Jetzt geht's hier die Felsrinne hoch. Ihr könnt euch an diesem Fixseil festhalten.«

Dann schwang er sich den steilen Fels hinauf. Zac Efron hätte es nicht besser gekonnt. Leonie wollte es ihm nachmachen. Gewohnt lässig. Aber ihr Gehirn schaltete automatisch auf Angst. Als sie anderthalb Meter überwunden hatte, wurden ihre Augen magisch vom Abgrund angezogen, der sich links von ihr auftat. Teufel, ging das steil und tief runter. Alles in ihrem Kopf begann sich zu drehen. Hilfe! Hatte sie das jetzt laut gesagt oder nur gedacht? Der Felssporn, auf dem ihr rechter Fuß stand, schien plötzlich nachzugeben. Sie strauchelte, verlor den Halt, rutschte – und landete unsanft zwischen den beiden Erwachsenen auf dem schmalen Steig.

»Um Himmels willen, Leonie!« Maria war alle Farbe aus

dem Gesicht gewichen. Gar nicht auszudenken, wenn das Mädchen über die Kante gestürzt wäre. Auch Rainer war ganz blass um die Nase. »Alles o.k.?«, fragte er, bemüht, sich den Schreck nicht anmerken zu lassen. »Was ist passiert?«, rief Lucas von oben.

»Alles in Ordnung. Bin nur abgerutscht!« Leonies Stimme zitterte. Das Herz raste. Der Blick in den furchterregenden Abgrund schnürte ihr die Kehle zu. Doch vor dem Nerd wollte sie auf gar keinen Fall Schwäche zeigen. »Geht schon.«

Rainer fasste sich als Erster. Jetzt galt es, Ruhe zu bewahren und die Gefahr so gering wie möglich zu halten. »Komm runter, Lucas«, rief er nach oben. »Wir gehen zurück.« Dann reichte er seiner Tochter die Hand. »Komm, Kleines, aufstehen.« Doch Leonie kam nicht hoch. »Auaaaaaa! Mein Fuß! Es tut so scheißweh! Ich kann nicht auftreten.« Dicke Mascara-Tränen liefen über ihr hübsches Gesicht. »Papaaaaa! Ich will nachhause!« Und dann, laut und verzweifelt: »Hil-fe!!!«

Kai und Waltraud lagen draußen am Pool, beide mit geschlossenen Augen, beide von Kopf bis Fuß mit Lichtschutzfaktor 50 einbalsamiert. Sie wirkten wie ein sehr entspanntes Ehepaar. Aber das täuschte. Sie schwiegen, weil sie sich gerade gestritten hatten und jetzt erschöpft waren.

Was mach ich bloß mit diesem Mann, dachte Waltraud, einem Mann, dem ich eigentlich nichts vorwerfen kann? Dass er auf ihre Kosten lebte, kein Thema, sie hatte das Geld. Und keine Kinder oder Stiefkinder, die auf ihr Erbe lauerten. Und er hatte ja auch geliefert, seinen Mann gestanden. Sie schmunzelte und warf ihm einen schnellen Blick zu. Er schien eingeschlafen zu sein. Wie so oft und schnell in letzter Zeit, eine Sekunde, nachdem er seine Mannespflicht erfüllt hatte, rollte er sich zur Seite! Aber das war nicht das Hauptproblem, obwohl sie trotz ihrer 69 Jahre keineswegs bedürfnislos war. Aber sie schätzte Männer, die sie nicht nur in der Horizontalen, sondern auch in der Vertikalen noch amüsierten und unterhielten. Männer mit Witz und Intellekt.

Männer, die in Bayreuth bei Wagners Ring nicht unruhig hin und her rutschten, die wussten, wer Stefan Zweig oder Bodo Kirchhoff waren. Kai war wundervoll gewesen, als sie mit ihrer neuen Hüfte in der Reha lag, aber jetzt fing er an, sie ein wenig zu langweilen. Dass er Richard David Precht für ein männliches Altmodel gehalten hatte, war schlimm genug, aber nicht zu wissen, wer die GLOCKE geschrieben hatte, das hatte libidinös verheerend gewirkt.

Zeit also für einen eleganten Abschied. Aber wie? Er war so anhänglich geworden, sie hatte ihn wohl zu sehr verwöhnt. Ob ein Scheck reichen würde?

Auch in Kais Kopf wanderten die Gedanken hin und her. Warum habe ich damals nicht das Abitur gemacht? Nicht studiert, keine richtige Ausbildung? Habe ich wirklich geglaubt, dass es immer so weitergeht, immer neue Frauen, die mich finanzieren, einmal Toyboy, immer Toyman, irgendwann Toygreis? Ich hab es manchmal so satt, dieses ständige Pendeln von Frau zu Frau, ich sehne mich nach Ruhe. Nach Gemütlichkeit. Waltraud und ich streiten zwar oft, aber sie ist von all den älteren Damen, mit denen ich bisher das Glück hatte, die verträglichste. Ich bin zwar auch bei ihr an der Leine, aber die ist lang und gut gepolstert. Und finanziell ging es ihm bei ihr gut. Allerdings hatte er immer noch keinen Plan, wie er ihr diese Woche noch die 10000 Euro abschmeicheln sollte, die er so dringend brauchte.

Er lächelte und schob sich in die Sitzposition. Yolande und Lea gingen gerade Hand in Hand auf den Pool zu. In ihren hautengen Skinny-Jeans und den trägerfreien Tops, eins hellblau, eins rosa, waren sie optische Perfektion vom Feinsten, und einen kurzen Moment dachte Kai Lauterbach sehnsüchtig an Zeiten zurück, wo er bei Frauen dieses Kalibers echte Chancen gehabt hatte. Jedenfalls bei denen, die ihn sich leisten konnten.

»Ich habe Lust auf einen Drink.« Das war Waltraud, die ihn aus seinen Träumen riss. »Du weißt ja, was ich mag. Bring auch ein paar Nüsse von der Bar mit.«

Gehorsam stand er auf, und als er an Yolande und Lea vorbeiging, die ihn mitleidig musterten, fühlte er richtig, wie sein Genital auf Fingerhutgröße schrumpfte. Kein schönes Gefühl.

»Der war in jungen Jahren sicher gar nicht so schlecht«, meinte Yolande, als er außer Hörweite war, »aber jetzt sieht er leider schon ein bisschen angeschimmelt aus. Männer altern halt früher als wir.«

»Für seine mütterliche Begleitung reicht es anscheinend«, murmelte Lea.

Sie lachten. Zwei junge Frauen, die sich nicht vorstellen konnten, dass sie auch einmal schimmeln würden.

»Na, meine Königin der Berge, wie wär's mit uns zwei'n«, schwungvoll klatschte Sepps Rechte auf den Po der Kellnerin. Die lachte nur und drohte mit dem Finger: »Oaner wie du hat mir gerade noch gefehlt! Geh, schleich di, sieh zua, dass d' obi kommst.«

Auf der Karlsbader Hütte, einer 2260 Meter hoch gelegenen Alpenvereinshütte, umgeben von den schönsten Dolomitengipfeln, war die Stimmung ausgelassen. Die meisten Wandertouristen waren schon wieder auf dem Normalweg unterwegs ins Tal. Die Bergsteiger, die jetzt noch an langen Holztischen bei Bier und Brotzeit von ihren Touren erzählten, wollten hier oben übernachten, um am nächsten Tag gleich in der Früh zu neuen Abenteuern zu starten.

»Wenn ich euch reden hör von Gamswiesenspitze und Törlspitz, von Seekofel und Simonskopf, dann werd ich direkt neidisch«, gab er zu. »Am liebsten würd ich mit euch hier oben bleiben und morgen noch einen feinen Gipfel erklettern. Aber leider, die Pflicht ruft.«

Er wandte sich zu den beiden Münchnern, die er heute bei ihrer Tour über die Bügeleisenkante zur Laserzwand begleitet hatte: »Auf geht's, Buam, es ist schon spät. Steig'n ma ab.«

Die Bedienung schaute den drei jungen Männern nach, die mit sicheren, schnellen Schritten talwärts gingen. Ach ja, der Sepp …

Im Rudl-Eller-Steig, etliche Höhenmeter tiefer, war die Lage inzwischen dramatisch geworden. Leonies Fuß glich einer Elefantenhaxe. Sie konnte nicht auftreten, hatte Schmerzen, und schreckliche Angst, auf diesem schmalen Steig sterben zu müssen.

»Verdammt, kein Netz, noch immer nicht!« Rainer versuchte schon zum zehnten Mal, den Notruf zu wählen, aber hier, zwischen den Felsen, bekam er keine Verbindung. »Du musst keine Angst haben. Ich gehe zurück und hole Hilfe.«

»Nein, Papa, nein, bitte nicht! Bleib hier!« Leonie jammerte wie ein kleines Kind.

»Dann steige ich zur Dolomitenhütte ab oder informiere die Bergwacht, sobald ich wieder ein Netz habe«, bot Lucas an. Er hockte neben Leonie, hatte ihren Fuß mit Eisspray gekühlt und ihr eine warme Jacke um die Schultern gelegt.

»Traust du dir das zu?« Maria hatte die ganze Zeit wortlos danebengestanden. Kreidebleich. Ganz nah an die Felswand gedrückt. Sie wusste, sie durfte auf gar keinen Fall nach unten schauen.

»Kein Problem, Mama. Ich bin ja gut ausgerüstet und hab eine Karte«, beruhigte er sie. »Aber vorher binde ich dich noch fest.«

Er nahm seinen Ledergürtel aus der Wanderhose, schlang ihn um das Drahtseil, zog ihn durch Marias Gürtel und zurrte ihn fest.

»Not macht erfinderisch«, sagte er und wirkte plötzlich sehr erwachsen. »Wir haben kein Seil, also müssen wir uns anders helfen. Abstürzen kannst du so garantiert nicht.«

In diesem Moment tauchte ein paar Meter über ihnen – wie Kai aus der Kiste – ein blonder Lockenkopf auf.

»Hej, was ist denn da unten los? Habt ihr Probleme?«

DINNERTIME.

Die Gäste machten sich fein, in der Küche herrschte Hochbetrieb. Es wurde gerührt, abgeschmeckt, hin und her gelaufen, leise geflucht. In den Töpfen blubberte, in den Pfannen zischte es.

»Mami, was tust du hier?« Resi legte das Geschirrtuch beiseite, mit dem sie gerade die Gläser nachpoliert hatte. Dass diese bereits blitzeblank waren, störte sie nicht, es beruhigte sie, und das konnte sie heute gut gebrauchen. Warum kam sie von Sepp nicht los? Sie hatte doch sonst so einen starken Willen.

»Noch immer Liebeskummer?« Vroni sah sie besorgt an.

»Nein, Mami, ich hab dich lieb, aber jetzt hab ich Stress und kann dich hier überhaupt nicht gebrauchen. Setz dich bitte an die Bar, Harry gibt dir einen aus, okay?«

Vroni wusste, wann sie im Wege war, und verließ die Küche.

Zum Glück saßen nur wenige Gäste an der Bar, also hatte wenigstens Harry Zeit für ein paar Plauderminuten. Als Ehefrau eines eher schweigsamen Gatten war Vroni gesprächsmäßig manchmal etwas unterversorgt.

»Das Übliche?«, fragte Harry, »gut schaust aus, Vroni. Weiß dein Mann, was er an dir hat? Falls nicht, du weißt ja, wo du mich findest.«

Vroni lächelte. In die Runde, deshalb auch dem Gast zu, der sich jetzt ungefragt neben sie setzte.

»Meine Frau liegt gerade in einem Kräuterbad, deshalb gönne ich mir ein kleines Schmankerl für meine Leber. Ich muss ihr gelegentlich mal zeigen, wer Herr im Hause ist.«

»Ihrer Frau oder Ihrer Leber?«, fragte sie.

Er lachte.

»Beiden, fürchte ich.«

Aha, an der ganz kurzen Eheleine, dachte Vroni, aber an der fühlen sich Männer ja meistens am wohlsten. Die Schlawiner natürlich nicht, nur die ehetauglichen. Hoffentlich war ihr eigener auch dabei. Konnte man ja nie genau wissen.

»Ich trinke einen Hugo« – das Glas stand bereits vor ihr, Harry kannte ihren Geschmack –, »trinken Sie einen mit?«

Es war so ein Abend und so eine Stimmung, und sicherlich waren auch die folgenden Hugos nicht ganz unschuldig daran, dass sich Vroni und Hans Peter ihre Herzen ausschütteten.

»Ich habe mal gelesen, dass kinderlose Ehepaare glücklicher sind als Eltern«, sagte Vroni, und als Hans Peter ihr entschieden widersprach: »Davon glaube ich kein Wort, dass ich nicht Vater sein durfte, ist der größte Schmerz meines Lebens«, stand plötzlich Monika neben ihnen. Sie sah rosig durchblutet und sehr entspannt aus.

»Störe ich?«, fragte sie, aber ohne jeden Unterton und nickte Vroni freundlich zu, »ich bin die Ehefrau Ihrer Barbekanntschaft, Monika La … ach was, Nachnamen sind ja ganz egal.«

Sie setzte sich und trank einen großen Schluck aus Hans Peters Glas. Hielt es hoch, nickte Harry zu.

»Schmeckt lecker, bitte für mich auch einen. Worüber habt ihr euch denn so angeregt unterhalten?«

Die beiden sahen sich an, Hans Peter schüttelte unmerklich den Kopf.

»Ach, ich hab ihm nur von meiner Tochter erzählt, der Resi«, sagte Vroni. »Um die mach ich mir gerade ein paar Sorgen.«

»Die Resi ist adoptiert«, ergänzte Hans Peter. »Aber das hat nichts mit den Sorgen zu tun.«

»Im Gegenteil«, Vronis Stimme klang entrüstet. »Resi ist

das Beste, was mir in meinem Leben passiert ist. Das Allerallerschönste. Mir tut nur ihre leibliche Mutter leid, die weiß ja gar nicht, was sie verpasst hat.«

»Es gab bestimmt gute Gründe«, wandte Monika ein und nahm einen großen Schluck aus ihrem Glas.

»Es gibt keinen Grund, sein Kind wegzugeben«, meinte Vroni, und Hans Peter nickte zustimmend. »Vor allem keinen guten.«

»Ja servus, Sepp! Was verschafft mir die Ehre?« Eigentlich hätte Brigitte Berger schon vor einer Stunde Feierabend gehabt. Doch sie hatte, wie so oft, über der Schreibtischarbeit die Zeit vergessen. Die seltsamen Wünsche für die Victor-Gold-Veranstaltung hielten im Hotel alle auf Trab. Aber sie liebte ja gerade die Abwechslung und die Überraschungen in ihrem Beruf. In einem Hotel war garantiert kein Tag wie der andere. Was ihr jetzt der Bergführer am Telefon erzählte, hatte sie so auch noch nicht erlebt.

»Diese deutschen Urlauber-Deppen sind zu bescheuert«, schimpfte er. »Kennen sich nicht aus, sind nicht schwindelfrei und gehen ohne Übung und Ausrüstung über den Rudl-Eller-Steig.«

Brigitte hielt den Hörer zehn Zentimeter vom Ohr entfernt, denn Sepps Empörung drohte ihr Trommelfell zu zerplatzen.

»Wenn ich die Leute nicht zufällig getroffen und mit meinen beiden Bergfexen aus München gerettet hätte, hättet ihr im Gradonna jetzt zwei Zimmer frei«, schimpfte er weiter. »Rainer Richter und Tochter Leonie, Maria Ungestüm – der Name ist Programm – und Sohn Lucas, der einzig Vernünftige im Team.«

»Um Himmels willen, was ist mit ihnen?«

»Ernsthaft verletzt ist niemand. Allerdings hat das Mädchen einen verstauchten Fuß. Jetzt sitzen sie alle vier bleich und fix und fertig in der Dolomitenhütte, und ich schreibe meinen Bericht für die Bergwacht. Du weißt ja, ich bin da Mitglied. Es dauert noch ein bisschen. Ich wollte nur Bescheid sagen, falls ihr die Chaoten vermisst.«

»Danke, Sepp! Ich komme.«

Noch ehe er etwas erwidern konnte, hatte Brigitte aufgelegt. Den gemütlichen Abend mit ihrer Tochter konnte sie nachholen. Aber jetzt brauchten die Gäste ihre Unterstützung, auch wenn sie sich noch so leichtsinnig verhalten hatten.

»Du bist so still.« Sie lagen im Bett, der Mond war fast voll und schien durch die schmale Ritze der nicht ganz zugezogenen Filzgardinen.

»Ich bin nicht still, ich bin nachdenklich«, sagte Hans Peter, »das Gespräch mit Vroni hat mich irgendwie ...«

»Was?«

»Traurig gemacht. Ich weiß auch nicht warum. Die Familie geht mich ja gar nichts an. Aber diese Resi ist ein so wunderbares Mädchen, hübsch, gescheit, und kochen kann sie ...«

»Und das weißt du so genau, weil ...?«

Upps! Aufpassen, Hans Peter! Jetzt keine kulinarischen Beichten!

»Vroni ist halt sehr stolz auf ihre Tochter.« Das war ja gerade noch einmal gut gegangen. »Ist ja auch egal. Ich muss nur immer an die Frau denken, die Resi damals einfach aufgegeben hat. Wenn die wüsste, was für eine tolle Tochter sie hat.«

Monika wollte jetzt sehr gern das Thema wechseln. Oder ganz schnell einschlafen.

»Vielleicht ist die Mutter ja bei der Geburt gestorben«, meinte sie und küsste ihren Gatten auf die Stirn. Mehr war heute nicht drin, die Kräutermassage war anstrengend gewesen.

»Besser wäre es«, das war Hans Peter, »mit solchen Schuldgefühlen möchte ich nicht leben müssen.«

Monika drehte sich zur Seite und vergrub ihren Kopf in den Kissen.

Mit Schuldgefühlen schlugen sich zur selben Zeit auch Maria und Rainer herum.

»Deine Leonie ist schon ein feines Früchtchen«, schimpfte Maria. »Sie hat uns doch ganz bewusst in die Irre geleitet. Ich darf gar nicht darüber nachdenken, was alles hätte passieren können.«

»Das Mädchen ist 14«, gab Rainer zu bedenken. Er ärgerte sich. Natürlich. Über seine Tochter, über sich selbst, aber auch über Marias Anschuldigungen. Doch seine Stimme blieb ruhig. Warum das, was sich so leicht und schön anfühlte, wegen eines noch nicht ausgereiften Teenagers aufs Spiel setzen? Er hatte schließlich auch ein Recht auf ein bisschen Gipfelglück.

Außerdem war ja nichts passiert, nur ein wenig Nervenkitzel.

»Wir Erwachsenen hätten uns um die Tour kümmern müssen«, sagte er in dem ruhigen Tonfall, den er bei Frauen immer dann in seine Stimme zwang, wenn es anstrengend und zickig zu werden drohte. Er wirkte auch hier. Sie lächelte, er drückte ihre Hand, das Lächeln vertiefte sich, na also: »Aber wir beide waren ja ein bisschen abgelenkt, oder?«

Maria zog die Hand nicht weg, sondern rückte ein bisschen näher heran. Ging doch.

Als kurze Zeit später Brigitte außer Atem den gemütlichen Gastraum der Dolomitenhütte betrat, hatte sich die Situation bereits sichtlich entspannt. Nur Leonie, deren dicker Fuß, fachmännisch von Lucas verbunden, ziemlich wehtat, war noch still und blass. »Kinder, was macht ihr denn für Sachen?«, rief Brigitte und ließ sich auf einen freien Stuhl an dem runden Tisch plumpsen. »Ich hab mir Sorgen um euch gemacht.«

Die Erleichterung war ihr anzusehen.

»So, jetzt trinken wir alle noch einen Schluck, und dann erzählt ihr mir, was passiert ist.«

Plötzlich redeten alle durcheinander. Von dem schönen Beginn der Tour, der romantischen Alm und den herrlichen Wiesen. Dann von den Problemen, von Leonies Sturz, den Schwindelgefühlen und der Angst, abzustürzen.

»Als Sepps Gesicht plötzlich über uns auftauchte, wusste ich, dass alles gut wird«, sagte Maria und sah den Bergretter dankbar an. Er hatte sich zu ihnen herunter gehangelt, die Situation schnell erfasst, Leonie geschultert und bis zur Dolomitenhütte getragen. Seine Kollegen waren mit Maria und Rainer am kurzen Seil bis zum Hexenlackl gegangen, wo der Weg wieder eben und leichter zu gehen war.

»Aber wir müssen uns auch bei Lucas bedanken«, sagte Rainer so laut, dass alle es hören konnten, auch Leonie. »Er hat uns allen in Sachen Vorbereitung, Umsicht und Vernunft eine Lehrstunde erteilt.«

»Ein Hoch auf Lucas!«, rief Brigitte und hob ihr Almdudlerglas.

Es war fast Mitternacht, als alle in ihre Autos stiegen und vorsichtig die serpentinenreiche Mautstraße hinunter nach Lienz fuhren. Es dauerte keine drei Minuten, da war Leonie eingeschlafen. Langsam sank ihr Kopf an Lucas' Schulter.

Er war schwer, dieser Mädchenkopf, aber das machte nichts, im Gegenteil. Vorsichtig zog er sein Handy aus der Tasche und machte ein Selfie. Nicht einmal der Automatik-Blitz konnte Leonie aus ihren Träumen reißen.

Als eine knochentief erschöpfte Resi aus der Küche kam, saß ihre Mutter immer noch an der Bar.

»Was ist los, Mami?« Sie setzte sich neben sie, nickte Harry zu, der sofort ein kleines Bier zapfte. »Was machst du noch hier, besäufst du dich?«

Vroni war in der Tat ein bisschen beschwipst.

»Ich hatte gerade ein sehr nettes Gespräch mit einem Gast«, sagte sie. »Der hat leider keine Kinder, hat wohl die falsche Frau geheiratet. Aber er wäre bestimmt ein toller Vater gewesen. Ich bin sicher, dass er auch gern eins adoptiert hätte. So eins wie dich.«

Resi seufzte. Wieder dieses leidige Adoptionsthema, immer wieder fing ihre Mutter davon an. Für sie war es längst erledigt, sie hatte kein Problem damit, dass Vroni nicht ihre leibliche Mutter war. Ihre war bei der Geburt gestorben, der Vater nach der Zeugung verschwunden. Es gab Schlimmeres. Sie war mit den beiden Menschen, die sie aufgezogen hatten, sehr zufrieden.

»Ich glaube nicht, dass eine Ehe glücklich sein kann, wenn der eine Kinder will und der andere nicht«, meinte Vroni.

Resi trank ihr Bier mit großen Schlucken und zog ihre Mutter energisch vom Barhocker.

»Mami, die Ehen der Gäste gehen dich gar nichts an. Ich fahr dich jetzt nach Hause zu dem Mann, der auch ein sehr guter Vater ist.«

Waltraud und Kai saßen draußen auf der Terrasse. Er rauchte eine seiner seltenen Zigaretten, sie wedelte den Hauch von Rauch weg, der sie trotzdem störte.

»Rauchen macht impotent, mein Lieber«, sie sagte es sanft, aber sie sagte es. Das reichte, um seine ohnehin bereits etwas verdüsterte Stimmung noch mehr zu verdüstern.

»Darüber dürftest du dich bisher nicht beschweren können«, antwortete er. »Oder gibt es irgendwelche Klagen?«

»Das wäre ja noch schöner!« Ihre Stimme war jetzt alles andere als sanft. »Schließlich darf ich für mein Geld auch einiges erwarten.« Sie ärgerte sich schon, als der Satz noch nicht ganz raus war. Das war unter der Gürtellinie. Eigentlich gar nicht ihr Stil. Entsprach aber nun mal der Wahrheit. Für ihr Geld erwartete sie Standhaftigkeit im Bett und Unterhaltsamkeit, gepflegtes Aussehen und exzellente Manieren außerhalb des Bettes. Aufmüpfigkeit gehörte nicht dazu.

Verdammt, dachte Kai, das Gespräch ging jetzt in eine völlig verkehrte Richtung. Er wollte sie sanft und zu allem bereit. Irgendwie musste er schließlich an das Geld kommen. »Lass uns nicht streiten«, lenkte er ein, drückte die Zigarette im Aschenbecher aus, stand auf und legte die Arme liebevoll um ihren Hals. »Ich hab auch eine Überraschung für dich.«

»Eine Überraschung? Ich bin gespannt!« Waltraud war dankbar über die Kehrtwendung des Gesprächs. Eigentlich war sie auch viel zu müde zum Streiten. Die Bergluft zehrte an ihren Kräften. »Also sag schon!« Kai holte tief Luft: »Morgen Nachmittag fahren wir mit der Gondel zur Adlerlounge hinauf. Ich habe dort für eine Nacht ein Zimmer gebucht. Nur wir beide, Champagner, ein erstklassiges Menü und der Vollmond. Was sagst du dazu?«

Sie sagte nichts.

Vielleicht ein guter Abschluss, dachte sie. Jedenfalls ein stilvoller.

»Kraftplatz, Kräuter, schön und gut, aber davon wird ja leider keine von uns schwanger«, seufzte Lea und hielt ihr Glas hoch. Harry reagierte sofort und schenkte den kühlen, süffigen Wiener nach. Er hatte das Frauengespräch mit halbem Ohr mitverfolgt, aber wusste, dass bei diesem Thema männlicher Input nicht gefragt war.

»Themawechsel«, rief jetzt Yolande sehr energisch. Und leiser zu Lea: »Wenn wir wieder zuhause sind, gehen wir in Ruhe alle Möglichkeiten durch. Adoption in Brasilien zum Beispiel. In deiner Heimat sind die Menschen eh hübscher als bei uns.«

Und dann küssten sie sich sehr zärtlich, und es war ihnen völlig egal, dass alle anderen Gäste sie beobachteten. Harry schmunzelte, weil er das Gefühl hatte, sie würden das Beobachtetwerden sogar ein wenig genießen.

Am nächsten Tag.

Waltraud und Kai saßen in einer Gondel und schwebten der Adlerlounge entgegen, einem Glaskubus auf dem Berg Cimaross, kulinarisches Paradies und luxuriöse Übernachtungsmöglichkeit.

»Du siehst irgendwie finster aus, Liebling.« Kai bemühte sich um eine fürsorgliche Miene, obwohl es ihn insgeheim ärgerte, dass sie ihre Begeisterung so offensichtlich im Zaum halten konnte.

»Ich bin nicht finster, ich hoffe nur, die Betten haben denselben Standard wie im Gradonna Mountain«, sagte sie und wusste selbst nicht, warum sie nicht besser gelaunt, gerührter über seinen Vorschlag war, eine romantische Nacht mit ihm zu verbringen.

»Ich möchte, dass es mit uns mal wieder so ist wie am Anfang«, hatte Kai gesagt und sie treuherzig angeschaut. »Wie lange kennen wir uns jetzt, Waltraud?«

Sie hatte innerlich geseufzt, weil sie ein Beziehungsgespräch befürchtete.

»Ein Jahr vielleicht? 13 Monate? Ist das wichtig?«

»Ein Jahr, zwei Monate, eine Woche und vier Tage«, sagte er, »und es ist wichtig. Für mich jedenfalls.«

Sie lächelte. Das ist schön, dachte sie, die Geschichte hat mich ja auch eine Stange Geld gekostet. Was, wie sie ehrlich zugeben musste, nicht nur an Kai gelegen hatte, sondern daran, dass ihre Begleiter ihren optischen Standards entsprechen mussten, und die waren hoch. Die waren Cashmere und italienische Anzüge, gern ein Kinnbart, aber ein wöchentlich vom Barbier ihres Vertrauens gestutzter. Ach ja, Männer waren einfach Arbeit, egal, in welchem Alter.

Sie schaute aus der Gondel, höher, immer höher schwebten sie, Tannen zogen vorbei, wurden langsam kleiner. Weiße Schäfchenwolken an einem blitzblauen Himmel.

»Da werden wir beide heute übernachten«, sagte Kai und zeigte auf den riesigen Glaswürfel mit der knallroten Adlerlounge-Schrift, der jetzt immer näher kam.

»Nicht schlecht«, meinte Waltraud, »übrigens …«

In Kais Anoraktasche vibrierte es. Ein Blick aufs Handy. Ein Seufzer. Seine Mutter. Nur ein paar Jahre älter als Waltraud, aber mit weniger Glück im Leben. Und mit deutlich weniger Geld. Sein Vater hatte sich nach der Zeugung verkrümelt, seine Mutter als Putzfrau geschuftet und von ihrem kleinen Verdienst immer so viel wie irgend möglich für ihren Einzigen abgezweigt, auch wenn sie dafür auf vieles verzichten musste. Er stand tief in ihrer Schuld, das wusste er, und das belastete ihn.

»Ich mach's ja nicht mehr lange, aber ich würde so gern mal eine richtig große Kreuzfahrt machen, bevor ich den Löffel abgebe«, hatte sie kürzlich gesagt, »so eine wie auf dem Traumschiff.« Und dann sofort: »Aber das kann ich ja auch im Fernsehen anschauen, ich kann mir das nicht leisten, und du verdienst als Altenpfleger ja auch nicht viel.« Altenpfleger, wenn sie wüsste! Aber irgendwie war er ja auch so etwas Ähnliches. Und die Wahrheit wollte er seiner Mutter, die ihr Leben lang dafür gesorgt hatte, dass ihre Arbeitgeber auf Kante gebügelte Bettwäsche hatten, einfach nicht zumuten.

»Ich ruf zurück«, sagte Kai schnell mit Blick auf Waltrauds hochgezogene Augenbrauen.

Sie waren jetzt in der Bergstation angekommen, die Tür öffnete sich. Jetzt hieß es, schnell aus der langsam fahrenden Bergbahn auszusteigen und das Gepäck hinauszustellen. Waltraud kümmerte das nicht. Sie stieg aus, fragte noch: »Wer war das? Ich hab eine Frauenstimme erkannt?« und ging, ohne sich umzusehen, mit schnellen Schritten auf den Eingang zu. Nicht besonders elegant, aber es war ja auch nur eine Liftstation.

»Meine Mutter«, keuchte Kai unter Waltrauds großem Koffer. Sie reiste nie mit kleinem Gepäck.

»Denkt sie immer noch, du seist Altenpfleger?« In einem unklugen Anfall von Ehrlichkeit hatte er diese kleine Notlüge gebeichtet.

»Soll ich ihr etwa sagen, dass ihr Sohn ein Gigolo ist?«

Sie lächelte.

»Gigolo! Was für ein schönes, altmodisches Wort. Und was bin ich dann?«

»Wie wäre es mit Sugarmama?«

Sie stiegen in den Fahrstuhl und standen kurz darauf im Restaurant.

»Gibt es hier keine Rezeption, das ist ja wie in einer Jugendherberge«, meinte Waltraud etwas pikiert.

»Dafür kann man an klaren Tagen 63 Dreitausender sehen!« Vor ihnen stand eine lächelnde junge Frau und stellte sich als Hüttenwirtin Katharina vor. »Darunter natürlich unsere Hauptattraktion, der Großglockner.«

Und genau den bestaunten Waltraud und Kai eine halbe Stunde später, in weißen Bademänteln auf ihrem Bett liegend. Die Sonne ging – perfektes Timing – in dem Moment spektakulär unter, als sich Kais Lippen auf Waltrauds Halsbeuge legten und sich ganz langsam, Kuss für Kuss, einen Weg zu ihrem Mund bahnten. Sie erschauerte so lustvoll, dass sie fast erschrak.

»Gefällt es dir?«, fragte er leise.

Sie konnte nur seufzen.

»Mach weiter«, sagte sie, »und hör nie wieder auf.«

Genau diesen Moment suchte sich sein Handy aus, um ihn wieder an seine Mutter zu erinnern.

»Sorry«, murmelte er und verschwand im Bad.

»Mutti, was ist denn wieder? Ich bin im Dienst.«

Er lauschte. Setzte sich auf die Klobrille. Weil auf einmal sein Herz so schwer war und seine Beine nachgaben.

»Was genau hat der Arzt denn gesagt, Mutti? Und du bist ganz sicher, dass du ihn richtig verstanden hast?«

800 km nördlich, in einer kleinen Zweizimmerwohnung, legte Marianne Lauterbach den Hörer auf. Dann setzte sie sich auf den Sessel vor ihren alten Röhrenfernseher, der aber noch wunderbar lief, und griff zur Fernbedienung. Was für ein Glück, eine *Traumschiff*-Wiederholung.

»HAB ICH DICH erwischt!« Zwei starke Männerarme umfingen Resi, die gerade ihre Haustür aufschloss. Natürlich der Sepp, und eine leichte Alkoholfahne noch dazu. Energisch machte sie sich los.

»Ich bin müde, ich hab keine Lust auf gar nichts.« Das klang uncharmant, es war ihr egal. »Fahr nachhause, Sepp, oder zu einem deiner g'schlamperten Verhältnisse. Davon hast du ja reichlich.«

Sepp grinste. Er liebte es, wenn seine Resi ein bisschen zornig war. Er liebte auch sein Essen scharf gewürzt. Aber warum war sie es jetzt, er war sich keiner Schuld bewusst.

»Nur einen Absacker und ein bisschen … na du weißt schon.«

»Nein«, rief Resi und erschrak selbst, wie energisch ihre Stimme klang. »Ich bin nicht dein sexueller Notnagel, wenn du mal wieder einen Hormonstau hast.«

Sepp war so verblüfft, dass er seinen Mund erst wieder schloss, als die Haustür hinter Resi ins Schloss fiel. Verstehe einer die Frauen.

Jetzt, dachte Kai, jetzt oder nie. Das Dinner war so köstlich gewesen, dass selbst Waltraud nichts zu nörgeln hatte, jetzt saß sie an der Bar, mit einem Strohhalm an ihrem zweiten Drink nuckelnd, er hatte um Erlaubnis gebeten, »draußen eine zu rauchen«, und so konnte er einen Mond beobachten, der voll und weiß am Himmel klebte und ihm ein »Viel Glück, mein Lieber« zuzurufen schien. Quatsch. Den Mond interessierte es einen Dreck, ob dieser kleine Erdenwurm gerade mit einer lebenswichtigen Entscheidung rang oder ob in China ein gerösteter Pudel auf der Speisekarte stand. Warum rang er überhaupt noch? Es war wirklich das Vernünftigste. Besonders nach dem Anruf seiner Mutter.

Auf in den Kampf, flüsterte Kai sich Mut zu und musste grinsen, weil er beinahe Krampf statt Kampf geflüstert hätte.

»Da bist du ja endlich«, rief Waltraud und wedelte mit den Händen seine Nikotinfahne zur Seite, als er sie küssen wollte, »Rauchen macht auf Dauer …«

»Lass stecken, Liebling«, sagte er sanft. »Das Thema hatten wir doch gestern schon.« Streit konnte er jetzt wirklich nicht gebrauchen. »Ich rauche doch nur noch zwei am Abend.«

»Schlimm genug«, murmelte Waltraud und wusste selbst nicht, woher diese kleine Gereiztheit kam, die sie in sich spürte. Bereits vorgezogener Abschiedsschmerz? Ambivalenz? Aber so war sie eben. Eine starke Frau, die sich nach einem starken Mann sehnte, obwohl sie die Männer schwach machte. Vielleicht weil ihr bewusst war, dass ihre Macht über deutlich jüngere Männer nicht ausschließlich in ihrer reifen Schönheit lag, sondern auch ein klitzekleines bisschen mit dem Vermögen zweier auf der Wolke winkender Ehemänner zu tun hatte. Beide hatte sie so zu Tode gepflegt, dass sie nicht merkten, wie erleichtert sie war, als es endlich, endlich dem Finale zuging. Nie wieder Ehe, wusste sie nach der zweiten, würdevollen Beerdigung, nur noch Spaß mit Männern ohne Prostataprobleme und Corega Tabs auf dem Nachttisch.

»Was ist das?«, fragte sie und musterte den Champagnerkelch, der plötzlich ohne Erlaubnis vor ihr stand. Kai hatte seinen bereits in der Hand.

Ob sie hören konnte, wie laut sein Herz klopfte? Ob sie ihm ansah, dass ihm fast übel war vor Aufregung? Einem Mann, den fünfzig näher als vierzig, der sich wie ein kleiner Bub auf dem Zehnmetersprungbrett fühlte. Los, spring, Feigling!

»Das ist Champagner, Liebling, weil ich mit dir etwas feiern möchte.«

Waltraud nippte am Glas.

»Nicht schlecht für eine Berghütte«, sagte sie. »Und jetzt spuck bitte aus, was du auf dem Herzen hast. Ich bin müde, mein Bettzipfel winkt.«

Sie waren jetzt allein. Walter, der Hüttenwirt und Haubenkoch, hatte sich zurückgezogen und eine gute Nacht gewünscht. Nur der Mond sah ihnen zu.

»Ich möchte dich etwas fragen, Waltraud«, begann Kai und zögerte.

»Ja?«

Sie leerte ihr Glas mit ein paar zügigen Schlucken und griff in den Silberkübel, in dem die Flasche kühlte, »Nun frag schon.« Sie gähnte herzhaft.

Kai dachte an seine Mutter, die er sehr liebte und die nicht mehr lange zu leben hatte. An die kleine Wohnung, in der er aufgewachsen war, an das Treppenhaus, das immer nach Kohl roch, an die Freudentränen, die sie immer weinte, wenn er sie besuchte. Und an ihren Herzenswunsch, für den sie nicht mehr viel Zeit hatte. Einmal mit dem Traumschiff reisen!

Er holte tief Luft und sank auf die Knie.

»Um Himmels willen, Kai, bist du betrunken?« Waltraud zog ihn am Arm wieder hoch. »Was ist denn bloß los mit dir?«

Er stand auf und sammelte seine Restwürde ein.

»Waltraud, ich bin nicht betrunken, sondern ich wollte, ich will dich, also, auch egal, das eben war ein Kniefall, weil ich dich bitten möchte, meine Frau zu werden. Willst du mich heiraten?«

Stille. Die nicht aufhören wollte.

Dann brach Waltraud in schallendes Gelächter aus.

»Kai, Liebster, warum sollte ich? Man kauft doch keine Kuh, wenn man ein Glas Milch trinken möchte. Sorry, in diesem Fall natürlich einen Ochsen.«

Das Blut rauschte in seinen Ohren, ob es Wut war, Enttäuschung oder ob gerade ein Gefäß in seinem Kopf platzte, war in diesem Moment egal.

»Bin ich dir denn so gleichgültig?« Gott, wie erbärmlich das klang, wie unterwürfig, aber genauso fühlte er sich.

Waltraud warf einen Blick auf das Häufchen Mann vor ihr und wusste, dass sie zu weit gegangen war.

»Nein, du bist mir nicht gleichgültig«, sagte sie sanft und legte eine Hand auf seinen Arm, den er sofort zurückzog. »Im Gegenteil. Ich mag dich, wir hatten Spaß miteinander, und ich bin wirklich gerührt, dass du den Rest deines Lebens mit mir verbringen willst, obwohl wir beide wissen, dass es nicht meine weiblichen Reize sind, die den Ausschlag für deinen Antrag gegeben haben.«

Er schwieg. Ihm fehlten die Worte. Ihm fehlte ein klarer Gedanke, eine Strategie, wie er dieses Gespräch wieder in den Griff bekam.

»Oder hast du mir diesen Antrag aus reiner Liebe gemacht?«

Nein, natürlich nicht. Er hatte ihn gemacht, weil er sein Leben satt hatte. Kein Gigolo mehr sein wollte. Sich zu alt fühlte für diesen ständigen Frauenwechsel. Seine Potenz langsam nachließ. Kurz überlegte er, ob er einfach die Wahrheit, einfach »Ich möchte gern versorgt sein und meiner Mutter eine Reise in einer Luxussuite auf dem Traumschiff spendieren können« sagen sollte, aber ein Blick in Waltrauds hochherrschaftliches Gesicht ließ ihn verstummen.

»Dein Schweigen sagt alles«, sagte sie. »Und obwohl ich

deine Gesellschaft durchaus zu schätzen weiß, denke ich, dass wir unsere Liaison besser …«

»Danke, verstanden«, winkte Kai ab. »Ich geh schon mal aufs Zimmer. Gute Nacht.«

Ehe sie etwas erwidern konnte, war er verschwunden.

Als sie zwanzig Minuten später das Apartment betrat, lag er auf dem grünen Sofa des Wohnzimmers und schnarchte. Schade, dachte Waltraud, leicht angeschwipst, jetzt hätte ich Lust auf Versöhnungssex.

»PROST«, SAGTE ZUR selben Zeit, kurz nach Mitternacht, Susanne zu Britta und hob ihr Weinglas. »Worauf trinken wir beiden Hübschen? Auf das Leben? Die Männer? Die Liebe?«

Britta lächelte.

»Auf uns«, sagte sie, »darauf, dass wir uns kennengelernt haben. Männer kommen und gehen, aber eine gute Frauenfreundschaft bleibt für immer bestehen.«

»Reimt sich und stimmt sogar.«

Sie schwiegen, und es war kein peinliches Schweigen, sondern eins, in dem sich beide darüber freuten, dass sie in diese unerwartete Freundschaft hineingeschlüpft waren wie in ein warmes Schaumbad. Mit Fichtennadelduft. Sie fühlten sich einfach wohl miteinander, der Gesprächsstoff ging ihnen nicht aus, sie lachten über dieselben Witze, hatten beim morgendlichen Joggen dasselbe Tempo. Und nach ein paar Tagen hatte sich Brittas schlechtes Gewissen, dass ausgerechnet die Ehefrau ihres Geliebten ihre neue beste Freundin zu werden versprach, auf ein Minimum reduziert. Die eine Nacht, in der sie noch einmal schwach geworden war, hatte sie vor sich selbst damit entschuldigt, dass es ja ein Abschied war, ein sehr leidenschaftlicher, zugegeben, aber was hatte sie erwartet? Der Sex mit Michael war immer überirdisch gewesen, nie zuvor hatte sie einen so begnadeten Liebhaber gehabt, deswegen fiel ihr das Ganze ja auch so schwer, aber es musste sein. Sie war keine Frau, die eine Freundin betrog.

»Mein Mann fühlt sich übrigens vernachlässigt«, sagte Susanne, »er fühlt sich wie das fünfte Rad am Wagen. Die Kinder verliebt und eine Ehefrau, die lieber mit ihrer neuen Bekanntschaft zusammen ist.«

Neue Bekanntschaft?, dachte Britta. So neu nun auch

wieder nicht. Zumindest, was deinen Mann angeht. Aber sie verdrängte diesen Gedanken sofort.

»Vielleicht spekuliert er ja auch heimlich auf einen Dreier.« Susanne schmunzelte, während sie Harry »noch einmal dasselbe« signalisierte. »Leider bin ich zu prüde für so etwas. Und du?«

»Zu prüde für was?« Sie hatten Michael nicht gehört, der sich jetzt neben sie an die Bar stellte und einen Whisky Sour bestellte.

»Für einen Dreier, Schatz«, lächelte Susanne, »du, ich und Britta. Ich hab dir unterstellt, dass du dazu Lust hast. Hättest du?«

Michael sah irritiert von Frau zu Frau. Ein Dreier mit Ehefrau und Geliebter?

»Hauptsache, ihr beide habt Spaß.« Er hörte selbst, wie humorlos er klang, aber an diesem Urlaub stresste ihn einfach alles. Seine kleine Prinzessin, die nur noch im Doppelpack mit ihrem Verlobten auftrat. Seine wunderbare Geliebte, von der er nur hoffen konnte, dass sie ihm erhalten blieb. Und Susanne, die wirkte, als ob sie ahnte, wie sehr ihre neue Freundschaft seiner alten Affäre schadete. Als wüsste sie Bescheid. Wie sie ihn immer ansah, mit diesem wissenden Blick. Es machte ihn wahnsinnig.

»Ich glaube, mein Bett ruft«, sagte sie in diesem Augenblick und gähnte herzhaft. »Aber trinkt gern noch einen letzten Absacker auf mich.«

Sekunden später hatte sie der Aufzug verschluckt.

Britta und Michael schwiegen.

»Beste Freunde, du und Susanne, sehe ich das richtig?«

Sie seufzte.

»Ich mag deine Frau richtig gern. Ist das ein Problem für dich?«

»Ich finde das Ganze ein bisschen geschmacklos«, sagte er. »Machst du das extra? Um mich zu ärgern?«

»Kann es sein, dass du dich ein bisschen zu wichtig nimmst?«

Sie ist so irre sexy, wenn sie wütend ist, dachte er, ich könnte sie jetzt, sofort, hinter der Bar …

Es ist vorbei, dachte sie, warum merkt er das nicht? Jetzt, wo ich weiß, dass er es bei ihr genauso macht wie bei mir. Und sie ausgerechnet mir so vertraut, dass ich alle ihre Ehegeheimnisse kenne, auch dass sie direkt danach … egal.

»Ich bin heilfroh, wenn dieser Urlaub vorbei ist«, meinte er. »Bist du übrigens nächsten Monat in London dabei? Ich hab ein schickes Hotel in Kensington gebucht.«

Sie sah ihn an, ein bisschen fassungslos über so viel männliche Ahnungslosigkeit, aber ohne Wehmut, ohne Bedauern.

»Es war schön mit uns, Michael. Aber es ist vorbei. Ich reise ab. Morgen früh. Und damit ich nicht in Versuchung komme, blocke ich alle deine Kontaktdaten.«

Sie stand auf, küsste ihn auf die Wange und ging zur Tür.

Dort drehte sie sich noch einmal um.

»Es war schön mit dir.«

Dann war sie weg.

VIELLEICHT IST ES sogar besser, dachte er, als er sein Hotelzimmer betrat. Wer weiß, wie Susanne reagiert hätte, wenn die Sache aufgeflogen wäre. Vielleicht hätte sie die Scheidung eingereicht, das wäre teuer geworden. War besser so. Jetzt belebe ich erst einmal meine Ehe wieder, und dann haben andere Mütter ja auch schöne Töchter.

Susanne saß im Bett und rauchte. Ein ungewohnter Anblick.

»Seit wann rauchst du wieder?«, fragte er mit strenger Stimme. »Du weißt schon, dass das auf den Zimmern strengstens verboten ist, oder?«

»Deshalb ist ja auch die Balkontür weit offen«, meinte sie ungerührt, »Komm ins Bett, ich möchte dir etwas sagen, und dabei hilft mir ein bisschen Nikotin.«

Er setzte sich auf die Bettkante.

»Britta reist übrigens morgen ab«, sagte er. »Dann haben wir noch ein paar Tage Zeit für uns zwei. War ja doch ein bisschen anstrengend mit ihr, findest du nicht?«

»Nein, finde ich nicht. Ich mag sie. Und außerdem ist sie die zukünftige Schwiegermutter unserer Tochter. Ich hoffe, dass wir in Kontakt bleiben.«

Er schluckte. Diese kleine Tatsache hatte er völlig verdrängt. Keine schönen Aussichten!

Schnell zog er sich aus, schlüpfte in seinen Pyjama und legte sich neben sie. Ihm war nach Körperkontakt, warum nicht zur Abwechslung mit seiner eigenen Frau? Sex zwischen ihnen war ja noch nie ein Problem gewesen.

»Was willst du mir denn sagen, Schatz?« Er rutschte näher und ließ seine Hand unter der Decke ein bisschen wandern. Wie weich sie sich anfühlte, wie weiblich! Ach, sie war doch die Beste. Vorsichtig rückte sie ab und schob seine Hand zur Seite.

»Michael, eine ehrliche Antwort bitte. Hast du mich schon einmal betrogen?«

Eine eiskalte Dusche.

»Wie kommst du jetzt darauf? Natürlich hab ich mal geflirtet, das tut doch jeder mal.«

»Ach, Michael.« Die Sanftheit ihrer Stimme ließ ihn frösteln. »Ich weiß doch längst, was los ist. Du gehörst zu der Spezies Mann, die sich im Standbein-Spielbein-Spagat am wohlsten fühlt.«

Vorsichtshalber schwieg er.

»Ich glaube, dass du in den letzten Jahren treu warst«, fuhr sie fort. »Bist ja auch nicht mehr der Jüngste. Und ich weiß das auch zu schätzen, aber ...«

»Aber?«

»Jetzt bin ich mal dran«, meinte sie. »Findest du nicht?«

Nein, das fand er überhaupt nicht. Was meinte sie außerdem mit »dran sein«?

»Ich habe seit kurzem einen Liebhaber.« Sie zog an ihrer Zigarette und drückte sie im Aschenbecher aus. »Den ersten übrigens in meiner Ehe mit einem Mann, der mich schon in unserer Hochzeitsnacht betrogen hat. Mit einer hübschen Kellnerin, während ich bereits schlief. Gib dir nicht die Mühe, es abzustreiten. Ist jetzt auch egal. Ich habe die ganze Zeit beide Augen zugedrückt, weil ich dich, erstaunlicherweise, immer geliebt habe und dies immer noch tue, deshalb erwarte ich jetzt von dir, dass du es auch tust. Mir ein bisschen Spaß gönnst.«

Michael war wie vom Donner gerührt.

»Ich bin strikt dagegen!«, rief er. »Kein einziges Auge werde ich zudrücken. Schließlich bist du meine Ehefrau, was denkst du dir eigentlich?«

Susanne schmunzelte. Die Aufregung ihres Gatten gefiel

ihr, zeigte sie ihr doch endlich, dass sie ihm nicht gleichgültig war. Was so eine kleine Lüge doch manchmal bewirken konnte. Eine, die auch ihre neue Freundin Britta geglaubt hatte. Endlich hatte sie die Bühne gewechselt, war nicht länger die arme, betrogene Ehefrau, sondern Tigerwoman!

»Er ist jünger als du«, fuhr sie ungerührt fort. »Deswegen kommt er als dein Nachfolger als Ehemann auch nicht in Frage. Wäre mir zu anstrengend, dreimal Sex pro Nacht und so. Aber er macht einfach Spaß. Ich fühle mich jung mit ihm, jünger als mit dir, sorry.«

Sie sah plötzlich so heiß aus, so zum Anbeißen appetitlich, so hatte er sie schon lange nicht mehr erlebt. Warum war sie so lange nicht genug für ihn gewesen? Wo hatte er seine Augen gehabt? Du bist wirklich ein Idiot, Michael. Und jetzt ran an die Frau, Schuldbewusste vögeln besser, das galt hoffentlich nicht nur für ihn.

»Ich verzeihe dir, mein Schatz«, flüsterte er und löschte die Beleuchtung, weil Susanne es im Dunkeln lieber mochte, »weil du die schönste und klügste Ehefrau der Welt bist.«

Eine Stunde später.

»Sag mal, wie gefällt dir eigentlich Britta?«, fragte Susanne.

Er musste nicht lange überlegen.

»Nicht schlecht«, sagte er und küsste ihren zuckersüßen Bauchnabel und dann etwas tiefer, dann ganz tief. »Aber dir kann sie natürlich nicht das Wasser reichen. Und was ist mit deinem Lover? Gibst du ihn auf?«

Sie lächelte im Dunkeln.

»Mal sehen, vielleicht irgendwann, wenn ich ihn nicht mehr brauche.«

»LIEBE IRMGARD, ICH habe leider versäumt, mich anzumelden. Nehmen Sie mich trotzdem mit zur Kräuterwanderung?«

Hans Peter legte Überredungskunst in seinen Blick. Sie musste ja nicht wissen, dass er viel lieber am Pool gelegen und die Gäste beobachtet hätte. Sein Krimi war ein wenig ins Stocken geraten. Die Leiche musste entsorgt, die Polizei verständigt werden, beides war in seinem Dichterhirn noch nicht ausgereift. Aber Monika hatte nichts davon wissen wollen.

»Ich habe das Gefühl, dass du wieder ein bisschen zugelegt hast«, dabei kniff sie in seinen Rücken, in das, was sie sein Tannenbaumfett nannte. »Aktivität ist angesagt, mein Bester, kein Herumschlunzen und andere Gäste stalken.«

Wie hieß noch der Spruch, über den er kürzlich in einer öffentlichen Männertoilette so gelacht hatte? Lebensende mit drei Buchstaben? EHE. Nein, der war ja uralt. Liebe macht blind. Die Ehe ist der beste Augenarzt. Genau, der war es.

Er schmunzelte.

»Meine Frau macht heute Vormittag Wassergymnastik und Maniküre. Beides ist nichts für mich.«

»Da kann ich Ihnen natürlich diesen Herzenswunsch nicht abschlagen«, antwortete Irmgard fröhlich. »Es sind eh heute nur drei Teilnehmer. Sie passen wunderbar dazu. In zwanzig Minuten ist Abmarsch.« Ihr Blick fiel auf die bequemen Gradonna-Hauspantoffeln aus Filz an seinen Füßen. »Aber bitte in festen Bergschuhen.«

»Wunderbar, ich bin gleich zurück«, rief Hans Peter, während er sich umdrehte, um zu seinem Zimmer zu gehen. Er brauchte nicht nur seine Wanderstiefel, sondern, Monika zum Trotz, unbedingt auch Block und Schreiber, um sich

Notizen zu machen. Schließlich hoffte er auf viele Informationen zu giftigen Pflanzen, die in seinem Krimi eine Rolle spielen könnten. Fast wäre er mit Caspar und Miriam zusammengestoßen, die gerade zur Rezeption wollten.

Er blieb kurz stehen: »'tschuldigung. Ich wollte Sie nicht umlaufen. Kommen Sie auch mit zum Kräutersammeln?«

Er mochte das junge Paar, das stets in einer rosaroten Wolke zu schweben schien. Wenn er die beiden beobachtete, erinnerte er sich ein bisschen wehmütig an dieses himmlische Gefühl der jungen Liebe, die Schmetterlingsschwärme im Bauch, die wohligen Schauer, ausgelöst von einer winzigen Berührung. Damals, als Monika und er sich kennenlernten. Die ersten Wochen und Monate. Aber alles hat seine Zeit. Und auch wenn man auf der ehelichen Langstrecke nicht jeden Tag vor Begeisterung am Kronleuchter baumelte, war es mit ihm und Moni doch sehr schön.

»Leider nicht«, antwortete Miriam jetzt freundlich auf seine Frage. »Wir haben gestern eine anstrengende Bergtour zum Figerhorn gemacht und belohnen uns heute mit einem Ausflug nach Sillian.«

»Das ist ein Ort kurz vor der Grenze zu Südtirol, ungefähr eine Stunde mit dem Auto«, erklärte Caspar. »Für Leckermäuler wie Miri soll es ein Paradies sein. Dort gibt es Pichler's Schokoladenwelt, wo 180 verschiedene Sorten handgeschöpfte Schokolade angeboten werden. Und nebenan, in Heinfels, kann man die Waffelfabrik Loacker besuchen und Waffeln nach eigener Kreation herstellen. Außerdem soll es in Heinfels ein nettes kleines Restaurant namens Heimspiel geben, dessen Wirt Ernst ein wahrer Künstler am Herd ist. Einer, der vor allen Dingen aus regionalen Zutaten großartige Köstlichkeiten zaubert. Freunde in Paderborn haben uns davon erzählt. Sollen wir Ihnen was Leckeres mitbringen? Vielleicht eine besondere Waffel?«

»Oh, das wäre ja nett. Aber … ach nein, doch lieber nicht. Meine Frau möchte, dass ich abnehme.«

»Dann backen wir für Sie eine Waffel ohne Kalorien«, lachte Miriam. »Bis später! Und viel Spaß beim Kräutersammeln.«

»Waffeln ohne Kalorien? Das Rezept hätte ich auch gerne!« Unbemerkt war Martha Schultz zu dem kleinen Grüppchen getreten. Wie immer perfekt gestylt und mit einem sympathischen Lächeln. »Aber zuerst einmal sage ich unseren Gästen ein herzliches grüß Gott! Ich hoffe, Sie fühlen sich wohl im Gradonna Mountain Resort.«

Eine absolute Topfrau, dachte Hans Peter wieder mal. Sportlich, elegant, freundlich und eloquent. Normalerweise verschlug es ihm in Gegenwart solcher Frauen immer die Sprache, wurde sein Blick leicht glasig, und dieses unangenehme Kleine-Würmchen-Gefühl krabbelte durch den ganzen Körper. Bei Martha Schultz war das anders. Sie war zwar erfolgreiche Unternehmerin, Vizepräsidentin der Österreichischen Wirtschaftskammer, Bundesvorsitzende Frau in der Wirtschaft – bei Google hatte er unglaublich viele Ämter und Infos über sie gefunden –, wirkte aber immer, wenn er sie traf, entspannt, natürlich und nahbar. Nicht anders als seine ganz normalen Nachbarn aus dem Schrötteringksweg in Hamburg-Uhlenhorst. Ob sie verheiratet war? Wenn, dann ohne Ehering, wie er feststellte.

Aber er hatte ja sowieso keine Chance, selbst wenn er es gewollt hätte.

»Schön, dass Sie wieder da sind«, sagte er – und meinte es auch so. »Hoffentlich haben Sie selbst auch mal Zeit, sich in Ihrem wunderbaren Hotel zu erholen.«

Martha Schultz lachte: »Leider nicht. Obwohl ich es immer sehr genieße, hier zu sein. Das Hotel wurde ja an einem Kraftplatz erbaut. Und egal, wie sehr ich im Stress bin – auftanken kann ich hier immer.«

Hans Peter vergaß für einen Moment, dass er längst seine Wanderstiefel hätte schnüren sollen. Miriam und Caspar hatten sich bereits verabschiedet. Aber ihn interessierte der Kraftplatz. Schon aus schriftstellerischer Sicht. »Was genau ist das eigentlich?«

»Ein Ort mit besonderer Energie. Eine starke Kraft der Erde, die Menschen aufnehmen können. Es gibt in Tirol mehrere solcher Plätze. Das kann unter einem Baum sein oder an einem See. Auch in Ägypten gibt es so einen Platz, und zwar bei den Pyramiden von Gizeh«, erklärte die Geschäftsfrau das Phänomen.

Hans Peter fühlte sich an eine Reise nach Bali erinnert. Damals hatten Moni und er fasziniert beobachtet, wie eine elegant gekleidete Business-Frau auf Highheels zur Mitte einer Kreuzung stöckelte und dort ein kleines Schälchen mit Reis und einer Räucherkerze abstellte, um die Götter sanft zu stimmen. Auch die Sache mit den Kraftplätzen klang fremdartig und mystisch, aber von einer bodenständigen Frau wie Martha Schultz erklärt, durchaus einleuchtend.

»Klingt spannend«, sagte er »darüber würde ich gern noch mehr erfahren. Aber jetzt muss ich los, sonst sammelt Frau Irmgard ihre Kräuter noch ohne mich.«

Waltraud wachte mit einem Nieser auf. Irgendwas kitzelte sie an der Nase. »Ach, Kaili, du kleiner Nimmersatt, ich bin doch noch gar nicht richtig wach.« Sie blinzelte und kniff die Augen sofort wieder zu. Himmel, war das hell!

Ihre Hand glitt nach rechts übers Laken. Nichts. Das Bett neben ihr war leer. Erneutes Blinzeln. Es war die Sonne, die ihr direkt ins Gesicht schien und an der Nase kitzelte.

Langsam kam die Erinnerung an den vergangenen Abend. Sie hatte etwas zu schnell deutlich zu viel Champagner getrunken. Oh Gott, Kai, der Wahnsinnige, hatte ihr einen Heiratsantrag gemacht, und sie hatte ihn ausgelacht. Das war aber auch eine saudumme Idee von ihm gewesen. Obwohl sie sich durchaus auch etwas geschmeichelt fühlte. Es konnte ja wohl nicht nur das Geld sein, das ihn zu diesem Schritt beflügelt hatte. Egal, sie musste diese Beziehung beenden, bevor sie zu kompliziert wurde. Und zwar freundlich und stilvoll, ohne faden Beigeschmack für beide Seiten und mit einem finanziellen Trostpflaster für Kai. Er hatte sich ja wirklich bemüht, ihren Ansprüchen gerecht zu werden. Er war attraktiv, charmant und ein verdammt guter Liebhaber. Aber auf Dauer reichte es leider nicht, denn nicht nur ihr Körper war jung geblieben, auch ihr Gehirn.

»Kai, mein Schatz, komm doch mal her zu mir. Und zieh die verdammten Vorhänge zu, bevor ich blind werde.«

Keine Antwort.

»Kaiiiiiliiiiii!«

Nichts. Inzwischen war Waltraud richtig wach und sah, dass das Bett neben ihr jungfräulich unberührt war. Ach ja, als sie gestern Abend ins Zimmer gekommen war, hatte er ja schon schnorchelnd auf dem Sofa gelegen. Sie stand auf, ging barfuß durch das Apartment, schaute sogar in der Sauna nach. Nichts. Sehr seltsam. Na ja, das würde sich klären.

Als sie eine halbe Stunde später, elegant gekleidet und perfekt frisiert, zum Frühstücksbuffet kam, war auch dort weit und breit nichts von Kai zu sehen. Sie setzte sich an einen gedeckten Tisch und dachte nach. Was ihr, zugegeben, aufgrund des gestrigen Champagners nur holprig gelang.

»Darf ich Ihnen Kaffee oder Tee bringen?«, fragte Katharina in ihre Gedanken hinein. Und noch ehe sie antworten konnte, fügte sie hinzu: »Herr Lauterbach ist bereits abgereist. Er wollte über das Kals-Matreier-Törl absteigen. Die Rechnung ist schon beglichen.«

Einen Euro für deine Gedanken, dachte Waltraud. Aber man sah der jungen Hüttenwirtin nicht an, wie sie die Situation einschätzte. Sie schaute ihren Gast freundlich an, offen und arglos. Nun gut, normalerweise reisten Gäste, die gemeinsam gekommen waren, auch gemeinsam wieder ab. Normalerweise … aber das Unnormale ging sie nichts an.

»Danke«, antwortete Waltraud, atmete tief durch und hoffte, dass sie überlegener aussah, als sie sich gerade fühlte. »Ich nehme Kaffee, Vollkorntoast und eine Portion verlorene Eier.«

»Verlorene Eier, gern.«

Das ganz leichte Lächeln im Gesicht ihrer Gastgeberin war ihr nicht entgangen.

Zur selben Zeit wanderte Kai Lauterbach auf einem gut markierten Steig in Richtung Bergrestaurant Glocknerblick. Doch er hatte keinen Blick für die Schönheit der Natur, nicht mal für den Großglockner, der sich direkt vor ihm majestätisch vom blauen Morgenhimmel abhob. Chaos der Gefühle. Einerseits war er von Waltrauds Abfuhr tief in seiner Eitelkeit gekränkt. Gelacht hatte sie. Sich über ihn lustig gemacht. Das würde er ihr heimzahlen. Irgendwie. Andererseits fühlte er sich auch erleichtert. Die Ehe mit einer Nobelemanze und Egozentrikerin wie Waltraud wäre kein

Zuckerschlecken gewesen. Finanziell durchaus attraktiv, aber auch sehr, sehr anstrengend. Tagsüber, und vor allen Dingen nachts. Eigentlich konnte er froh sein, dass sie seinen Antrag abgelehnt hatte. Allerdings wäre er, wenn sie ja gesagt hätte, versorgt gewesen. Und er brauchte Geld. Auch für seine Mutter, die für ihn auf viel verzichtet hatte. Ein kleines Leben hatte sie gehabt, aber war seines denn ein größeres? Lange hatte er es geglaubt, in letzter Zeit immer weniger. Und genau deshalb war es ihm so wichtig, ihr den letzten Wunsch zu erfüllen.

Viel Zeit blieb nicht mehr. Das wusste er seit dem letzten Gespräch mit ihr.

Der Steig war inzwischen sehr schmal, und zu seiner Rechten ging's steil bergab. Aber der Abgrund machte Kai keine Angst. Nicht an diesem Morgen.

»Wenn ich jetzt stolpere und hinunterfalle, lösen sich alle Probleme von selbst.« Für einen winzigen Moment war das eine Option. Aber nicht wirklich. Nein, das hätte er auch seiner Mutter niemals antun können.

»Ob es stimmt, dass man in den letzten Sekunden vor dem Tod sein ganzes Leben vorbeiziehen sieht?« Ihn schauderte. Lieber nicht! Da gab es nicht wirklich viel, was er noch einmal sehen wollte.

Er war so in Gedanken versunken, dass er das Bergrestaurant Glocknerblick erst registrierte, als er kurz davorstand. Jetzt ein richtiger starker Bohnenkaffee! Der würde ihm guttun. Ihn aufmuntern. Schließlich hatte er noch nicht mal gefrühstückt. Er ließ sich an einem Tisch auf der Terrasse nieder.

»Was darf ich Ihnen bringen«, fragte kurz darauf eine fesche junge Frau im Dirndl. »Wie wär's mit einem Palatschinken mit hausgemachtem Löwenzahnsirup?« Sie lachte ihn an. Na bitte, auch andere Mütter hatten hübsche Töchter. Kais Sorgenfalten auf der Stirn glätteten sich. Jedenfalls soweit das Botox, das ihm sein Beautydoc vor drei Wochen gespritzt hatte, es zuließ.

»Das klingt verlockend, schöne Frau«, antwortete er. »Und dazu bitte einen starken Kaffee, in dem der Löffel steckenbleibt, und als Zuckerli noch einmal Ihr zauberhaftes Lächeln.«

Die Bedienung verschwand beschwingt. Warum waren nicht alle Männer so charmant?

Kai sah sich in Ruhe um. Er genoss die Stille, die nur vom leisen Glockenbimmeln der rundum grasenden Kühe unterbrochen wurde. Noch war er der einzige Gast auf der Sonnenterrasse. Doch auf dem schmalen Weg, der in sanften Serpentinen vom Tal heraufführte, sah er fünf Wanderer kommen. Er konnte sie nicht genau erkennen, weil er morgens vor lauter Frust vergessen hatte, seine Kontaktlinsen einzusetzen, aber sie schienen irgendwas zu suchen. Denn sie blieben immer wieder stehen, bückten sich, pflückten etwas, gingen weiter. Kurze Zeit später traten sie auf die Terrasse.

»Guten Morgen, Herr Lauterbach!« Das hatte ihm ja gerade noch gefehlt. Vor ihm stand, schwitzend und freundlich, der moppelige Gradonna-Gast vom Nebentisch. Sein ganz persönlicher Stalker! Der sich sogar seinen Namen gemerkt hatte.

»Grüß Gott«, sagte Kai, bemüht, nicht zu unfreundlich zu wirken. »Wo soll's denn heute hingehen?«

»Ach, wir haben unser Ziel schon erreicht«, antwortete Hans Peter Landmann. »Frau Irmgard«, er zeigte mit einem Kopfnicken auf die schlanke blonde Frau, die jetzt mit drei anderen Wanderern am Nachbartisch Platz nahm, »hat uns in die Geheimnisse der Pflanzen und Kräuter eingewiesen. Sehr interessant. Aber sagen Sie, wo ist denn Ihre Lebensgefährtin?«

Kai verzog keine Miene. »Ihr war der Abstieg von der Adlerlounge zu anstrengend. Sie fährt mit der Gondel wieder hinunter nach Kals.« Das musste als Erklärung reichen. »Schönen Tag noch.«

Er versenkte den Blick demonstrativ in die Speisekarte. Das hieß: Jetzt troll dich und nerv mich nicht!

Hans Peter verstand und notierte innerlich, aufschreiben würde er seine Gedanken später.

Niemand, der in dem gemütlichen Bergrestaurant sein Schnitzel mit Erdäpfelsalat aß oder einen Radler trank, wäre auf die Idee gekommen, dass der attraktive Silberfuchs am Fenster, der jeden Gast freundlich anlächelte, einen kaltblütigen Mord geplant und durchgeführt hatte. Ausgerechnet an der Frau, die ihm sein Luxusleben finanziert hatte. Über ein Zuviel an grauen Gehirnzellen hatte sich dieser Mann noch nie beklagen müssen. Aber das Wenige musste reichen, um ihm jetzt eine Flucht zu ermöglichen, die möglichst nicht von einer übereifrigen Polizei gestört wurde. Bisher war alles gut gegangen.

»Ihnen auch noch einen schönen Tag«, lächelte Hans Peter, nickte kurz und setzte sich zu Irmgard und dem Rest der kleinen Gruppe. Jetzt wurde es spannend, denn die »Kräuterhexe« hatte gerade mit einem kleinen Vortrag begonnen.

»Viele Pflanzen haben besondere Heilkräfte«, erzählte sie. »Das habe ich schon als Kind gelernt. Meine Mutter wurde in unserem Heimatdorf Matrei Kräuter-Rosa genannt, weil sie sich so gut auskannte. Sie hat Tees, Salben, Tinkturen und Schnäpse gemacht, hat Vorträge über die Wirkung der verschiedenen Pflanzen gehalten und uns Kindern – wir waren acht Geschwister – ihr Wissen weitergegeben.«

Sorgfältig sortierte sie die Kräuter auseinander und legte sie auf den Tisch.

»Das hier«, sie zupfte einen Stängel mit gelber Blüte heraus. »ist Johanniskraut. Ich mache daraus ein Öl, das bei Hautproblemen und Verbrennungen hilft. Der Frauenmantel – hier, riechen Sie mal, die Blüten duften nach Honig – hilft zum Beispiel bei Regelschmerzen und klimakterischen Beschwerden. Und wenn jemand Blasen an der Ferse hat, lindert ein Blatt vom Huflattich die Schmerzen.«

Irmgard war jetzt in ihrem Element.

»Meine momentane Lieblingspflanze ist der Quendel.«

Sie zeigte einen Stängel mit zartrosa Blüten. »Ich mag den Duft und den Geschmack. Man nennt den Quendel auch den wilden Bruder des Thymians. Er hilft gegen Husten, stärkt die Verdauung und wird bei Gelenkschmerzen eingesetzt.«

Als Nächstes hielt sie ein Foto hoch.

»Die giftigsten Kräuter sind meist die schönsten. Seht hier, der blaue Eisenhut. Wunderschön, aber hochgiftig. Schon das Berühren kann gefährlich sein. Deshalb zeige ich euch auch nur ein Bild davon.«

Hans Peter schrieb jetzt eifrig in sein kleines Notizbuch und notierte auch, dass Kai Lauterbach am Nebentisch seine Ohren spitzte. »Daraus hat man früher Schwiegermuttertee gemacht.« Sie lachte. »Warum, muss ich ja keinem erklären, der eine hat. Dieser Tee hat eine äußerst brutale Wirkung.«

Die Teilnehmer der Kräuterwanderung lehnten sich wie auf Kommando zurück, als wäre sogar das Foto giftig.

»Zahlen bitte«, rief jetzt Kai Lauterbach, zückte seine

Brieftasche, schäkerte noch ein bisschen mit der Bedienung, verabschiedete sich und ging federnden Schrittes den Weg in Richtung Tal. Hans Peter schaute ihm argwöhnisch hinterher.

Wo wollte er hin? Was hatte er vor? Jetzt blieb er stehen und pflückte irgendwas. Vielleicht einen Stängel Eisenhut? Während Irmgard weitere Kräuter vorstellte, ließ Hans Peter seine literarischen Gedanken schweifen.

Während er seine Flucht plante, musste er wieder an Victoria denken. Wie schön sie als Tote ausgesehen hatte, fast, als schlafe sie sanft. Sie schien sogar zu lächeln. Aber sie atmete nicht mehr, und auf ihren Lippen lag weißer Schaum. Lionel sah wieder die kleine Glasvase vor sich, die mit der leuchtend blauen Blume, die er selbst gepflückt hatte. Die er vorsichtig ins Bad getragen und dann samt Wasser ins Klo gespült hatte. Danach hatte er sich die Hände gewaschen. Sehr gründlich, mit Seife.

»WIE GUT, DASS im Gradonna auch Spätaufsteher noch ein Frühstück bekommen«, freute sich Rainer Richter und biss herzhaft in eine Laugensemmel mit Bergkäse. Nach den Aufregungen des gestrigen Tages hatten sie alle vier lange geschlafen. Es war anstrengend und auch gefährlich gewesen, aber es hatte ihn, Maria, Lucas und Leonie auf seltsame Art und Weise zusammengeschweißt. Besonders Leonie war wie verwandelt. Sie schien sich mit einem Schlag geradezu gehäutet, die pubertäre Frech- und Trotzphase abgestreift zu haben. Allein dafür war es den Stress wert gewesen.

Zufrieden saß seine neuerblühte Prinzessin am Tischende, hatte den verletzten Fuß auf einen Stuhl gelegt, den Lucas ihr hingestellt hatte, löffelte das Rührei, das er ihr gebracht hatte, und guckte tatsächlich freundlich in die Runde.

»Hast du noch Schmerzen?«, erkundigte sich Maria besorgt. »Vielleicht sollten wir doch besser zum Arzt fahren.« Sie sah das junge Mädchen ernst an, dem sie eine nahtodähnliche Erfahrung verdankte, hatte aber beschlossen, sich jedes Wort der Kritik zu verkneifen. Sie war früher auch ein Feuerkopf gewesen.

»Ist nicht nötig«, meinte Leonie. »Mein Fuß ist zwar grün und blau, aber Lucas hat ja zum Glück heilende Hände. Mit dem Tape-Verband kann ich fast schmerzfrei gehen.«

»Na, dafür lässt du dich aber von mir ganz schön bedienen«, protestierte Lucas, ließ sich aber von einem dankbaren Augenaufschlag auf der Stelle versöhnen.

»Was haltet ihr davon, wenn wir heute noch mal einen gemeinsamen Ausflug machen?« Maria wartete auf zweifachen Protest. Aber nichts. Drei Augenpaare sahen sie neugierig an, und Rainer fragte: »Was schlägst du vor?«

»Wie wär's mit der Galitzenklamm?«, fragte sie vorsichtig. »Da gibt es einen Wasserfall, Wasserschaupfad, Waldseilpark und mehrere Klettersteige. Die Männer könnten sich ordentlich austoben und klettern üben, während Leonie und ich uns irgendwo gemütlich niederlassen und zuschauen.«

»Super, Mama«, rief Lucas und drückte seiner verdutzten Mutter einen stürmischen Kuss auf die Stirn. So viel Temperament war sie von ihrem Bücherwurm-Sohn gar nicht gewohnt.

»Ja, ich wäre auch dabei«, sagte Leonie, »aber nur, wenn ich nicht klettern muss.«

»Dann steht dem Abenteuer Galitzenklamm nichts mehr im Wege«, freute sich Rainer und nahm einen letzten Schluck Kaffee. »Ich leihe im Sportgeschäft für Leonie ein paar Wanderstöcke aus, damit sie besser gehen und sich abstützen kann. Wir treffen uns in einer halben Stunde an der Rezeption.«

Und weil gerade alles so schön war, nahm er Maria in den Arm und küsste sie. Und sie küsste zurück. Es war kein langer Kuss, aber ein sehr intensiver. Erstaunlich intensiv, wenn man bedachte, dass sie von vier Teenager-Augen scharf beobachtet wurden. Aber das noch viel Erstaunlichere war, dass es in diesen Augen amüsiert, aber keineswegs angewidert aufleuchtete.

An der Rezeption des Gradonna Mountain Resorts leuchtete es nicht, es funkelte. Und zwar vor Wut.

Alles an Ella Nussbaum vibrierte, ihr breites Kreuz sogar richtig gefährlich.

»Das ist ja wohl nicht Ihr Ernst!«, zischte sie. »Morgen Abend ist die Präsentation der Biografie, und bis jetzt sind die Bücher noch nicht da? Bin ich in einem Saftladen oder in einem Luxushotel?«

Eva blieb ganz ruhig. »Nein, bisher ist nichts angekommen.«

»Ja sind Sie wahnsinnig? Warum schlagen Sie dann nicht Alarm? Das wird doch eine Katastrophe! Eine Lesung ohne Bücher! Ich fasse es nicht!«

»Aber wir wussten hier doch gar nichts von einer Lieferung«, warf Eva ein. »Sonst hätten wir uns selbstverständlich gekümmert.«

»Hätte, hätte, Fahrradkette.« Ella war keine Sadistin, aber sie wusste, wann gerechte Empörung angebracht war und wann nicht. Und jetzt war sie es. Jetzt kam es drauf an. Jetzt durfte sie sich ungestraft in einen gerechten Zorn hineinsteigern, dieser kleinen Maus hinter dem Tresen ein schlechtes Gewissen machen, dafür sorgen, dass morgen, wenn der wichtigste Mensch ihres Lebens seine Biografie vorstellte, alles wie am Schnürchen lief.

»Ah, Frau Nussbaum, schön, Sie zu sehen.« Mit einem Lächeln streckte Martha Schultz der wütenden Agentin ihre Hand entgegen. »Gibt's Probleme? Kann ich helfen?«

Die freundliche, souveräne Art der Geschäftsfrau verfehlte nicht ihre Wirkung. Ella Nussbaums empört bebender Busen fiel in eine etwas langsamere Frequenz.

»Stellen Sie sich vor: Die Bücher des Herrn Gold für die Lesung sind noch nicht da. Morgen Abend ist hier das Haus voller Fans, und wir haben keine Bücher zum Signieren. Da geht uns ein Riesengeschäft durch die Lappen.«

»Auf welchem Wege sollte die Sendung denn geliefert werden«, fragte Martha Schultz, um Ordnung in das Durcheinander zu bringen. »Und um wie viele Bücher handelt es sich überhaupt?«

»200 Exemplare per UPS.«

»Und was sagt die Versandkontrolle? Sie müssten doch übers Internet erkennen können, wo sich die Sendung jetzt befindet und wann sie ausgeliefert wird.«

»Ich weiß es nicht. Bei meinem Laptop fällt ständig die WLan-Verbindung aus«, klagte die Starmanagerin. »Nichts klappt hier – außer der Tür.«

Martha Schultz beschloss, den Vorwurf zu ignorieren. »Dann lassen Sie uns mal gucken. Unsere Eva ist ein Internet-As. Die regelt das gern für Sie.«

»Na, da bin ich mal gespannt«, grummelte Ella und stellte ihren Laptop unsanft auf den Tresen, um der Empfangsdame die entsprechende Mail zu zeigen. Eva schaute nur kurz, tippte etwas ein und sagte zwei Minuten später: »Die Lieferung ist für morgen Vormittag angekündigt. Sie können also ganz beruhigt sein. Sonst noch etwas?«

Ein paar Minuten später ging Ella zufrieden zurück zu ihrem Chalet. Na bitte! Ging doch! Sie klopfte kurz bei Victor. Doch der meldete sich nicht. Er war wohl immer noch völlig erledigt vom Rafting-Abenteuer. Vergnügt ging sie in ihr Zimmer, schälte sich aus den Klamotten, zwängte sich in ihren lilafarbenen Badeanzug und legte sich auf dem Balkon in die Sonne. Herrlich hier! Daran könnte sie sich gewöhnen. Und während sie genüsslich vor sich hin brutzelte, natürlich mit Sonnenschutzfaktor 30, reifte langsam eine Entscheidung in ihr. Eine Lebensentscheidung.

GUT GELAUNT SCHLENDERTEN Monika und Hans Peter durch die malerische Innenstadt von Lienz. Bestaunten die verschnörkelten Häuser, die Zwiebeltürme auf den Kirchen, die üppigen Geranien in allen Rot-, Orange- und Violetttönen, die wie üppige Samtvorhänge über die Holzbalkone flossen.

»Irgendwie ist der Süden sinnlicher, findest du nicht, mein Hasenbäckchen?«

Hans Peter schmunzelte. Hasenbäckchen! So hatte sie ihn ganz am Anfang ihrer Beziehung genannt. Als ihm noch die Knie weich wurden, wenn er nur an sie dachte. Und hoffentlich auch umgekehrt. Dass sie ihn jetzt, in diesem Urlaub, im romantischen Lienz, wieder so nannte, wertete er als gutes Zeichen. Als sehr gutes. Ob da, durch die Bergluft beflügelt, leicht abgenutzte Gefühle wiederbelebt worden waren? Wäre ja zu schön.

»Ich finde nicht nur den Süden sinnlich«, sagte er und blieb geduldig neben dem Schaufenster stehen, in das Moni konzentriert hineinblickte. Keine Ahnung, was an bunten Glaskugeln, putzigen Keramikfiguren und diesem schnuckeligen Krimskrams so faszinierte, mit denen Frauen so gern ihre Wohnungen verkleisterten.

»Schau mal, dieser süße Gartenzwerg als Eierbecher … Was hast du gesagt?« Moni sah ihn an, und wie sie so dastand, so frech und rothaarig, mit glühenden Wangen, da war er wieder so verliebt wie damals.

»Ach nichts«, meinte er, »komm weiter, genug geguckt. Und Eierbecher haben wir genug. Darf ich dich auf ein Eis einladen? Mit Eierlikör und Sahne?«

Mit diesem Kalorienbombenvorschlag betrat er bei seiner Monika ganz dünnes Eis, aber wer nicht wagt, der nicht gewinnt, dachte er und grinste sie an.

»Einmal ist keinmal, Katzenschwänzchen.« Er hakte sie unter und zog sie über den Marktplatz, mitten ins Getümmel. Café reihte sich an Café, alle sahen gemütlich und einladend aus.

»Die Qual der Wahl«, seufzte Hans Peter sonnig.

Fünfzehn Minuten später hatte die Qual ein Ende. Vor beiden stand ein Riesenbecher mit allem, was dick und glücklich macht. Drei große Eiskugeln mit Sahne, Eierlikör und Schokostreuseln.

»Du musst ihn ja nicht ganz auslöffeln.« Da war sie wieder, die alte Moni. »Oder hast du vor, aufs Abendessen zu verzichten?«

Nein, hatte er überhaupt nicht, aber er zog es vor, mit einem Schulterzucken zu antworten und die anderen Gäste zu beobachten. Dieses Paar im Trachtenlook, das am Nachbartisch Platz nahm, in ein lebhaftes Gespräch vertieft, die Frau kannte er doch? Das war doch …?

»Vroni«, rief er. »Wie schön, dich hier zu treffen!«

Vroni lachte und winkte ihm zu.

»Grüß Gott, ihr zwei, so ein Zufall! Das ist Franz, mein Ehemann, setzt euch doch zu uns.«

Noch ehe Moni ablehnen konnte, war Hans Peter schon auf dem Weg zum Nachbartisch, seinen Eisbecher in der Hand. Sie folgte ihm widerwillig. Und das deutliche Gefühl, zu stören, verstärkte sich, als sie sich gesetzt hatten. Die Gesichter von Franz und Vroni hatten diese leichte Verspanntheit, die sie von sich selbst kannte, wenn ehelicher Unmut in der Luft lag, den man in der Öffentlichkeit nicht so deutlich zeigen wollte.

»Stören wir nicht?«, fragte sie vorsichtshalber, aber Vroni winkte ab und lächelte.

»Ach, nur ein kleines Geplänkel, nichts Wichtiges. Mein

Mann ist zu oft im Wirtshaus, das gefällt mir nicht. Aber den Gattenmord vertage ich, bis wir zuhause sind.«

»Meine Frau macht einen Witz«, meinte Franz. »Jedenfalls einen, den sie dafür hält.«

Eine kleine Weile löffelten sie stumm ihr Eis. Hans Peter unterbrach als Erster das etwas unbehagliche Schweigen:

»Also, auf Ihre Resi, auf die können Sie wirklich stolz sein. So eine tüchtige junge Frau! Und so eine hübsche!«

Vroni und Franz strahlten ihn an. Elternstolz.

»Ja, das finden wir auch«, sagte Vroni. »Mit der Resi haben wir wirklich in den Glückstopf gegriffen. Ich kann mich an keinen Moment erinnern, wo wir uns mal über sie ärgern oder Sorgen machen mussten. Sie hat uns immer nur Freude gemacht, stimmt doch, Franz, oder?«

Franz nickte. Und Hans Peter spürte einen Schmerz in seinem Herzen, über den er sehr angestrengt hinweglächeln musste. Moni dagegen lächelte, auch sie etwas angestrengt, aber vermutlich, weil sie Gespräche über Kinder langweilten. Das war schon immer so. Wenn Freunde Fotos zeigten oder niedliche Nachwuchs-Anekdoten à la »Und dann hat unser kleiner Finn-Matthäus das gesamte Nutellaglas über das neue weiße Sofa unserer Nachbarn geschmiert. Da können wir uns auch nicht mehr blicken lassen« zum Besten gaben, dann war Monis Reaktion ein leicht unterdrücktes Gähnen und ein »Gott, bin ich froh, dass uns so etwas erspart geblieben ist« auf dem Nachhauseweg. Manchmal hatte so ein Streit angefangen, manchmal hatten sie gelacht.

»Meine Vroni hat recht«, sagte jetzt Franz und leckte seinen Eislöffel ab, bevor er ihn auf den Teller legte. »Wir sind die glücklichsten Eltern der Welt. Und das verdanken wir der Resi, ohne sie … tja …«

»… hätten wir auch überlebt«, unterbrach ihn seine Frau,

die mit den etwas feineren Antennen des weiblichen Geschlechts sofort spürte, dass da etwas zwischen diesem Ehepaar schwang. Als Frau der Tat beschloss sie, den Stier bei den Hörnern zu packen.

»Ihr Mann hat mir erzählt, dass Sie, genau wie ich, auch keine Kinder bekommen konnten.« Monis Augen schossen jetzt kleine, für die Männer unsichtbare Blitze, aber Vroni fuhr trotzdem fort: »War das für Sie genauso entsetzlich wie für mich?«

Moni zwang sich zu einem mitfühlenden Lächeln.

»Das ist für keine Frau leicht«, meinte sie. »Aber aus Erfahrung weiß ich, dass man auch ohne Kinder ein glückliches Leben führen kann. Mein Mann kann das bestätigen, oder?«

Hans Peter sah die deutliche Aufforderung in ihren Augen, er wusste genau, was sie jetzt von ihm erwartete. Zustimmung. Eine dicke, fette Lüge.

Meine Frau hat absolut recht. Wir sind sehr glücklich, vielleicht sogar glücklicher. Kinder sind ja auch viel Arbeit und viel Stress. Nicht jedes Kind ist eine Resi.

Aber er schwieg.

»Wir haben damals alles versucht«, wollte Vroni das Gespräch an dieser offensichtlichen Tretmine vorbeibugsieren, nicht ahnend, dass sie gerade eine neue ansteuerte. »Wirklich alles. In vitro, Insemination, Gelbkörperhormone, alles für die Katz. Keine gute Zeit in unserer Ehe, aber ich war einfach besessen davon, Mutter zu werden, Teil einer Familie. Ein Leben ohne Kinder, für mich eine ganz schreckliche Vorstellung.«

Hans Peter sah seine Frau an. Moni spürte eine Gereiztheit in sich aufsteigen, die sie nur mühsam unter Kontrolle bekam.

»Meine Frau ist leider nicht so kinderlieb wie Sie«, meinte Hans Peter und wusste, wie sehr er sie mit diesen Worten provozieren würde. Es war ihm egal, er war selbst leicht verärgert, wie immer bei diesem Thema. Weil die Frau, die er einerseits von ganzem Herzen liebte, ihm dabei immer auswich, ihm noch nie eine klare Antwort auf die Frage: »Warum haben wir keine Kinder?« gegeben hatte. Sie hat immer abgelenkt, hatte Antworten gemurmelt wie »manche Dinge sollen eben nicht sein«. Dass es nicht an ihm lag, wusste er längst, er hatte sich schon vor vielen Jahren untersuchen lassen. Und dann schweren Herzens das Thema ad acta gelegt. Aber jetzt, in diesem Urlaub, durch die Begegnung mit Resi, war es wieder so präsent wie nie.

»Na ja, nicht jede Frau ist zur Mutter geboren«, sagte Vroni schnell, nachdem Franz sie warnend mit dem Fuß angestupst hatte. Und es war dieser Satz, der Moni plötzlich innerlich explodieren ließ. Was wusste denn diese Frau von ihr? Nichts, absolut gar nichts!

»Ich wäre sehr gern Mutter geworden, aber das Leben hatte etwas anderes mit mir vor«, sagte sie steif. »Und jetzt entschuldigen Sie uns bitte.«

Sie stand auf, Hans Peter notgedrungen auch. Aber man merkte ihm an, dass er lieber sitzen geblieben wäre.

»Tut mir sehr leid, wenn ich …« Vroni rang nach Worten. »Es geht mich ja auch gar nichts an. Aber es wundert mich halt nur, dass Sie nicht adoptiert haben. So wie ich. Ist doch egal, woher ein Baby kommt.«

Moni fielen einfach keine Worte mehr ein. Nur vier.

»Herr Ober, bitte zahlen.«

ES HATTE ZU regnen angefangen, die Scheibenwischer schoben die feuchten Schlieren, die aus dem Himmel prasselten, mit einem gleichmäßigen Quietschen hin und her, während Moni schweigend am Steuer saß. Sie fuhr ungern bei diesem Wetter, aber Hans Peter fuhr noch weniger gern, und er war der schlechtere Fahrer. Sie schwiegen, bis er das Schweigen nicht mehr aushielt.

»Bist du irgendwie böse auf mich?«, fragte er, leicht besorgt, weil er spürte, dass trotz ihres Schweigens ein Vulkan in seiner Gattin brodelte.

»Nein, ich bin dir überhaupt nicht böse, im Gegenteil«, sagte sie, und ihre Stimme klang auf einmal so traurig, dass er richtig erschrak.

»Was ist es dann? Was ist los mit dir, mein Schatz? Das Kinderthema ist doch längst abgehakt, jetzt, wo wir beide nicht mehr im gebärfähigen Alter sind.«

Er lachte und hörte sofort auf, als sie nicht mitlachte.

»Nimmst du es mir eigentlich immer noch übel, dass wir keine Kinder haben?«, wollte sie wissen.

Was für eine Frage. Eine, die er beim besten Willen nicht ehrlich beantworten konnte.

»Ich liebe dich, Monika Landmann«, sagte er stattdessen, »mit oder ohne Kinder. Und weil ich mir denken kann, wie schmerzhaft es für eine Frau sein muss, wenn sie keine Kinder bekommen kann, schlage ich vor, wir begraben dieses Thema endgültig. Wir haben eine gute Ehe und keine Geheimnisse voreinander. Wir haben uns. Das ist das Wichtigste.«

Schweigen.

Ein leises Schnüffeln.

»Im Handschuhfach sind Tempos«, schnüffelte Monika. »Gibst du mir bitte mal eins?«

Hans Peter wurde immer verwirrter. Was war denn bloß los mit ihr? Hormonschwankungen, Wechseljahre?

»Was ist los?«

Über Monis Wangen liefen jetzt dicke Tränen, so dick wie die Regentropfen, die gegen die Scheiben prasselten. Wie helle Blitze flitzten Autos und Busse an ihnen vorbei, ihre Hände zitterten, sie ließ das Lenkrad los, nur eine Sekunde …

»Pass auf«, schrie Hans Peter, als ein Auto gerade noch rechtzeitig die Spur wechseln konnte. »Soll ich lieber fahren, Schatz, und du erzählst mir in aller Ruhe, was Sache ist?«

Monika Landmann holte tief Luft. Und noch einmal. Und ein drittes Mal. Es ist so weit, dachte sie, jetzt ist der Moment gekommen, vor dem ich mich mein ganzes Eheleben gefürchtet habe. Und vor dem ich mich nicht mehr drücken kann, auch wenn ich damit meine Ehe aufs Spiel setze.

»Schon gut, Liebling.« Mit dem Handrücken wischte sie sich über ihre feuchten Wangen. »Ich fahre langsam und vorsichtig. Auch deswegen, weil ich dir etwas sagen muss. Etwas Wichtiges.«

Etwas in Hans Peter krampfte sich zusammen. Eine böse Vorahnung.

»Wollen wir nicht lieber anhalten?«, fragte er, »oder warten, bis wir im Gradonna sind?«

Moni schüttelte den Kopf.

»Nein«, ihre Stimme klang fest, »ich will nicht länger warten. Ich habe viel zu lange gewartet.«

Das klang dramatisch. Er verkrampfte sich immer mehr.

»Spuck's aus!«, sagte er. »Hast du einen Liebhaber? Geld veruntreut? Nimmst du heimlich Drogen? Oder Hormone, weil du lieber ein Mann sein willst?«

Der Regen wurde heftiger, die Scheibenwischer schneller.

»Am besten fange ich von vorn an.« Sie räusperte sich. »Und bitte unterbrich mich nicht, sonst verliere ich den Mut, okay?«

»Okay.«

»Ich war fünfzehn. Also alles, was ich dir jetzt erzähle, war lange vor deiner Zeit.«

»So lange nun auch wieder nicht«, widersprach er. »Du vergisst, wie lange wir beide schon zusammen sind …«

Sie seufzte.

»Hör einfach nur zu, Hans Peter, lass mich ausreden.«

Und so hörte er einfach nur zu.

»Auf einer Klassenreise nach Österreich, ganz hier in der Nähe übrigens, hab ich mich in einen Jungen aus Italien verliebt. Er hieß Francesco, war siebzehn und mit seiner Klasse in demselben Jugendheim wie wir. Tja, er war meine erste Liebe.«

Sie warf einen Blick zur Seite, wo ihr Ehemann aus dem Fenster blickte.

»Meine erste«, ihre Stimme klang weich. »Die zweite hab ich dann geheiratet.«

Er schwieg.

»Und mit dieser zweiten bin ich immer noch sehr, sehr glücklich. Das musst du mir glauben.«

Hans Peter fühlte sich wie ein Schüler, wenn der Lehrer mit den korrigierten Mathematikarbeiten die Klasse betrat, »Leider war wieder eine Sechs dabei« sagte. Immer die Angst, es wäre seine Sechs. Genau dieses Gefühl beschlich ihn jetzt wieder.

»Am letzten Tag schliefen wir miteinander.« Monis Stimme war jetzt nur noch ein Flüstern. »Es war mein erstes Mal und seines auch. Wir tauschten Adressen, und ich saß auf der Heimfahrt bis über beide Ohren verliebt im Bus und malte mit dem Kugelschreiber lauter Herzen auf meine Hand. Zuhause schrieb ich ihm sofort einen langen Brief, dann noch einen und noch einen. Aber ich hab nie wieder etwas von ihm gehört. Die Adresse war übrigens falsch, alle drei Briefe kamen mit ADRESSE UNBEKANNT wieder zurück. Tja … und dann stellte sich heraus, dass ich schwanger war.«

»Du warst was?«

»Ich war schwanger. Mit fünfzehn. In der 10. Klasse. Ein absoluter Albtraum. Meine Eltern sind fast ausgerastet, in der Schule hab ich es niemandem erzählt, und dann …«

»Hast du … hast du … abgetrieben?«

Sie schüttelte den Kopf.

»Du hattest also eine Fehlgeburt?«

Es wäre so leicht gewesen. Er würde es nie erfahren. Aber sie schüttelte wieder den Kopf.

»Was dann?« Er war ratlos.

Sie holte tief Luft. Jetzt.

»Meine Eltern haben mich für ein ›Auslandsjahr‹ in der Schule abgemeldet, und ich bin bei meiner Patentante in der Nähe von Wien untergekrochen. Ich hab das Baby bekommen und es auf Druck meiner Eltern sofort zur Adoption freigegeben. Das war's. Ich hab wochenlang geheult. Meine Hormone haben total verrückt gespielt. Und mein Herz auch. Das ist der Grund, warum ich kein Baby mehr wollte. Ich konnte doch nicht ein Kind weggeben und das nächste dann behalten. Das wäre mir irgendwie … unmoralisch und ungerecht vorgekommen.« Sie schniefte wieder. »So, jetzt weißt du alles.«

Stille. Hans Peter fehlten die Worte. Da war plötzlich eine Enttäuschung und eine Wut in ihm, die ihm völlig fremd waren und die ihn bis ins Mark erschreckten. Er war außer sich.

»Du hast dein Baby zu fremden Menschen gegeben? Und nie wieder von ihm gehört?«

»Ich war fünfzehn, Hans Peter, ich war selbst noch ein Kind.«

Sie hielt das Lenkrad fest und fing an zu schluchzen.

»Glaubst du denn, mir ist es leicht gefallen? 24 Stunden Wehen, furchtbare Schmerzen, dann lag ein nasses, winziges Bündel auf meinem Bauch, und jemand durchtrennte die Nabelschnur. Und dann war das Baby plötzlich weg, und ich war ganz allein, weil alle, die es wussten, es für besser hielten, wenn ich meine Lektion auf diese Weise lernen und nie wieder so eine Dummheit begehen würde.«

»Weißt du denn, wohin dein Baby gekommen ist, kennst du wenigstens die Eltern?«

Monika zuckte die Schultern und versuchte, sich auf den inzwischen dichten Feierabendverkehr zu konzentrieren. Der Regen war noch heftiger geworden, die Sicht wurde immer schlechter.

»Ich habe keine Ahnung, Hans Peter, das Ganze ist ja über 30 Jahre her, damals gab es noch keine offenen Adoptionen. Und ich weiß auch nicht, ob ich es gewollt hätte. Weil ich sicher bin, dass es ihr gut gegangen ist bei ihren Adoptiveltern.«

»Ihr, das heißt …«

»Ja, es war ein Mädchen. Inzwischen ist sie eine junge Frau, wahrscheinlich verheiratet mit mindestens drei Kindern.«

Ein Mädchen. Nichts hatte er sich mehr gewünscht. Vor seinem inneren Auge zogen Bilder vorbei, die er kaum ertragen konnte. Ein Baby, ganz in Rosa, nach Puder duftend.

Ein kleines Mädchen mit Pferdeschwanz auf der Schaukel, mit Schultüte zum Schulanfang, ein zartes, süßes Wesen, das er von Herzen liebte und das ihn genauso innig zurückliebte. Die Vorstellung, dass er all das hätte haben können!

»Hast du es nie bereut?«

Hatte sie? Monika Landmann hatte genau diese Frage so lange verdrängt, dass sie nicht antworten konnte. Weil sie ohne Taschentuch mit dicken Tränen kämpfte. Und dieses Knäuel aus wieder aufgetauchten Gefühlen so unentwirrbar war, dass ihr die Worte fehlten.

»HAST DU ES NIE BEREUT? ANTWORTE MIR!«

Er schrie jetzt, so laut, dass sie zusammenzuckte. Und den Kleinbus, der sie überholte, nur aus den Augenwinkeln registrierte. Als sie es tat, vor Schreck das Steuer verriss.

»MONI, PASS AUF!«

Und dann wurde alles dunkel.

CHRISSIE GÄHNTE. Ein langer Tag ging zum Glück endlich zu Ende. Ein Gast hatte sich ausgesperrt und war splitterfasernackt vor der Rezeption erschienen. Eine Maus hatte sich kurz darauf hinterm Tresen versteckt, der Hausmeister hatte versucht, sie mit einer Zange zu fangen, aber sie war ihm entwischt. Die Hausdame hatte ihr ein sündhaft teures schwarzes Negligé mit einem Zettel »Zimmer 304. Nachschicken?« hingelegt. Chrissie packte es erst einmal in eine Schublade, weil nicht sicher war, ob es sich bei dem Paar um ein eheliches oder geheimes handelte. Kam bestimmt nicht so gut, wenn die Ehefrau ein Päckchen auswickelte und ein Spitzenhemd fand, das ihr nicht gehörte. Langweilig war Chrissies Job wirklich nicht. Sie gähnte noch mal.

Das Telefon klingelte.

»Gradonna Mountain Resort, guten Abend.« Sie hoffte, dass ihre Stimme nicht so müde klang, wie sie sich fühlte. »Was kann ich für Sie tun?«

»Guten Abend, hier ist die Unfallklinik Lienz, Schwester Cornelia am Apparat.«

Schlagartig war Chrissie hellwach.

»Ich wollte Sie nur in Kenntnis setzen, dass ein Ehepaar namens Landmann bei uns eingeliefert worden ist. Sie sind doch Gäste Ihres Hauses, oder?«

Um Himmels willen, das nette Ehepaar aus Hamburg!

»Was ist passiert?«, rief Chrissie. »Hoffentlich nichts Schlimmes?«

»Nein, keine Sorge, beide haben Glück gehabt«, beruhigte Schwester Cornelia sie. »Der Ehemann hat nur ein paar Kratzer abbekommen, aber die Ehefrau, die hinterm Steuer saß, hat viel Blut verloren und braucht dringend Spenderblut.«

»Haben Sie denn keine Blutkonserven im Krankenhaus?«,

wollte Chrissie wissen. Sie liebte Krankenhausserien und kannte sich aus.

»Natürlich haben wir das«, erwiderte Schwester Cornelia. »Aber leider hat Frau Landmann Blutgruppe AB, die sehr selten ist, nur 4 Prozent der Menschen haben sie. Als Spenderblut kommen für sie nur A,B oder AB in Frage. Und da wir gestern eine Massenkarambolage in Sillian mit vielen Verletzten hatten, suchen wir jetzt ganz dringend Blutspender. Deshalb meine Bitte: ein Aufruf in Ihrem Hotel. Möglichst gestern.«

»Ich werde sofort meine Chefin informieren«, versicherte Chrissie. »Selbstverständlich helfen wir, wo wir können. Bitte wünschen Sie dem Ehepaar Landmann gute Besserung.«

Sie legte auf und wählte.

»Frau Schultz? Es tut mir sehr leid, dass ich Sie stören muss, aber es ist ein Notfall.«

Zwei Stunden später.

Blaulichter zuckten auf der Anfahrtsstraße zum Lienzer Krankenhaus. Hochbetrieb, wie immer, wenn das Wetter umschlug, die Straßen nass und Autofahrer ängstlich oder allzu waghalsig fuhren. Vor dem Eingang Blaulichtgeflacker, Krankenwagen, die Verletzte ausspuckten, grell ausgeleuchtete Krankenhausflure, durch die sie in Behandlungsräume geschoben wurden. Stimmengewirr, leises Weinen, verzweifelte Schreie, Hektik. Leben und Tod.

In einem der Zimmer drängten sich die Gradonna-Mitarbeiter, die Martha Schultz in aller Eile zusammengetrommelt hatte. Chrissie und Sepp waren auch dabei. Insgesamt 15 waren gekommen und bereit, für Monika Landmann Blut zu spenden.

»Ruhe bitte«, rief Martha. »Zuerst möchte ich mich bedanken, dass ihr alle euren wohlverdienten Feierabend abgebrochen habt. Ich bin stolz auf euch, meine Lieben. Ihr wisst, um was es geht …«

»Frau Landmann braucht Blut, und wir sind alle bereit, es zu spenden«, rief Chrissie. »Wäre doch gelacht, wenn nicht einer von uns mit einer passenden Blutgruppe dabei ist.«

Eine Krankenschwester betrat den Raum.

»Sind alle beisammen? Hat einer von Ihnen schon einmal Blut gespendet und kennt seine Blutgruppe?«

Allgemeines Kopfschütteln.

»Dann bitte ich Sie jetzt, mitzukommen, einer nach dem anderen. Wer ist der Erste?«

Sepp trat vor.

»Ich.«

Zwei Stunden später.

»Leider kein Treffer«, seufzte die Laborärztin.

»So ein Pech, dass die Patientin ausgerechnet Blutgruppe AB mit Rhesusfaktor AB Positiv hat«, sagte die Krankenschwester.

»Wir haben drei Spender mit Blutgruppe null, vielleicht versuchen wir es damit, nicht ideal, aber …«

»Ist ein Risiko …«

Die Tür wurde aufgerissen.

»Sorry, ich hab den Aufruf jetzt erst gehört, ich glaube zwar nicht, dass ich in Frage komme, weil ich eine sehr seltene Blutgruppe habe, aber …«

Die beiden Frauen sahen die aufgeregte Gestalt mit den zerzausten roten Locken gespannt an.

»Welche Blutgruppe haben Sie denn?«

»Was ganz Kompliziertes«, lachte Resi. »Mal sehen, ob

ich's noch zusammenbekomme. Also A und B und dann denselben, irgendwas mit Äffchen...faktor.«

»Sie meinen sicher den Rhesusfaktor. Positiv oder negativ?«, fragte die Ärztin hoffnungsvoll.

»Klar, Rhesus, Entschuldigung, keine Ahnung, aber positiv passt irgendwie besser zu mir, finden Sie nicht?«

Ja, das fand die Laborärztin auch, als sie Resi kurz musterte, und musste unwillkürlich schmunzeln.

»Das werden wir gleich herausfinden. Rollen Sie bitte Ihren rechten Ärmel hoch, Hand zur Faust ballen …«

»WO BIN ICH, was ist passiert?«, fragte Moni, als sie die Augen aufschlug. Alles pochte in ihr, alles verschwamm. Ihr rechter Arm war dick verbunden. Sie hatte keine Schmerzen, fühlte sich aber so schwach, dass sie sich nur mühsam aufrichten konnte. Zum Glück saß Hans Peter neben dem Bett, sie streckte die Hand aus, er drückte sie, und gleich fühlte sie sich besser.

»Bist du verletzt?«, fragte sie und zeigte auf das große Pflaster, das seine Stirn verdeckte.

»Nicht so schlimm. Wir hatten einen Unfall«, sagte er. »Ich hab nur ein paar Kratzer, aber dich hat es leider etwas heftiger erwischt. Dein Arm ist zwar zum Glück nicht gebrochen. Aber du hast eine große Fleischwunde, durch die du sehr viel Blut verloren hast.«

Langsam kam alles zurück. Ihr Geständnis. Der Streit. Der Aufprall. Er weiß es jetzt, durchfuhr es Monika wie ein Eseshauch, er weiß, dass ich ihn sein halbes Leben lang belogen und um seinen innigsten Herzenswunsch betrogen habe.

Hans Peter beobachtete Monika scharf, während er versuchte, seine Gefühle zu sortieren. Gar nicht so einfach, noch wütend zu sein, wenn die Frau, die zwar der Grund war für diese Wut, im Krankenbett vor einem lag. Ihr rechter Arm im dicken Verband, der linke übersät mit blauen Flecken. Aus einem feinen Schlauch tropfte unablässig Blut in die Vene in ihrer Armbeuge. Bei so einem Anblick mischte sich schwindende Restwut schnell mit schwellendem Mitgefühl.

Konnte man gar nicht verhindern. Außerdem liebte er sie ja von ganzem Herzen, seine Moni, daran würde sich nie etwas ändern, auch wenn die Kröte, die er schlucken musste, keine niedliche, handzahme, sondern eine riesige mit Warzen war.

»Vor dem Unfall hatten wir ein Gespräch. Erinnerst du dich, worum es in diesem Gespräch ging?«, wollte er wissen.

»Ja«, erwiderte sie und schluckte.

»Du verstehst sicher, dass ich diesen Schock noch nicht verdaut habe, dass ich noch Zeit brauche.«

»Ja, das verstehe ich«, flüsterte sie. »Nimm dir alle Zeit der Welt. Hauptsache, du verlässt mich nicht.«

Die Tür ging auf, Chefarzt Prof. Dr. Melderis betrat mit seinem Geschwader aus Assistenzärzten die Arena.

»Alles halb so schlimm«, sagte er, lächelte Monika ermunternd zu und sah auf das iPad, das ihm ein Assistenzarzt reichte.

»Da haben Sie ja noch einmal Glück gehabt.« Er sah hoch. »Keine Fraktur, nur eine Verstauchung. Die Hämatome sind in spätestens einer Woche verschwunden. Und dass sich bei Ihrer seltenen Blutgruppe noch ein Spender gemeldet hat, war natürlich ein großes Glück.«

Ihre Blutgruppe hatte Monika Landmann bisher nicht besonders interessiert, jetzt doch.

»Wer war denn der Spender? Oder ist das vertraulich?«

»Eine Spender*in*«, sagte Dr. Melderis, »aus Ihrem Hotel, dem Gradonna. Eine gewisse Resi Pallhuber.«

Seine Resi! Hans Peter wurde warm ums Herz.

»Wie lange muss ich noch hierbleiben?«, fragte Monika, der es von Minute zu Minute etwas besser ging.

»Wir behalten Sie über Nacht noch zur Beobachtung hier. Aber wenn sich Ihr Zustand nicht verschlechtert – und damit ist zu rechnen –, kann Ihr Mann Sie morgen Vormittag abholen.«

Ein freundliches Chefarztlächeln, dann war das Weißkittelgeschwader verschwunden.

Monika und Peter Landmann sahen sich an.

»Schaffen wir das?« Sie sah ihn bittend an.

»Ich hoffe es«, sagte er, »und jetzt willst du sicher allein sein. Und ich auch.«

Die Tür fiel ins Schloss.

Monika Landmann war allein.

Es klopfte.

»Herein.«

Es war Resi, in der Hand einen kleinen, bunten Strauß.

»Guten Tag, Frau Landmann, ich wollte nur kurz schauen, wie es der Frau geht, der ich gestern ein paar Tropfen Blut spenden durfte.«

Was für ein reizendes Geschöpf, dachte Monika, während Resi sich nach einer Vase umsah und kurzerhand das Zahnputzglas am Waschbecken zweckentfremdete.

»Setzen Sie sich doch.« Moni klopfte mit der Hand auf ihre Bettkante. Resi nahm Platz.

»Vielen Dank, Frau …«, fing sie an, doch Resi unterbrach:

»Nennen Sie mich bitte Resi, niemand sagt Frau Pallhuber zu mir. Das klingt nach meiner Omi, und ich bin schließlich erst Mitte dreißig.«

»Danke, Resi«, sagte Monika. »Ich weiß erst jetzt, wie selten diese Blutgruppe ist, AB Rhesusfaktor AB Positiv. Was hatte ich für ein Glück, dass einer Ihrer leiblichen Eltern sie Ihnen vererbt hat.«

Resi lächelte nur, ging diese Frau schließlich nichts an, dass sie keine Ahnung hatte, wer ihr die Blutgruppe vererbt hatte. Irgendein junges Mädchen, das von seiner Schwangerschaft völlig überfordert war. So jedenfalls hatten es ihr Vroni und Franz erklärt. Konnte Resi nachvollziehen, deshalb hatte ihr diese Erklärung auch gereicht.

»Deine Mutter hat dich ganz doll lieb gehabt, und gerade deshalb wollte sie, dass es dir gut geht.«

Damit hatte sie leben können, und deshalb brannte in Resis Herzenskathedrale trotz allem eine kleine Kerze für ihre biologische Mutter. Aber nicht so hell, dass sie sie besonders vermisst hätte.

»Ich hab gehört, dass Sie morgen schon entlassen werden«, sagte Resi. »Dann verpassen Sie ja unser Highlight nicht. Die Lesung von Victor Gold. Er liest aus seinen Memoiren, wird bestimmt interessant.«

»Da bin ich sicher«, meinte Moni. Sie war ein Fan des gepflegten Schlagerkitsches, hatte alles, was Roy Black, die Flippers oder Howard Carpendale jemals gesungen hatten, auf Kassette, LP oder CD. »Ich freu mich auf den Abend.«

Als Resi gegangen war, merkte Monika, wie erschöpft sie war, und ließ die dunkle Ahnung zu, dass ihr Geständnis ihr bisheriges Leben auf den Kopf gestellt hatte. Glücklich hatte er nicht ausgesehen, ihr Hans Peter, da war noch viel seelische Aufbauarbeit zu leisten, das war klar. Aber das war es nicht, was Monika Landmann in ihrem Krankenhausbett beschäftigte. Das würde wieder. Das wusste sie. Es waren ihre eigenen Gedanken, die sie plötzlich umtrieben. An ein Baby, ein kleines Mädchen mit Schultüte, an weiche Kinderarme, die sich um ihren Hals schlangen, an ein »Mami, ich hab dich so lieb!« – an all das, was möglich gewesen wäre. An all das, worauf sie verzichtet, was sie über 36 Jahre lang erfolgreich verdrängt hatte.

Als die Tränen kamen, war es fast eine Erleichterung.

An der Bar des Gradonna Mountain Resorts saß zur selben Zeit Hans Peter vor seinem dritten doppelten Whisky. Er hatte seine Notizen dabei, wollte an seinem Roman weiterschreiben. Aber es fiel ihm unendlich schwer, sich zu konzentrieren. Und das lag nicht am Alkohol.

Lionel von Wiedenbrück horchte in sich hinein. Er fühlte nichts, keine Trauer, kein Bedauern, keine Schuldgefühle. Im Gegenteil. Victoria war selbst schuld, dass er sie ins Jenseits befördert hatte. Sie war ihm gegenüber nicht ehrlich gewesen, hatte ihm vorenthalten, dass es noch einen Sohn gab, der bei Pflegeeltern aufgewachsen war. Nun wollte sie dem jungen Mann, um den sie sich nie gekümmert hatte, den Großteil ihres Vermögens vermachen. Wollte wohl ihr schlechtes Gewissen beruhigen. Er, Lionel, hatte also handeln müssen. Sonst wäre alles umsonst gewesen …

»Die Tour machen wir im nächsten Jahr. Das wird megamega!« Leonie und Lucas hatten es sich in einer Loungeecke der Gradonna-Empfangshalle gemütlich gemacht, einen Prospekt der Osttirol-Werbung zwischen sich, und steckten die Köpfe zusammen. Die »Schnuppertour ins ewige Eis« hatte es ihnen angetan, eine 2-Tages-Tour mit den Kalser Bergführern und Nationalparkrangern.

»Wahnsinn, da lernt man sogar, wie man mit Steigeisen gehen muss«, staunte Leonie. Für Abenteuer war sie immer zu haben. »Und stell dir vor – wir übernachten in einer urigen Hütte, irgendwo ganz oben in der Nähe des Großglockners! Geil!«

Lucas grinste verschmitzt. »Tja, schade nur, dass sie dich mit Deiner Höhenangst wahrscheinlich nicht mitnehmen werden.«

Der Knuff, den er dafür einsteckte, würde garantiert einen blauen Fleck zur Folge haben. Aber das war ihm so was von egal.

»Stell dir vor«, sagte er jetzt und zeigte auf ein Foto. »Wir beide zusammen in einer Gletscherspalte …«

»Da werden sie dich garantiert nicht abseilen«, feixte

Leonie zurück. »So klein, wie du bist, könnten sie dich da unten versehentlich vergessen.«

Sie lachten beide. Weil sie's so lustig fanden und weil sie echt happy waren, dass sie sich so gut verstanden. Wer hätte das vor ein paar Tagen gedacht? Leonie bestimmt nicht. Aber jetzt konnte sie sich plötzlich ganz gut vorstellen, mit Maria und Lucas eine Patchworkfamilie zu bilden.

Gestern Nachmittag hatte sie mit Maria ein »Gespräch unter Frauen« geführt. Sie hatten allein am See gesessen und über alles Mögliche gequatscht. Auch über Frauen-Probleme. Das war ziemlich gut gewesen. Ihre Mutter war ja nun mal weit vom Schuss und nie da, wenn Leonie sie um Rat fragen wollte. Und mit Papa, na ja, mit dem konnte man eigentlich über alles reden. Aber über Menstruation und Tampons? Nee, das passte irgendwie nicht. Maria aber war total entspannt, offen, unverkrampft. Richtig super.

»Träum nicht!«, rief Lucas jetzt und warf ihr ein Kissen zu. »Wir wollen doch noch zum Jugendyoga.«

»O. k., Kleiner, auf geht's! Dann wollen wir doch mal sehen, wer von uns beiden den besseren Sonnengruß zustande bringt.«

»Wir müssen reden.«

Moni sah ihren Mann von der Seite an, aber der lenkte den Leihwagen sehr konzentriert über die Landstraße Richtung Kals und sagte kein Wort. So kannte sie ihn gar nicht, so schweigsam und abweisend.

»Ich will meinen alten Hans Peter wiederhaben«, schmeichelte sie.

Er seufzte.

»Bisschen viel, was du mir zumutest, Moni, findest du nicht auch?«

Ja, das fand sie auch. Sie hätte es ihm viel früher sagen müssen, das wusste sie jetzt. Anfangs hatte sie sich nicht getraut, später schien der Zeitpunkt irgendwie verpasst.

»Ich hätte so wahnsinnig gern eine Tochter gehabt«, sagte er leise. »Und du hast eine, die du mir verschwiegen hast. Damit muss ich erst mal fertig werden.«

Ein trüber Tag für Moni Landmann. Ihr Arm schmerzte, ihr roter Twingo war Schrott, ihre Ehe in Gefahr.

»Die Resi hat mich übrigens besucht«, sagte sie. »Wir müssen uns gleich bei ihr bedanken. Was denkst du? Ein Scheinchen? Oder ist das unangebracht?«

Da war sie wieder, seine praktische Moni. Impulsiv, manchmal übers Ziel hinausschießend, aber herzlich. Sein Kopf wollte Frieden, aber sein Herz war noch nicht so weit.

»Scheinchen lieber nicht, Moni«, sagte er deshalb streng, »aber ein herzliches Dankeschön ist sicher angebracht.«

»SEHEN WIR UNS heute Abend?« Sepps weiche Lippen gingen in Resis Halsbeuge auf Erkundungsreise, dann hob er kurz den Kopf. »Ich habe Entzugserscheinungen, und du bist die Einzige, die mich heilen kann.«

Resi schmolz, wie immer, und das fühlte sich verdammt gut an. Auch Körper haben ja ein Gedächtnis, ihrer hatte jede Umarmung, jeden Kuss gespeichert, und Sepps bloßer Anblick reichte jetzt für eine sofort einsetzende persönliche Kernschmelze.

»Bleibst du über Nacht?«, fragte sie nur. »Oder gehst du noch zur Eva wie letztes Mal?«

Ertappte Männer sehen wirklich zu dämlich aus, dachte Resi, fast musste sie lachen. Manchmal wünschte sie sich ein etwas strengeres Herz, eines, das Herzensbrecher wie Sepp in seine Schranken wies, das nicht alles immer wieder verzieh. Aber was sollte sie machen? Sie war nun mal ein versöhnliches Wesen, trotzdem!

»Habt ihr zwei noch was miteinander?«, wollte sie wissen, »und ausnahmsweise bitte die Wahrheit.«

Sepp schüttelte den Kopf.

»Nur ein kleiner Ausrutscher«. wehrte er ab, »hat echt gar nichts zu bedeuten. Du bist meine Hauptfrau, und das wirst du auch bleiben.«

Es gab wirklich keinen Grund, auch nicht den klitzekleinsten, daran zu glauben, dass Sepp ihr irgendwann einmal allein gehören würde. Sepp, das war sonnenklar, gab es immer nur im Harem. Take it or leave it, Resi. Du bist eine emanzipierte Frau, du kannst Sex und Liebe trennen. Wenigstens versuchen kannst du es.

»Natürlich bleib ich die ganze Nacht. Aber zum Schlafen wirst du nicht kommen. Da habe ich nämlich was Besseres mit dir vor! Bis später!«

Ein Kuss, diesmal auf Resis rosige Wange, dann stand sie allein vor dem Hoteleingang. Fühlte sich schwach und schämte sich ein bisschen und konnte es trotz aller guten Vorsätze einfach nicht ändern. Sie wollte gerade eintreten und noch ein kurzes Schwätzchen mit Chrissie halten, als sie Hans Peter und Monika Landmann entdeckte, die ihr von den Sonnenliegen am Pool aus zuwinkten. Sie winkte zurück.

»Vielen, vielen Dank noch mal«, rief Monika. »Sie haben mir das Leben gerettet!«

Resi lachte und ging auf die beiden zu. Gab Wichtigeres als diesen Männerkram. Nette Gäste zum Beispiel, denen man das Leben retten konnte.

»Es war mir ein Vergnügen. Sehen wir uns heute Abend bei der Lesung? Kommen Sie nicht zu spät. Wir erwarten viele Gäste.«

In der Küche wartete auf Resi ein Berg von Zwiebeln, der von ihr geschnitten werden wollte. Sie hatte das schärfste Messer in der Hand, das sie in der Küche finden konnte, angeblich die beste Methode, um beim Zwiebelschneiden nicht Rotz und Wasser zu heulen. Während sie geschickt auf dem großen Brett Zwiebeln hackte und die Würfel in eine Schüssel häufte, landeten ihre Gedanken wieder mal bei Sepp. Ja, sie liebte ihn, diesen charmanten, gut aussehenden Luftikus. Und sie hasste ihn – dafür, dass sie ihn liebte. Tränen liefen über ihr Gesicht. Nicht nur vom Zwiebelschneiden. Warum war Liebe nur so kompliziert? Und warum hatte sie in letzter Zeit so nah am Wasser gebaut?

Sie arbeitete konzentriert, versuchte ihre Gedanken wieder auf die Küchenarbeit zu lenken. Heiß war es heute, sehr heiß, sie schwitzte, obwohl sie nur einen leichten Kittel und darunter einen Hauch von Nichts trug. Es sah sie ja niemand außer ihren Kollegen. Schniefend stand sie vor der Arbeitsplatte und hackte schnell, geschickt und leise vor sich hin fluchend auf eine unschuldige Zwiebel nach der anderen ein.

»Entschuldigung, wir wollten nicht stören.« Sie zuckte zusammen, drehte sich um. Was wollte denn das Ehepaar Landmann schon wieder von ihr? Sie seufzte genervt, aber diskret und wischte sich blitzschnell die feuchten Augen trocken.

»Nur ein kleines, allerletztes Dankeschön.« Monika hielt ihr einen Blumenstrauß hin. »Und dann verschwinden wir auch schon wieder. Wir sehen ja, dass wir Sie bei der Arbeit stören.«

Und genau in diesem Augenblick passierte es.

Resis Kittel verrutschte.

Man konnte ein kleines, braunes, aber deutliches herzförmiges Mal über ihrem Schlüsselbein sehen. Hans Peter sah Monika an. Weil ihre Bluse nicht über den dicken Verband passte, trug sie eine weite, kragenlose Weste, die einen Blick freigab auf ihr Schlüsselbein, über dem in brauner Haut ein weißer Fleck leuchtete. Herzförmig. Monika sah auf Resis Herz und dann auf ihren Mann.

Schweigend verließen beide die Küche.

Merkwürdiges Paar, dachte Resi, aber die Blumen sind wunderschön. Sepp hat mir noch nie Blumen geschenkt! Sie zückte ihr Messer und griff zur nächsten Zwiebel.

DIE VORBEREITUNGEN für die Lesung von Victor Golds Biografie »Mein Leben als Sieger« liefen auf Hochtouren. Der Kartenvorverkauf war sensationell gut gelaufen, 200 Tickets waren verkauft, die Warteliste war lang. Dieser kleine Angeber mit der Sonnenbankhaut und den zigeunerbaronig gefärbten Haaren schien eine Menge Fans zu haben. Eine ganze Busladung voll Victor-Anhängerinnen war sogar aus Duisburg angereist und schlief jetzt in Zelten auf dem Campingplatz, der zum Glück nur ein paar Minuten Fußweg entfernt war.

Florian Partel und Brigitte Berger standen neben Martha Schultz in der Denkstube 1, dem größten der Tagungsräume im Hotel mit Platz für rund 200 Personen, und schauten sich um. Eigentlich hatte die Lesung oben im Gradonna-Turm stattfinden sollen. Eine exklusive Location mit traumhaft schönem Ausblick, aber zu klein, um so vielen Leuten einen Sitzplatz zu bieten.

Natürlich war Ella Nussbaum nicht begeistert gewesen, als sie erfuhr, dass der Veranstaltungsraum geändert werden musste. Aber sie hatte ja selbst mit erheblich weniger Interesse an ihrem Star gerechnet. Nun hatten sie sich auf einen Kompromiss geeinigt: Die Lesung fand in der Denkstube 1 statt, dazu wurde vergoldetes Fingerfood und Wein in Gläsern mit Goldrand gereicht. Auf einer Leinwand würden Bilder aus dem Leben des Künstlers gezeigt, und in den Pausen die erfolgreichsten Lieder seiner Karriere als dezente Hintergrundmusik gespielt. Außerdem konnte sich jeder von Victor Golds nahezu ausschließlich weiblichen Fans mit ihrem Star vor einem großgezogenen Foto des Großglockners fotografieren lassen. Als Erinnerung an einen ganz besonderen Abend. Nach der großen Publikumsveranstaltung war ein Champagner-Empfang auf der mit Fackeln beleuchteten Turmterrasse geplant, für Hotelgäste, Journalisten und ein TV-Team von Antenne Stuttgart. Alles in allem ein Superevent.

»Singt er auch?«, wollte Brigitte wissen. »Seine Managerin traut unseren hochmodernen Funkmikrofonen wohl nicht so ganz und besteht darauf, dass er sein eigenes Mikrofon benutzt. Die Stimme des Künstlers ist ein bisschen angegriffen, fürs Lesen reicht sie, aber für seine Hits wie ›Sechs Gallonen Bier, dann kauf ich dir ein Tier‹ offensichtlich nicht mehr.«

»Dann werde ich zum Tier«, korrigierte Martha amüsiert, sie hatte ihre Hausaufgaben gemacht, obwohl sie von diesem Lied noch nie etwas gehört hatte. Und dies auch nicht bedauerte. Mit Männern, die zu Tieren wurden, egal, unter welchen Umständen, wollte sie nichts zu tun haben.

»Alles im grünen Bereich? Alles tipptopp für den Jahrhundertabend?« Das war Ella Nussbaum, die jetzt hereinstürmte und sich adleräugig umsah.

»Das Licht ist ja grauenhaft, wo sind die goldenen Kerzen, die ich bestellt hatte? Und der goldene Stift, mit dem Herr Gold seine Bücher signieren will?«

Martha lächelte nur. Sie erkannte in Ella Nussbaum eine Frau, die ihr ein bisschen ähnlich war. Die wusste, was sie wollte, und keine Angst hatte, dies auch durchzusetzen. Und der die hochgezogenen Augenbrauen in ihrer Umgebung und das leise, unterdrückte Seufzen ihrer Mitmenschen in solchen Momenten einfach egal waren. Eine Powerfrau, eine wie sie selbst.

»Die Kerzen sind unterwegs, der Goldstift auch, liebe Frau Nussbaum, sogar ein zweiter als Reserve«, sagte sie freundlich. »Und selbstverständlich auch der Champagner und das vergoldete Buffet für den Empfang nach der Lesung.«

Richtige Worte, Ella Nussbaum entspannte sich. Aber nur ein wenig, denn ohne ihre Grundspannung und nervöse Energie war sie nicht die Poweragentin, die für ihre Künstler das Optimum und meistens sogar mehr herausholte.

»Wir werden alles tun, damit dieser Abend ein Erfolg wird«, versprach Martha Schultz. Die Geschäftsführer folgten ihr, Ella blieb noch und schritt den Raum ab. Nichts auszusetzen. Sie griff zum Smartphone. Ließ es klingeln, eine Minute, zwei, dann endlich grunzte es am anderen Ende.

»Iss'n los?«

Er schlief noch! Zwei Stunden vor seinem großen Auftritt!

»Das sage ich dir, was los ist, Erwin Kupfer …«

»Wieso nennst du mich so? Bist du sauer auf mich?«

»Weil ich dich ab und zu daran erinnern möchte, wo du herkommst, Erwin Kupfer, aus ganz kleinen Verhältnissen nämlich, und wenn dein Vater, der, wie du in Interviews gern verschweigst, ein Schlachter war, dich als Victor Gold erleben würde …«

»Würde er sich im Grabe umdrehen, das wolltest du doch sagen, oder?«

»Genau das wollte ich sagen, und jetzt steh bitte auf, dusch dich, mach dich hübsch, aber zieh dich nicht zu schlagerfuzzibunt an, bitte. Heute Abend bist du ja Schriftsteller, da ist ein Hauch Seriosität gefragt. Ich hol dich ab und begleite dich, damit du auch im richtigen Raum landest.«

Peng, aufgelegt.

»Wer war das denn?«, wollte die üppige Rothaarige wissen, die sich auf der anderen Bettseite räkelte, »bist du etwa verheiratet? Das müsste ich als Vorsitzende deines Duisburger Fanclubs aber wissen.«

»Verheiratet?«, rief der große Erwin jetzt entrüstet. »Ich

lass mich doch nicht lebendig begraben. Ich bin mit meinen Fans verheiratet, das weißt du doch.«

Was seine Ella, das alte Schlachtross, wohl zu diesem Statement gesagt hätte, als Agentin sicher etwas anderes als als Frau. Warum musste er ausgerechnet jetzt an sie denken? Irgendwie unpassend.

»Lust auf Nachschlag?« Das verführerische Räkeln auf dem Hotelbett ließ ihn an der Tür zum Badezimmer wieder umdrehen, eigentlich wollte er duschen …

Monika und Hans Peter saßen auf der Terrasse, es herrschte eisiges Schweigen. Keiner fand das erste Wort.

»Wir müssen reden«, sagte Moni schließlich.

»Sieht so aus«, meinte Hans Peter. »Du zuerst.«

»Denkst du, was ich auch denke?«, wollte sie wissen.

»Was denkst du denn?«

»Ich denke … das weißt du doch genau, du hast es doch auch gesehen.«

»Wovon genau sprichst du?«

Es reicht jetzt, dachte Moni, wir wissen es doch beide. Keine Spielchen mehr, keine Heimlichkeiten, nur noch nackte, ungeschönte Wahrheit.

»Ich spreche von dem herzförmigen Fleck«, Moni wurde immer heißer, während sie weitersprach, »den ich habe weglasern lassen und den …«

»… und den auch Resi hat. An derselben Stelle wie du.«

»Meinst du … könnte es sein …?« Als sie diese Worte aussprach, ratterte Monis Herz so heftig, dass sie unwillkürlich die Hand darauflegte, aus Angst, es könne einfach aus ihr herausplumpsen.

»Wir müssen Vroni und Franz fragen«, sagte Hans Peter, »aber es ist durchaus möglich, dass …«

Sie sahen sich an, beide mit Tränen in den Augen.

»Rote Haare hat sie auch«, schniefte Monika.

»Und deine Figur«, sagte Hans Peter. »Na ja, deine Figur von früher.«

»Frechheit«, rief Moni empört, aber auch sehr erleichtert. Er machte wieder seine kleinen Scherze, also hatte er ihr verziehen. Jedenfalls ein bisschen. Nicht dran rühren, Moni, dachte sie, küss ihn einfach nur.

Und das tat sie.

Die Denkstube 1 war rappelvoll. Die »Golden Girls«, wie sich seine Hardcore-Fans aus Duisburg nannten, hatten die ersten vier Reihen besetzt und bejubelten jede Silbe. Auch die Rothaarige war natürlich dabei, Handy immer im Anschlag. Was für die übrigen Gäste etwas gewöhnungsbedürftig war. Sie hätten der geschliffenen Prosa aus »MEIN LEBEN ALS SIEGER« gern in Ruhe gelauscht. Aber der Autor selbst genoss die Huldigung seiner Fans, die ihm bestätigten, dass an ihm ein großer Dichter und Denker verloren gegangen war.

»Manchmal war mir mein Ruhm selbst etwas unheimlich«, las er mit sonorer Stimme, »Natürlich wusste ich, dass meine Stimme ein Geschenk Gottes war, mein durchtrainierter Körper mindestens zwanzig Jahre jünger als mein Geburtsdatum, mir war bewusst, dass die Götter mich verwöhnt hatten …«

»Und heute Nachmittag hast du mich verwöhnt, du geiles Tier.« Die Ruhrpott-Rothaarige hatte sich von ihrem Sitz erhoben und warf ihm eine Kusshand zu. »Sogar zweimal, obwohl ich beim zweiten Mal etwas nachhelfen musste.«

Sie schwenkte ihr Handy und kicherte.

Die Golden Girls kicherten mit.

Danach Stille.

Jemand räusperte sich im Publikum.

Auch Victor Gold fehlten die Worte.

Ein Stuhl wurde nach hinten geschoben. Eine laute, feste Stimme. Ein breites Kreuz. Ella Nussbaum.

»Ich denke, dass den meisten der hier Anwesenden Ihr persönliches Nachmittagsvergnügen relativ egal ist, gnädige Frau. Dass ein weltberühmter Künstler wie Victor Gold ein, sagen wir, abwechslungsreiches Privatleben hat, dürfte nicht überraschend sein. Deswegen freuen wir uns mit Ihnen, dass Sie heute ein kleiner Teil dieses Privatlebens sein durften, und ja, ich sehe, Sie schwenken Ihr Handy und haben dort sicher ein paar Erinnerungen gespeichert. Schön für Sie …«

Victor Gold erbleichte.

»Aber jetzt wollen wir doch lieber weiter zuhören, wenn der Autor aus seinem Leben liest, oder?«

Sie sah sich um, alle klatschten, auch die Golden Girls, die Rothaarige nahm wieder Platz. Jetzt wirkte sie doch etwas betreten.

»Dann lese ich mal weiter«, sagte Victor Gold und hatte seine Managerin in diesem Moment so von Herzen lieb, dass er selbst erstaunt war über dieses warme Gefühl. Meine Ella, dachte er, die Einzige, die mich noch nie enttäuscht hat. Die mir immer den Rücken freihält und mich aus dem Schlamassel zieht. Wenn nötig sogar aus dem Wasser.

»Natürlich übertrieb ich es gelegentlich, wer würde es mir verdenken? Die vielen Frauen, die vielen Angebote, ich war und ich bin noch immer schließlich auch nur ein Mann …«

Er blickte hoch, suchte unwillkürlich Augenkontakt, hoffte auf ihre hochgezogene Augenbraue, ein kleines Lächeln.

Auf ein unausgesprochenes »Wir beide gegen den Rest der Welt«.

Aber Ellas Stuhl war leer. Er sah gerade noch, wie sich die Saaltür schloss.

Auch zwei weitere Gäste fehlten an diesem Abend. Waltraud van Hoge und Kai Lauterbach hatten zwar nur eine vage Ahnung gehabt, was es mit diesem Victor Gold auf sich hatte, auch war der Name in Waltrauds Literaturzirkel noch nie gefallen, aber so eine Lesung konnte eine amüsante Abwechslung im Urlaubsalltag sein. Deshalb hatte Kai an der Rezeption zwei Karten bestellt und sich auch auf der Teilnehmerliste für den Champagner-Empfang auf der Turmterrasse eingetragen. Doch nun gab es Wichtigeres. Sie saßen im Chalet und sprachen über ihre Beziehung. Seit dem missglückten Heiratsantrag in der Adlerlounge waren sie sich aus dem Weg gegangen, hatten sogar zu verschiedenen Zeiten gefrühstückt.

»Es hat einfach keinen Sinn mehr mit uns«, begann Waltraud. Sie hasste solche Beziehungsgespräche. Es kam selten etwas Gutes dabei heraus. Obwohl sie eigentlich Übung darin hatte, Männer zu entsorgen, die ihren Nutzen verloren hatten, fand sie es diesmal schwieriger. Aber es musste sein. Es passte nicht mehr. Sie versuchte, ihrer Stimme eine Nuance Wehmut zu verleihen, obwohl sie eigentlich nur noch eins wollte: diese optische Sahneschnitte, die jetzt irgendwie einen Stich hatte, sanft wieder loszuwerden. »Alles hat seine Zeit. Aber unsere gemeinsame ist vorbei.«

Vor ihr stand ein Becher Tee, den Kai ihr zubereitet hatte, obwohl ihr Champagner lieber gewesen wäre. Aber dieser Mann machte plötzlich einen auf fürsorglich, als wäre sie seine Mutter. Gefiel ihr gar nicht.

»Du bist blass, deine Hände sind ganz kalt. Komm, lass dich verwöhnen«, hatte er gesagt, seinen Arm um ihre Schulter gelegt und sie zu der Bank am großen Esstisch geführt und ihr den Tee gebracht. Dazu ein paar Loacker-Waffeln, Haselnuss-Schoko, die sie besonders gern aß.

»Vergiss den Heiratsantrag«, sagte er jetzt, »der war wirklich eine Schnapsidee. Aber es könnte doch alles so bleiben, wie es war. Wir waren doch kein schlechtes Team.«

Sie lächelte gequält. »Nein, wir hatten eine schöne Zeit zusammen.« Sie nahm seine Hand. »Sei nicht traurig. Aber ich möchte wieder frei sein. Lass uns in Frieden auseinandergehen. Es soll dein Schaden nicht sein.«

Oh, wie meinte sie denn das? Hatte er jetzt eine Riesenriesendummheit gemacht?

»Ich habe ein Geschenk für dich, das dir den Abschied versüßen und einen Neuanfang erleichtern wird.« Sie sah ihn beinahe liebevoll an. »Wenn wir zurück sind, gehen wir gemeinsam zur Bank, und ich überschreibe dir ein Aktienpaket im Wert von 100 000 Euro – als Dank für die schöne Zeit, die wir zusammen verbracht haben.«

Sie nahm einen großen Schluck von dem heißen Tee. »Was sagst du? Das ist doch wirklich ein faires Angebot von mir. Freust du dich gar nicht?«

Kai Lauterbach blieb stumm. Alle Farbe war aus seinem Gesicht gewichen. Er schämte sich. Mit so viel Großzügigkeit hatte er nicht gerechnet, sonst hätte er ganz bestimmt nicht …

»Mir ist plötzlich so schummerig.« Sie stöhnte. Ihr Mund, ihr ganzer Rachen brannte wie Feuer, ihre Hände und Füße kribbelten. Was war bloß los mit ihr? »Ruf einen Arzt«, wollte sie sagen, brachte aber nur gurgelnde Töne heraus. Die Zunge gehorchte ihr nicht mehr. Panik, Übelkeit, eisige

Kälte. Sie hatte das Gefühl, in einer Gefriertruhe zu sitzen. Das Entsetzen in Kais Augen registrierte sie nur noch verschwommen, dann wurde es schwarz um sie.

»Auch wenn ein Mann von Millionen geliebt wird, kann er sehr einsam sein.«

Victor Gold beendete seine Lesung und nahm stolz den Applaus entgegen. Die Fans kreischten begeistert, die anderen Gäste klatschten angenehm überrascht. Zufrieden ließ er den Blick über die Zuschauerreihen gleiten. Ellas Platz war immer noch leer. Wo, zum Teufel, war sie hingegangen? Warum kam sie nicht zurück? Passte doch gar nicht zu ihr, so ein theatralischer Abgang.

Ella Nussbaum stand vor dem großen Schrank in ihrem Zimmer und packte ihren Koffer. Sorgfältig. Stück für Stück ordentlich gefaltet. Sie hatte die Nase voll. Endgültig. Von Victor Gold. Als Mann. Als Künstler. Von ihrem Job. Überhaupt. Die Szene mit der Rothaarigen hatte etwas in ihr ausgelöst, das sie nicht mehr rückgängig machen konnte und wollte. Etwas in ihr war gestorben. Auch wenn sie wusste, dass Victor diese Art von Horizontal-Gymnastik offensichtlich für sein Ego brauchte, dass solche Eskapaden nicht wirklich etwas zu bedeuten hatten. Es tat trotzdem weh. Immer noch. Auch nach all den Jahren.

Der Entschluss, ein neues Leben zu beginnen, ohne diesen eitlen, egoistischen Gockel, für den sie immer noch viel mehr empfand, als ihre Vernunft es zulassen wollte, war schon früher in ihr gereift. Sie war nicht mehr die Jüngste, hatte ein Leben lang gearbeitet und wollte die Jahre, die ihr noch blieben, in Ruhe genießen. Am liebsten natürlich mit einem netten, gebildeten, attraktiven Herzenswärmer.

Aber das musste nicht unbedingt sein. Es würde auch ohne gehen. Gestern hatte sie mit der bekannten Literaturagentin Franziska Schönlein telefoniert und ihr von der Idee erzählt, eine eigene Biografie über ihr Leben in der Künstlerszene zu schreiben, vor allem über die vielen aufregenden Jahre an der Seite von Victor Gold. Einen Titel hatte sie auch schon: GOLDENE JAHRE MIT VICTOR.

»Legen Sie sofort los«, hatte die sie ermuntert. »Die Verlage werden sich darum reißen.«

Entschlossen rollte Ella ihren lilafarbenen Badeanzug zusammen und stopfte ihn in eine Lücke zwischen Blusen und Shirts. In Gedanken sah sie sich schon auf einer kleinen Terrasse in der italienischen Sonne sitzen, in der Nase den Duft von Jasmin, auf einem schnörkeligen Tisch ein kühles Glas Prosecco, daneben der Laptop, auf dem sie das Buch ihres Lebens schreiben würde. Vielleicht am Gardasee. Den mochte sie besonders – seit sie damals dort mit Victor …

Die Melodie von »Sechs Galonen Bier, dann werde ich zum Tier« riss sie aus ihren Gedanken. Sie musste grinsen. Wie hatte er sich geschmeichelt gefühlt, als sie seinen Hit als Handyton für seine Anrufe installiert hatte! Kindskopf! Aber im Moment hatte sie keine Lust auf seine Stimme. Sie summte die Melodie mit, ohne das Gespräch anzunehmen. Natürlich würde sie nicht bei Nacht und Nebel verschwinden, ohne sich von Victor zu verabschieden. Das wäre unter ihrem Niveau. Aber später, wenn er von seiner Feier käme, würde sie ihm ihren Entschluss verkünden. Dann würden sich ihre Wege trennen. Endgültig. Um die Auflösung der Verträge könnte sich der Anwalt kümmern.

Sie ging in Victors Zimmer, nahm die Kondomschachtel vom Nachttisch, trat auf den Balkon und warf sie im hohen Bogen hinunter auf den Rasen. Tat gut, diese kleine Albernheit. Es war befreiend, eine Entscheidung getroffen zu haben. Zeit für ein bisschen Enthaltsamkeit. Oder gerade nicht. Mal sehen, was das Leben noch mit ihr vorhatte.

»Bitte ein Autogramm für Miriam und eines für Susanne.« Caspar hielt Victor Gold, der zum Signieren hinter einem Tisch saß, auf dem sich mehrere Stapel seiner Biografie türmten, zwei Bücher hin. Der Künstler ließ seinen goldenen Stift übers Papier gleiten und schrieb: Alles Liebe vom Sieger für Mirja.

Caspar stutzte.

»Oh, Entschuldigung«, murmelte Victor Gold, legte das Buch mit dem falschen Namen zur Seite und nahm ein neues vom Stapel. Verdammt, er musste sich konzentrieren. Aber seine Gedanken waren bei Ella. Wo zum Teufel war sie? Warum war sie nicht da, an seiner Seite? Das war doch ihr Job. Sie konnte ihn doch nicht einfach mit all diesen fremden Menschen allein lassen.

In unruhige Gedanken versunken, schrieb er weiter. Unterschrift für Unterschrift. Toll, wie viele Leute seine Biografie haben wollten. Hans Peter ließ ein Buch für Moni signieren, Lea und Yolande wollten beide eines haben, sogar Sepp hatte sich zwischen den »Golden Girls« angestellt.

Victor bedachte all seine weiblichen Fans mit einem charmanten Siegerlächeln, einem, das er sich vor Jahren bei Roy Black abgeguckt hatte, und freute sich über den Andrang und die vielen verkauften Bücher. Irgendwann hatte sich auch sein One-Afternoon-Stand bis zu ihm durchgekämpft. Weit lehnte sie sich über den Tisch, so weit, dass er sich schon Sorgen machte, ihr Busen würde aus dem Ausschnitt fallen. Er blickte zur Seite, sein Bedarf an peinlichen Szenen war für heute mehr als gedeckt.

»Wie heißt du eigentlich?«, fragte er möglichst leise. Oh Gott, wie unangenehm.

»Angelika, aber du darfst gerne Angel schreiben«, rief sie ein bisschen zu laut, ein bisschen zu schrill. »Was du mir heute Nachmittag ins Ohr geflüstert hast, ist vielleicht etwas zu versaut!«

Sie lachte.

Victors Ohren glühten, während er schrieb: »Für Angel von Victor – Alles Liebe« und hoffte, ein Loch würde sich im Boden auftun. Für ihn oder für diese Rothaarige. Aber nichts geschah.

Auf Kai Lauterbachs makelloser Botoxstirn sammelten sich Schweißperlen. Mühsam hatte er die bewusstlose Waltraud zu ihrem Bett geschleift und sie vorsichtig auf die Bettdecke gelegt.

»Tut mir leid, tut mir echt leid, das wollte ich nicht«, murmelte er, zum Glück war es wirklich nur ein einziges kleines Blatt gewesen, das er – vorsichtig mit einem Taschentuch, um nicht selbst damit in Berührung zu kommen – gepflückt hatte. Und nur die Hälfte dieses kleinen Blattes hatte er in den Tee getan. Die andere ins Klo geworfen und weggespült. Waltraud sollte einfach nur ein bisschen schlafen, während er sich ein paar wichtige Zahlen von ihrem Laptop notierte. Und es sollte ihr ein bisschen schlecht gehen. Eine kleine, elegante Übelkeit. Als Denkzettel sozusagen, weil sie sich über seinen Antrag lustig gemacht hatte. Hätte er doch bloß geahnt, dass sie ihm den Abschied so großzügig versüßen wollte. 100 000 Euro! Dann hätte er sich nicht als Giftmischer betätigen müssen. Sein Handy vibrierte.

»Mutti? Ich kann jetzt nicht, ich versorge gerade eine Patientin. Ja, ich melde mich. Und ich habe auch eine Überraschung für dich. Hab dich lieb.«

Oh Gott, was jetzt?

Sein Blick fiel auf den Safe. Er hatte den Zahlencode.

10 000 Euro lagen im Safe, in nagelneuen Fünfhundertern. Er griff danach, steckte sie ein.

Vom Bett aus röchelte es. Keine Ahnung, wie lange es dauert, bis sie wieder aufwacht, dachte Kai, ich muss hier weg, und zwar so schnell wie möglich. Ich bin so ein Schwein, ich fühle mich wie der mieseste Gigolo aller Zeiten, aber ich bin sicher, dass Waltraud nur froh ist, wenn sie mich nicht mehr sehen muss. Wenigstens eine Frau mache ich glücklich, auch wenn es nur die Mutti ist.

Er ging zum Schreibtisch und zückte den Kugelschreiber, der auf dem Schreibblock lag.

Liebling, es tut mir leid, dass unsere schöne Zeit so unschön endet, und ich hoffe innigst, dass es dir bald wieder besser geht. Ich habe mir einen kleinen Teil des Geldes, das du mir zum Abschied schenken wolltest, aus dem Safe genommen, weil ich meiner alten Mutter noch eine letzte Freude machen will. Sie ist unheilbar krank, eine Kreuzfahrt ist ihr letzter Wunsch … Es war wunderbar mit dir, Waltraud, ich wünsche dir und meinem Nachfolger das Allerbeste.

Dein Kai

An der Rezeption klingelte das Haustelefon. Florian Partel nahm den Hörer ab. Eine aufgeregte Männerstimme, die er nicht sofort erkannte.

»Frau van Hoge braucht einen Arzt, es geht ihr nicht gut. Bitte beeilen Sie sich.« Aufgelegt.

In diesem Moment ging Michael Grundmann an der Rezeption vorbei.

»Entschuldigen Sie«, rief der Geschäftsführer. »Sind Sie nicht Arzt?«

Drei Minuten später standen sie etwas ratlos vor einer bewusstlosen Waltraud. Dr. Grundmann setzte sich aufs Bett, nahm ihren Puls und schaute bedenklich. »Extrem flach«, sagte er. »Wir müssen ...«

»Da liegt was«, unterbrach ihn Florian Partel, der einen Briefbogen auf dem Boden entdeckt hatte. Darauf stand: »Eisenhut! Nur eine Winzigkeit im Tee! Helfen Sie ihr! BITTE!«

In diesem Augenblick öffnete die Patientin die Augen.

»Übel ...«, krächzte sie mit rauer Stimme. Michael griff rasch eine Schale vom Tisch, in die sie sich übergeben konnte, und hielt ihren Kopf. Dann schloss sie wieder ermattet die Augen. Ihre Hände krampften, auf ihrer Stirn stand kalter Schweiß.

»Sie ist vergiftet worden«, sagte er. »Bitte rufen Sie meine Frau an. Sie ist in unserem Zimmer. Sie soll, so schnell es geht, meinen Arztkoffer bringen. Mit medizinischer Kohle kann ich hier erst mal das Schlimmste verhindern. Aber dann muss sie ins Krankenhaus. Mit blauem Eisenhut ist nicht zu spaßen.«

Der Hotelmanager rief Susanne Grundmann an, erklärte ihr kurz die Lage und wandte sich wieder an den Arzt.

»Was für ein Glück, dass Sie gerade hier sind. Soll ich einen Krankenwagen rufen?«

»Ja, auf jeden Fall«, sagte Michael. »Und die Polizei.«

»Keine Po...lei!«, krächzte Waltraud van Hoge matt, aber mit Nachdruck und griff erneut zur Schale.

Niemand sah den Mann mit grauem Bart, der im Hintergrund stand und alles beobachtet hatte. Er hatte die Lesung kurz verlassen, um sich eine Kopfschmerztablette zu holen, und da die Tür zum Nachbarzimmer offen stand … Leise schlich er in sein Zimmer zurück und klappte seinen Laptop auf. Hatte er doch wieder recht gehabt.

Polizei und Krankenwagen kamen sofort, aber es war zu spät. Sie war vergiftet worden. Wo war ihr Mörder? Eine fieberhafte Suche begann.

»WO BLEIBST DU denn?« Victor Gold stürmte in das Chalet, das er sich mit Ella Nussbaum teilte, und warf einen fassungslosen Blick auf ihren offenen, halb gepackten Koffer.

»Hab ich etwas verpasst? Wieso verlässt du den Saal, mitten in meiner Lesung? Eine, die du arrangiert hast, wenn ich mich recht erinnere. Um den Verkauf meines Buches anzukurbeln …«

»Deines Buches?« Ella legte ihre Unterwäsche in den Koffer, winzige Tangas, deutlich umfangreichere BHs. »Wenn ich mich recht erinnere, stammt das Meiste aus meiner Feder. Aber das auch nur ansatzweise zu erwähnen, hat deine Eitelkeit mal wieder nicht zugelassen.«

Der Sänger öffnete den Mund, um zu protestieren, dann schloss er ihn wieder. Sie hatte ja recht. Er hatte auf der Couch gelegen, Glas Wein in der Hand, und über sein Leben geplaudert, sie hatte alles aufgenommen und in eine lesbare Form gegossen.

»Dass ich nicht als Coautorin erwähnt worden bin, geschenkt, Hauptsache, das Buch verkauft sich. Aber wenigstens bei dieser Lesung hättest du mich ja mal erwähnen können, stattdessen …«

»Du hättest ja auch mal was sagen können«, meinte er. »Du weißt doch, dass ich deine Ansagen brauche, weil ich sonst leicht mal Mist baue.«

Plötzlich war sie todmüde. Einfach knochentief erschöpft von all dem, was sie die ganzen Jahre geduldet, teilweise sogar gefördert und ertragen hatte. Und jetzt einfach nicht mehr ertragen wollte. Die vielen Groupies, die sie zur Seite stießen, wenn sie mit ihm in der Öffentlichkeit auftauchte. Die jeden Restaurantbesuch mit ihren hartnäckigen Selfiewünschen zur Hölle machten. Sich in sein Hotelzimmer schlichen wie dieser rote Feuerteufel aus Duisburg. Immer wieder zu erleben, wie der Mann, für den sie alles getan, alles erlitten hatte, bei anderen Frauen schwach wurde. Sie konnte nicht mehr. Es war vorbei.

»Es ist vorbei, Erwin«, sagte sie leise. »Unsere Wege trennen sich. Ich brauche ein anderes Leben. Eins für mich ganz allein. Bei der Suche nach einer Nachfolgerin helfe ich dir gern. Vielleicht lieber ein Nachfolger, aber das musst du entscheiden.«

Sie drehte sich um und sah in sein fassungsloses Gesicht. Wie sehr sie es noch immer liebte!

»Du willst mich verlassen, Ella?«

»Ja, Erwin«, sagte sie ruhig, und dass sie ihn Erwin nannte, war ein schlechtes Zeichen, denn das tat sie nur, wenn es ernst wurde.

»Das kannst du mir nicht antun!« Stresshormone überfluteten ihn, seine Stimme versagte. »Ohne dich, das geht gar nicht. Das ist mein Untergang. Ohne dich kann ich mir gleich die Kugel geben.«

Ella holte tief Luft und schloss ihren Koffer mit einem Knall.

»Die Frage ist doch nicht, warum ich dich verlasse, sondern warum ich so lange damit gewartet habe.«

Er verstand kein Wort.

»Bist du denn nicht mehr glücklich mit mir?«

»Nein«, sagte sie. »Du denn noch mit mir? Sei ehrlich.«

Sie sahen sich an. Er trat einen Schritt auf sie zu, wollte sie umarmen, sie trat einen Schritt zurück, stolperte, fiel rückwärts aufs Bett. Er nutzte die Gelegenheit und legte sich einfach auf sie. Hielt sie an den Armen fest, als sie versuchte, sich frei zu strampeln.

»Lass mich los, verdammt, lass mich los.«

Aber er ließ nicht los. Sie fühlte sich einfach zu gut an. Besser denn je.

Also küsste er sie. Und nach einer kleinen Schrecksekunde küsste sie zurück.

»Alles wieder gut?«, flüsterte er.

Es wäre so leicht gewesen.

»Nein«, rief sie und setzte sich auf, »nichts ist wieder gut. Es bleibt dabei, unsere Wege trennen sich.«

»Was muss ich tun, damit du bleibst?«

Wenn du das noch immer nicht weißt, kann ich dir auch nicht helfen, dachte sie.

»Du kannst gar nichts tun, Erwin«, sagte sie. »Und jetzt gehst du besser, sonst verpasst du noch deinen eigenen Champagner-Empfang.«

»Kommst du bitte mit?«

»Ich brauche noch einen Moment. Aber ich komme nach. Ich muss mich doch verabschieden.«

Sie lächelte und zeigte zur Tür.

»Abmarsch, junger Mann.«

Sie ist und bleibt die Allerbeste, dachte er und wusste nicht, dass das, was ihm beim Abmarsch sein 59-jähriges Herz so schwer machte, sein erster Liebeskummer war.

Sein erster, für Ella der letzte. Hoffte sie jedenfalls, als sie nachdenklich im Badezimmer stand, sich im Spiegel musterte und wie meist keinen Grund zu lautem Jubel entdeckte. Im Glas steckte die Zahnbürste, die sie vergessen hatte. Sie ließ sie stecken.

Jetzt noch ein kurzer Auftritt beim Champagner-Empfang und dann … »Auf zu neuen Ufern, Ella Nussbaum«, rief sie in den Spiegel. »Und fang jetzt nicht an zu heulen, dann verschmiert deine Wimperntusche, und die hast du schon eingepackt.«

Auf der Turmterrasse wurde bereits kräftig gefeiert. Eine himmlische Location hoch über Kals. Die Luft war angenehm warm. Rundum zeichneten sich die Berggipfel gegen den vom Mond leicht erhellten Himmel ab. Auf den Stehtischen, die mit goldenem Metallpapier umwickelt waren, flackerte Kerzenlicht, an der Balustrade standen in ebenfalls golden verkleideten Kübeln brennende Fackeln, und leise Musik unterstrich die romantische Stimmung. Restaurantleiter Gregor stand neben dem Eingang und sah aufmerksam hinaus. Bisher konnte er mit dem Ablauf der Veranstaltung zufrieden sein.

Gläser klirrten, goldene Häppchen verschwanden in rotgeschminkten Mündern, und Victor Gold stand mittendrin und ließ sich von allen Seiten anhimmeln. Eigentlich eine Situation, die er sonst sehr schätzte, in der er geradezu badete, aber jetzt steckte der Schock tief in seinen Männerknochen. Sehr tief. Ob Ella es wirklich ernst meinte? Er war sich ihrer so sicher gewesen, schließlich war sie noch immer sein Fels in der Brandung, nach all den Affären und Eskapaden, die sie miterlebt hatte. Was war nur los mit ihr?

»Noch einen Champagner?« Das war die süße Resi, die mit einem Tablett durch die Menge ging, ihr Grübchenlächeln und ihr prachtvolles Holz vor der Hütte waren ihm natürlich längst aufgefallen, aber er hatte sich einen Flirt mit ihr verkniffen. Der Rausschmiss eines Zimmermädchens durch die Hotelleitung, das er vor ein paar Jahren beim Saubermachen seiner Suite verführt hatte, war eine Erfahrung gewesen, die er nicht wiederholen wollte.

»Gern«, sagte er jetzt und griff zu einem Glas, seinem dritten oder vierten. Er zählte lieber nicht. Wo war Ella?

»Möchten Sie auch ein Glas?«, fragte Resi, und Monika Landmann nickte ebenfalls. Sie nahm zwei und gab eins an

Hans Peter weiter, der vor Aufregung beinahe explodierte. Sein Krimi! Und jetzt die ahnungslose Resi, die er mit seinen Blicken geradezu kriminalistisch durchbohrte.

»Guck nicht so«, stieß ihn seine Frau in die Seite, »die Arme glaubt ja sonst, du willst was von ihr.«

Aber Hans Peter musste weitergucken und je mehr er guckte, desto mehr Ähnlichkeiten entdeckte er. Die Haare! Die Sommersprossen auf den Armen! Die Augen! Die Farbe Braun war bestimmt von ihrem italienischen Vater, Monis waren grün. Aber alles andere … Sie musste es sein, für ihn bestand kein Zweifel mehr.

»Wir müssen mit ihren Eltern sprechen«, flüsterte er Moni zu, als Resi mit ihrem Tablett weitergegangen war. »Es gibt ja Unterlagen, da müsste doch dein Name auftauchen.«

Monika seufzte. Sie wusste nicht, ob sie schon bereit war. Aber sie wusste, dass sie sich jetzt stellen musste. Falls diese junge Kellnerin wirklich ihre Tochter war, ein Gedanke, den sie kaum zu Ende denken konnte, dann, ja, was dann? Würde sie sich Vorwürfe anhören, sich verteidigen müssen? Was wurde erwartet von ihr?

»Wir reden mit den Eltern«, flüsterte sie zurück. »Aber jetzt trinken wir erst einmal Champagner.«

Caspar und Miriam standen etwas abseits vom Trubel. Arm in Arm sahen sie hinauf zum Figerhorn.

»Unsere Eltern haben uns den Überfall offensichtlich verziehen«, lachte er. »Alle verstehen sich gut. Meine Mutter ist von ihrer zukünftigen Schwiegertochter begeistert und zufrieden abgereist, und deine Eltern – wo sind sie eigentlich? – wirken jetzt glücklicher als bei ihrer Ankunft.«

»Unsere Liebe ist eben ansteckend.« Sie kuschelte sich eng an ihren Liebsten.

»Oh, dann haben Sie uns wahrscheinlich auch infiziert«, grinste Maria Ungestüm, die mit Rainer Richter zu ihnen getreten war und den letzten Satz gehört hatte. Dann lachte sie ihr wunderbares Lachen und strahlte den Mann neben sich verliebt an. »Vielen Dank dafür! Uns hat es nämlich richtig erwischt«, sagte sie mit herzerfrischender Offenheit, die Rainer so an ihr liebte, die ihn aber jetzt sichtbar verlegen machte. »Vielleicht können wir ja hier nächstes Jahr Doppelhochzeit feiern.«

Am Nachmittag hatten sie einen kleinen Spaziergang hinunter nach Kals gemacht und die romantische kleine St.-Georg-Kapelle besucht, zu der nicht einmal ein richtiger Weg führte. Die Tür war nicht verschlossen gewesen, und sie konnten sich in der schlichten Kapelle in Ruhe umsehen. Von Brigitte Berger wussten sie, dass in dem romanischen, denkmalgeschützten Gotteshaus manchmal auch Trauungen abgehalten wurden. Sie hatten sich zusammen auf eine Bank gesetzt. Ganz still und feierlich.

»Wir kennen uns ja erst ein paar Tage«, hatte Rainer begonnen. »Aber ich weiß, dass du das Beste bist, das mir je begegnet bist. Was meinst du, sollten wir hier …?«

»Jaaaaaaa!« Maria hatte ihn gar nicht ausreden lassen, nur seine Hand ganz fest gedrückt und den Kopf an seine Schulter gelehnt. Alles war plötzlich so einfach, so selbstverständlich, so himmlisch vertraut. Ja, mit diesem Mann wollte sie alt werden. Sie wollte seine Frau sein. Und die Hochzeit würden sie hier in Kals feiern, dem Ort, wo alles begann.

Auf dem Rückweg zum Hotel schmiedeten sie schon Zukunftspläne. Sie würden in absehbarer Zukunft als Patchworkfamilie zusammenleben, wahrscheinlich in Freiburg, wo Rainer mit Leonie wohnte. Als Schulleiter war er ja an seinen Wohnort gebunden. Maria könnte als freie Lektorin überall arbeiten. Aber Lucas hatte seinen Lebensmittelpunkt in Stuttgart, ging dort zur Schule, hatte dort seine Freunde.

»Ich kann und will ihn jetzt nicht aus seinem gewohnten Umfeld reißen«, sagte Maria. »Lass es uns langsam angehen und erst mal nur die Wochenenden miteinander verbringen. Mal bei dir, mal bei mir. Auch wenn ich mir jetzt schon nicht mehr vorstellen kann, nur einen einzigen Tag ohne dich zu sein.«

»Ja, verrückt, mir geht es genauso!« Rainer konnte sich nicht daran erinnern, jemals so glücklich gewesen zu sein. Auch nicht mit Leonies Mutter. Na ja, das Beste aus dieser kurzen Ehe war sowieso das Kind gewesen. Aus diesem Kind wurde nun langsam eine junge Dame, die, so schien es ihm, gerade mit Lucas die erste zarte Liebe entdeckte.

Er sah hinüber zur Lounge-Ecke, wo die beiden Teenager vergnügt kichernd saßen und sich gemeinsam irgendwas auf Leonies Handy ansahen. Klar, dass sie dafür ganz nah zusammenrücken mussten. Seit dem Ausflug zur Galitzenklamm hingen die beiden wie Kletten zusammen.

»Das scheint hier wirklich ein magischer Ort zu sein«, unterbrach Miriam seine Gedanken. »Nur glückliche Gesichter.«

»Auf die Liebe!« Caspar hob sein Glas und stieß mit den anderen an. »Und darauf, dass wir so glücklich bleiben und uns im nächsten Jahr hier wiedersehen.«

Der Champagner perlte, die Gläser klangen hell, und schon stand Resi mit der Champagnerflasche vor ihnen und schenkte nach. »Meine Kollegin kommt gleich noch mal mit dem Fingerfood vorbei«, versprach sie.

Wo, verdammt, war Ella? Victor wurde immer unruhiger. Die Vorstellung, sie würde sich ohne Abschied aus seinem

Leben schleichen, war unerträglich. Ohne sie, das wusste er, würde er wieder zu Erwin Kupfer schrumpfen, zu einem kleinen, schmächtigen Endfünfziger mit gefärbten Haaren. Es war Ella, die ihn zu Victor Gold gemacht hatte. Ihr verdankte er alles, seinen Erfolg, sein Geld, sein Leben.

Da war sie ja endlich! Sein gutes, altes Schlachtross, das ihm mit breiten Schultern, tiefer, lauter Stimme und unerschöpflicher Energie alle Probleme aus dem Weg geräumt hatte. »Da bist du ja endlich«, rief er und ging ein paar Schritte auf sie zu. »Bitte einen Applaus für die beste Agentin der Welt, die wunderbare, die einzigartige Ella Nussbaum!«

Er klatschte, alle klatschten mit. Ella winkte in den Raum.

Dann stand sie neben ihm.

»Von Martha Schultz und ihrem Team habe ich mich schon verabschiedet«, sagte sie leise. »Die Rechnung ist bezahlt. Wenn du morgen abreist, wartet ein Fahrer auf dich, der dich zum Münchner Flughafen bringt.«

»War es das jetzt?« Er sah sie ungläubig an. »Du willst mich wirklich verlassen? Nach all den Jahren?«

Sie nickte, umarmte ihn kurz und wandte sich dem Ausgang zu. Plötzlich wusste er, was er machen musste. Und so sauer war der Apfel ja auch wieder nicht, in den er jetzt zu beißen gedachte.

»Warte, Ella!«, rief er. Sein geschultes, melodisches Organ drang auch ohne Mikrofon bis zum letzten Winkel.

Sie drehte sich um. Was kam jetzt?

Das, was er am besten konnte. Ein öffentlicher Auftritt. Im Scheinwerferlicht war er schon immer aufgeblüht.

Bis über beide Ohren strahlend, ging er auf sie zu und sank vor ihr auf die Knie. Das leichte Ächzen seiner Kniegelenke hörte nur sie.

»Liebe Ella, heirate mich!«

Ihr leises: »Aber nur, wenn du dich in Zukunft benimmst, mein Lieber«, war im donnernden Applaus der Gäste nicht zu hören. Aber Victor Gold hörte es. Und das war genug.

»NUN HEUL DOCH nicht, Vroni, ist doch nichts Schlimmes passiert.«

Umständlich zog Franz ein großes kariertes Taschentuch aus der Hosentasche und hielt es seiner Frau hin. »Hier, schneuz mal ordentlich und wisch die Tränen ab.« So kannte er sie ja gar nicht, obwohl sie schon 43 Jahre verheiratet und seit der Schulzeit ein Paar waren. Seine Vroni war doch immer selbstbewusst, taff und energisch. Aber nun hatte ein Anruf sie völlig durcheinandergebracht.

Es war schon halb zehn gewesen, als das Telefon klingelte. »Geh du ran«, hatte er ihr zugerufen, weil er gerade in einen Fernsehkrimi vertieft war. »Das wird Resi sein.«

Aber es war nicht Resi, sondern Herr Landmann. Und der redete auch nicht lange um den heißen Brei herum.

»Entschuldigen Sie die späte Störung, aber … wir haben den Verdacht, dass Ihre Resi die Tochter meiner Frau ist. Vieles spricht dafür. Haben Sie noch Unterlagen von der Adoption? Kann es sein, dass …«

»Kommen Sie morgen her. Am besten gleich am Vormittag. Sagen wir 10 Uhr! Und kein Wort zu Resi. Gute Nacht!«

Sie legte auf und holte die Kiste mit den Erinnerungen aus dem Regal. Als der Krimi zu Ende war und Franz aus dem Wohnzimmer kam, saß seine Frau vor einem Berg von Briefen, Papieren und Fotos am Küchentisch. Dicke Tränen liefen über ihr Gesicht, während sie schluchzte: »Jetzt nehmen sie uns die Resi weg.«

Wieder zuckte Blaulicht durch die Dunkelheit. Diesmal war es nicht die Feuerwehr, sondern ein Krankenwagen auf dem Weg nach Kals. Die Gäste auf der Turmterrasse konnten ihn schon von weitem sehen. Was war denn nun schon wieder los im stillen Tal? Ein Krankheitsfall im Dorf? Nein, das Blaulicht bewegte sich durch die Ortschaft hindurch und weiter hinauf zum Gradonna Mountain Resort. Türen klappten, Florian Partel nahm einen Notarzt und zwei Sanitäter mit einer Trage in Empfang und lief mit ihnen zum Chalet, in dem sich Michael noch immer um die ärztliche Erstversorgung von Waltraud van Hoge kümmerte. Es schien der vergifteten Millionärin dank der Kohle-Behandlung etwas besser zu gehen. Auf jeden Fall konnte sie schon deutlicher sprechen und fiel nicht mehr ständig in die Bewusstlosigkeit. Auch das Krampfen ihrer Hände hatte sich gelegt.

»Wo ist Herr Lauterbach?« war ihre erste Frage gewesen. »Bitte suchen Sie ihn. Aber keine Polizei! Auf gar keinen Fall.«

Im Chalet war er nicht, der feine Herr Lauterbach. Auf der Turmterrasse auch nicht, hatte Florian Partel über Gregor in Erfahrung gebracht. Nicht an der Bar und nicht im Wellnessbereich. An der Rezeption war er auch nicht vorbeigegangen, bestätigten Chrissie und Eva. Kai Lauterbach hatte ganz offensichtlich durch die Hintertür das Weite gesucht.

Während Michael Grundmann dem Kollegen die Lage erklärte und ihm sagte, was er bisher unternommen hatte, hievten die Sanitäter Waltraud auf die Trage. Sie fühlte sich elend, schwach, fassungslos. Vergiftet! Sie konnte nicht glauben, dass Kai ihr das angetan hatte. So etwas las man doch sonst nur in der Zeitung. Sie fühlte sich wie eine dumme, alte, liebessehnsüchtige Frau, die von einem Heiratsschwindler um ihr Vermögen gebracht wurde. Mit dem erfreulichen Unterschied allerdings, dass sie von Anfang an gewusst hatte, dass er ein armer Schlucker war und ihr Vermögen dank zweier dahingeschiedener Ehemänner noch immer sehr robust war.

»Gute Besserung, Frau van Hoge.« Michael streichelte die Hand der Frau, die er in den letzten Tagen als elegante, sehr selbstbewusste Person kennengelernt hatte, die nun aber wie ein Häufchen Elend, blass und unglücklich, vor ihm lag. »Das wird schon wieder. Sie haben noch einmal Glück gehabt.«

»Danke. Aber … Herr Lauterbach …?« Ihre Stimme war schwach.

»Nein, wir haben ihn nicht gefunden«, sagte Florian Partel. »Aber den Brief hier. Er ist an Sie adressiert. Lag auf dem Schreibtisch.«

»Geben Sie her.« Waltraud riss den Umschlag auf und überflog die Zeilen. Und dann mischten sich zwei Gefühle in ihrer Brust, die überhaupt nicht zueinanderpassten und sich trotzdem miteinander vertrugen: Wut, dass er sich ohne Erlaubnis an ihrem Geld gütlich getan hatte, und leise Bewunderung für genau diese Frechheit. Wunderbare Zeit mit dir, hatte er geschrieben, und so wollte sie ihn auch in Erinnerung behalten. Wunderbar.

RESI STAND IN ihrem Badezimmer vor der Toilette und kotzte sich die Seele aus dem Leib. Sie drückte auf die Spülung, da ging es schon wieder los. Erschöpft ließ sie sich auf den Boden sinken, wischte sich kalten Schweiß von der Stirn. Was war bloß los mit ihr? Etwas Falsches gegessen? Unwahrscheinlich, sie aß ja fast nur im Gradonna, da gab es nichts Schlechtes oder Verdorbenes.

»Resi, mein Hüpferl, brauchst du Hilfe?« Sepp klopfte gegen die Tür. Aufs Eintreten verzichtete er, klang irgendwie nach Frauenproblem, dieses Geräusch, und aus Erfahrung wusste er, dass Männer da wenig helfen konnten.

»Nein, schon gut«, stöhnte Resi. »Fahr ruhig schon los, du wirst ja im Hotel erwartet, und meine Schicht fängt erst in drei Stunden an. Alles gut.«

»Sicher, Resi?« Er war jetzt doch etwas besorgt, ihre Stimme hörte sich irgendwie nicht gut an.

»Ganz sicher, bis später.« die Wohnungstür fiel ins Schloss und Resis Kopf wieder in die Toilettenschüssel.

»Schön, dass Sie gekommen sind.« Vroni, Franz, Monika und Hans Peter saßen in der gemütlichen Stube im Defereggental vor dem großen Kachelofen, der allerdings wegen der sommerlichen Temperaturen nicht geheizt war.

»Gemütlich haben Sie es hier«, sagte Moni und traute sich noch nicht, in die Kiste zu schauen, die Vroni mit den Worten »Da ist alles drin. Ich hab alles aufbewahrt« vor sie hin gestellt hatte.

»Nur damit das klar ist, die Resi ist und bleibt unsere Tochter, egal, ob Sie jetzt die leiblichen Eltern sind oder der Kaiser von China.« Das war Franz, dessen Stimme leicht zitterte und der man die Angst anmerkte, man könne ihm das Liebste auf der Welt wegnehmen. Was die Resi anging, verstand der Franz nämlich überhaupt keinen Spaß. Da hatte er Besitzansprüche, die er nicht aufgeben wollte.

Hans Peter ahnte, was in ihm vorging, weil er genauso gewesen wäre. Aber er ahnte auch, dass das menschliche Herz ein sehr dehnungsfähiger, kleiner Muskel war.

»Sie sind und bleiben der Vater, daran wird sich nichts ändern«, sagte er. »Ich jedenfalls werde Ihnen diese Rolle niemals streitig machen. Zumal ich ja auch genetisch nichts mit dieser wunderbaren, jungen Frau zu tun habe.«

Die Männer lächelten sich an. Monika hatte jetzt Mut gefasst und ein kleines, verblichenes Foto herausgeholt.

»Das war im Krankenhaus in Wien«, sagte Vroni dazu und wischte sich eine Träne aus dem Augenwinkel. »Morgens kam der Anruf: Wir haben ein Baby für Sie. Ich war gerade beim Kuchenbacken, weil der Franz Geburtstag hatte. Wir fuhren sofort nach Wien, zum Krankenhaus. Mein Herz raste, so aufgeregt war ich. Als mir dann von einer Krankenschwester dieses winzige Bündel in den Arm gelegt wurde …«

»Saß ich im Nebenzimmer und heulte mir die Seele aus dem Leib«, meinte Monika. »Es war der schlimmste Tag meines Lebens.«

»Und mein schönster«, sagte Vroni so leise, als fürchte sie, ihre Worte könnten wehtun. Jetzt weinten sie beide, die Bauch- und die Herzensmutter von Resi.

Die in genau diesem Moment in der Franziskus-Apotheke in Lienz stand und einen Schwangerschaftstest verlangte. Irgendwas passierte da gerade mit ihr. Ihre Regel war ausgeblieben. Heute Morgen die Übelkeit. Alles deutete darauf hin, dass …

»Daumen drücken oder lieber nicht?«, raunte die Apothekerin so leise, dass niemand sie hören konnte.

»Lieber nicht, Kathi«, raunte Resi zurück, »ich hab nur so ein komisches Gefühl diesmal.«

»Wer käme denn in Frage als …?«

»Na, wer wohl?«

»Immer noch?«

Resi zog die Schultern hoch und steckte den Test ein.

»Viel Glück«, rief die Apothekerin.

Aber Resi antwortete nicht.

Inzwischen packte Monika die gesamte Kiste aus und reichte jedes Foto, jedes gehäkelte Schühchen und Jäckchen an Hans Peter weiter, fast, als wolle sie sich nachträglich entschuldigen. Für jedes Babyteilchen, das ihm entgangen war.

»Was wollen Sie wissen?«, fragte Vroni.

»Alles«, antworteten Hans Peter und Monika gleichzeitig.

Resi blickte auf die Uhr, als sie die Apotheke verließ. In zwei Stunden fing ihre Schicht an, die Zeit würde reichen. Zehn Minuten später stand sie wieder im Badezimmer, die Anweisungen des Beipackzettels kannte sie in- und auswendig. Es war schließlich nicht ihr erstes Mal. »Mit dem OneStep Ultrafrühtest kann schon ab dem 6. Tag nach Konzeption (Verkehr) getestet werden. Der Nachweis erfolgt innerhalb von nur 5 Minuten.«

Bis jetzt war das Ergebnis immer negativ und sie darüber immer erleichtert gewesen. Aber jetzt musste sie sich eingestehen, dass der Gedanke an einen süßen Mini-Sepp doch sehr reizvoll war.

Sie zog den weißen Stick aus der Packung und schickte ein kleines Stoßgebet Richtung Himmel. »Lieber Gott, ich weiß gerade nicht, worum ich dich bitten soll. Also entscheide du für mich.«

In ihrem Elternhaus saßen vier Erwachsene vor ihren Kaffeetassen, in denen der Kaffee kalt geworden war. Zu erschöpft waren sie, um ihn zu trinken, zu sehr damit beschäftigt, die neue Situation zu verstehen und zu verdauen.

Vroni wusste jetzt, was aus dem jungen Mädchen geworden war, dem sie ihr Mutterglück verdankte, und Monika, wer die Mutter ihrer Tochter war. Warum Wien, wollte Vroni wissen, warum nicht Hamburg?

»Weil in einem kleinen Dorf bei Wien meine Patentante wohnte und auf diese Weise meinen streng religiösen Eltern die Schande eines unehelichen Enkels erspart blieb«, sagte Moni. »Ich habe ihnen übrigens längst verziehen, auch wenn ich damals nicht wusste, dass mein Baby bei den besten Eltern der Welt landen würde.«

Sie tat noch weh, die wieder aufgeplatzte Wunde, die sie Jahre, Jahrzehnte geheilt und verschorft geglaubt hatte, aber es war ein irgendwie heilsamer Schmerz, von dem sie wusste, dass er mit der Zeit nachlassen und verschwinden würde.

»Wo ist eigentlich dein Herzfleck, Monika?«, wollte Vroni wissen, man war inzwischen beim Du. »Ihr habt uns doch erzählt, dass ihr die Resi am Fleck erkannt habt. Weil der so ungewöhnlich ist.«

Wortlos zog Monika ihre kurze Bluse über die rechte Schulter.

»Ich seh kein Muttermal«, sagte Vroni, »nur einen hellen Fleck.«

»Das war mein Muttermal, aber ich habe es mir weglasern lassen.« Moni schob ihre Bluse wieder hoch.

»Eine Frage hab ich noch.« Hans Peter räusperte sich. »Ich hoffe, sie ist nicht unhöflich oder unangebracht …«

»Über dieses Stadium sind wir doch längst hinaus«, lachte Franz. »Los, raus damit. Was willst du wissen?«

»Okay, also … was ich nicht verstehe … warum hat Resi keinen Mann, warum habt ihr noch keine Enkel? Ist sie zu anspruchsvoll, gibt es medizinische Gründe?«

Vroni und Franz sahen sich an. Das hätten sie auch gern gewusst, aber Resi war nie eine Tochter gewesen, die über ihr Liebesleben plauderte. Immer wenn sie ganz vorsichtig nachfragten, hatte sie sofort die Stacheln ausgefahren. Dass dieser Sepp um ihre Tochter herumschwänzelte, wussten sie natürlich, aber das war nichts Ernstes. Dieser Hallodri und ihre Resi, das kam überhaupt nicht in Frage. Bei dieser Vorstellung kräuselten sich Franzens Nackenhaare aufs verschärfteste.

»Es soll wohl nicht sein«, seufzte Vroni. »Wir haben uns schon fast damit abgefunden.«

Resi schaute auf ihre Uhr. Die fünf Minuten waren vorüber. Ihr Herz klopfte. Sie schaute auf den Stick. Und schrie auf.

Wer sagt es Resi? Es kam nur eine in Frage.

»Ich mach's«, sagte Vroni, »Ich fahr gleich ins Gradonna. Ihre Schicht fängt in 30 Minuten an. Sie wird also schon da sein, und niemand wird mir den Kopf abreißen, wenn ich sie mal kurz störe. Ist ja schließlich was wirklich Wichtiges.«

»Wäre es nicht besser, du würdest bis heute Abend warten und sie nicht an ihrem Arbeitsplatz damit überfallen?«, gab Hans Peter zu bedenken.

»Ich kann nicht länger warten.« Vroni hatte den Autoschlüssel schon in der Hand. »Und Resi auch nicht.«

Resi raste über die Landstraße. Ihre Gedanken rasten auch. Sie hatte es geahnt, aber jetzt, wo sie es sicher wusste, war sie unsicherer denn je. Mit quietschenden Bremsen stoppte sie auf einem der Kurzzeit-Parkplätze direkt vor dem Gradonna. Eigentlich nicht erlaubt, aber das war Resi heute ausnahmsweise egal. Sie war spät dran, wollte gerade durch den Hoteleingang, hoffentlich von der Chefin unbemerkt, in die Küche eilen, als es hinter ihr laut hupte. Sie zuckte zusammen, drehte sich um.

»Mama, was machst du hier? Ich hab gar keine Zeit, mein Dienst fängt in fünf Minuten an.«

Vroni war klar, dies war der denkbar ungünstigste Augenblick, aber sie konnte nicht anders. Es musste raus. Sie würde sonst platzen.

»Resi, ich muss dir etwas sagen«, fing sie an.

»Dann sag es doch.« Resi betrat das Hotel, Vroni folgte ihr auf dem Fuß. Resi ging immer schneller, als ahnte sie, was kommen würde, und wollte ihre Mutter abschütteln.

»Renn doch nicht so«, keuchte Vroni. »Bleib doch bitte mal einen Moment stehen.«

Leicht genervt drehte Resi sich um.

»Och Mama. Ich hab's eilig. So dringend kann's doch wohl nicht sein? Ich ruf dich später an, okay?«

Nein, nicht okay, dachte Vroni, jetzt oder nie.

»Deine Mutter ist hier«, sagte sie. »Deine leibliche Mutter ist Gast im Gradonna.«

Die Welt blieb stehen. Resi auch.

»Sag, dass das ein Scherz ist.« Ihre Stimme war fast tonlos, »Und zwar ein ziemlich schlechter. Den ich gerade heute absolut nicht gebrauchen kann.«

Sie wollte es nicht wahrhaben und wusste doch, dass ihre Mutter die Wahrheit sagte. Vroni nahm ihre Tochter in den Arm und hielt sie ganz fest.

»Mein Mäuschen, es ist doch eigentlich eine gute Nachricht. Und irgendwie Schicksal, dass sich eure Wege hier gekreuzt haben. Sie ist nämlich Deutsche, wohnt in Hamburg …«

Es war zu viel. Zu viel auf einmal. Resi hielt sich die Ohren zu.

»Es interessiert mich nicht, Mama, ob diese Frau in Hamburg oder Timbuktu wohnt. Sie wollte mich nicht, jetzt will ich sie nicht. Bitte sag ihr das, und jetzt muss ich arbeiten.«

Weg war sie.

»Probleme? Kann ich helfen?« Martha Schultz hatte die kleine Szene beobachtet. Wie immer aus dem Ei gepellt, dachte Vroni, die die Gradonna-Chefin um ihr Gespür für perfekte Kleidung beneidete. Alles an dieser Frau sah attraktiv und originell aus. Heute war es das lässige Karohemd über einer schmal geschnittenen Siebenachtel-Jeans. Man musste natürlich auch die Figur dazu haben. Martha Schultz hatte sie. Sie, Vroni Pallhuber, hatte sie nicht. Nie gehabt. Aber jetzt hatte sie ganz andere Sorgen.

Keine, die sie mit der Chefin ihrer Tochter teilen wollte.

»Familie«, lächelte sie deshalb und hob die Schultern. »Aber vielen Dank fürs Angebot.«

Resi stürmte in die Küche, band sich eine Schürze um und schaute auf den Arbeitsplan. Die Mittagsjause, die in der Gradonna-Bar täglich zwischen 14 und 16 Uhr für die Halbpensions-Gäste als Buffet serviert wurde, bestand heute aus Penne mit Olivenöl und Parmesan, dazu ein gemischter Salat, Bolognese und verschiedene Kuchen zum Dessert. Die Kollegen hatten die Salate schon gewaschen, jetzt war sie dran mit Schnippeln. Gut so. Da konnte sie nichts verkehrt machen, musste sich nicht großartig konzentrieren und konnte die Gedanken fliegen lassen. Die Übelkeit war inzwischen verschwunden. Gott sei Dank! Aber sie fühlte sich noch ein bisschen schlapp. Kein Wunder, dachte sie, ich bin ja auch …

Sie griff sich den nächsten Endivien-Kopf, nahm das scharfe Messer, und dann, ohne Vorwarnung, wie ein Blitzschlag, traf es sie mitten ins Herz. Meine leibliche Mutter ist nicht tot. Sie lebt! Und sie ist hier im Hotel! Sie legte das Messer wieder auf den Arbeitstisch. Ihre Gedanken kreisten. Wie sieht sie aus? Wie ist sie? Werde ich sie mögen? Wird sie mich mögen? Sie ließ sich auf einen Stuhl fallen, atmete tief durch. Bisschen viel auf einmal, das da auf sie einstürmte.

Hans Peter und Moni hatten sich eine halbe Stunde nach Vronis Aufbruch von Franz verabschiedet und waren zurück ins Hotel gefahren. Sie waren aufgeregt und hatten das Gefühl, es wäre nicht verkehrt, in der Nähe zu sein, nachdem Resi die Neuigkeit erfahren hatte. Es war ganz still im Auto gewesen. Beide hingen ihren Gedanken nach. Beide wussten, dass dieser Tag ihr Leben verändern würde. Moni sprach als Erste. »Ich habe Angst«, sagte sie. »Ich weiß gar nicht, was ich ihr sagen soll. Meine Tochter … Sie wird mich hassen, weil ich sie zur Adoption freigegeben habe.« Hans Peter legte seine Hand auf ihren Arm. »Es wird sich alles finden. Hauptsache, die Lügen sind endlich vom Tisch. Und, ja, natürlich müssen wir ihr Zeit lassen.«

»Resi …!« Hans Peter hatte ihren Namen ganz leise gesagt. Trotzdem zuckte sie zusammen. Sie war so in Gedanken gewesen, dass sie gar nicht bemerkt hatte, wie er in die Küche kam. Aber sie freute sich sehr, ihn zu sehen. »Sie sind ein bisschen früh dran, ich stecke mitten in den Vorbereitungen, aber in circa drei Stunden sind Sie in unserer Küche wieder sehr willkommen.«

Ach du Schreck, hinter ihm stand seine Ehefrau, jetzt hatte sie sein kleines Geheimnis verraten! Wie bog sie das jetzt wieder hin?

»Ihr Mann guckt mir gern beim Kochen zu«, sagte sie schnell. »Aber er probiert natürlich nichts, weil er sich den Appetit nicht verderben will.«

Monika Landmann lächelte. Sie wusste ja längst, was ihren Hans Peter in die Küche trieb, und hatte klammheimlich beschlossen, jede Art von Diät und kulinarischem Verzicht in Zukunft aus ihrem Eheleben zu verbannen. Das Leben war einfach zu kurz für Sojaschaum an Tofusprossen.

»Haben Sie einen Moment?«, fragte sie.

»Wofür?«, fragte Resi misstrauisch zurück.

»Wir müssen Ihnen etwas erklären.«

Sie sahen sich an. Diesmal genauer.

Ja, dachte Monika, sie ist es. Meine Tochter. Hübsch ist sie, ein tolles Mädchen, ach was, eine tolle junge Frau! Tränen stiegen in ihre Augen, die sie nicht unterdrücken konnte. Nur mit dem Handrücken wegwischen.

Oh Gott, das ist sie, dachte Resi, die langsam verstand. Wir sehen uns in der Tat ziemlich ähnlich. Die Haare. Die Sommersprossen. Das üppige Dekolleté, das mich so oft geärgert hat, weil mir Männer nie in die Augen gucken, auch der Sepp nicht. Von ihr hab ich es also geerbt! Na wunderbar.

»Ich weiß Bescheid«, sagte Resi und bemühte sich, ganz sachlich zu reden. »Wir sind irgendwie verwandt. Jedenfalls wir beide …« Sie zeigte auf Monika.

Monika griff nach der Hand ihres Gatten, der genau wie sie nach Worten rang.

»Es war auch für uns eine Überraschung«, fing er schließlich an. »Es war übrigens die seltene Blutgruppe, die mich stutzig gemacht hat. Und der Fleck am Hals. Deine Mu…, also die Monika, hat nämlich denselben.«

Resi fühlte sich völlig überfordert. Was wollte diese fremde Frau von ihr? Doch bitte keine Tochterliebe. Aber vielleicht …?

»Haben Sie Kinder?«, fragte sie streng. »Gibt es Halbgeschwister? Eine Mutter brauch ich nicht. Ich habe die beste, die man sich wünschen kann. Aber eine Schwester oder einen Bruder, das wäre nicht schlecht.«

»Leider nicht«, bedauerte Hans Peter, und Monika fügte hinzu: »Ich wollte kein anderes Kind. Weil ich das dir gegenüber unfair gefunden hätte.«

Schlagartig wurde es still. Ihre Kollegen hatten die Küche verlassen, Monika und Resi standen sich gegenüber. Es war ein Moment, in dem die Worte fehlten.

Maria und Rainer lagen draußen am Pool auf einer der herrlich bequemen Doppelliegen und genossen die warme Sonne, die fantastische Aussicht – und vor allem ihre Liebe. Es war für beide der letzte Urlaubstag ist Osttirol.

»Weißt du noch?«, begann Maria. »Als wir zur selben Zeit hier ankamen und an der Rezeption standen? Ich mit meinem Bücherwurm-Sohn und du mit deiner rotzfrechen Leonie. Es kommt mir vor, als wäre es eine Ewigkeit her.«

»Ja, geht mir genauso«, bestätigte er und strich sanft über ihren Arm, sodass sich trotz heißer Sonne auf ihrem Körper eine schaurig-schöne Gänsehaut ausbreitete. »Unfassbar, was in ein paar Tagen passieren und das ganze Leben verändern kann. Vielleicht ist ja wirklich was dran, an diesem mystischen Gerede, dass hier ein Kraftplatz ist. Auf jeden Fall hat er uns mit aller Macht gezeigt, was Liebe ist.«

Maria drehte sich zur Seite und gab dem Mann, den sie nie mehr loslassen wollte, einen zärtlichen Kuss.

»Ich habe übrigens gestern Abend noch mit Lucas gesprochen und ihm von unseren Plänen erzählt. Er ist mit allem einverstanden und würde sogar sofort mit nach Freiburg ziehen«, erzählte sie.

Er lachte leise. »Ja, ja, die Liebe. Aber die beiden sind noch so jung. Die haben in drei Monaten schon wieder ganz andere Interessen. Besser, wir belassen es erst mal bei den Wochenendtreffen.«

Auch Maria lachte. »Das sehe ich genauso. Aber wo sind unsere Kinder eigentlich heute? Lucas hat nur gesagt, dass er was mit Leonie unternimmt. Mein Süßer ist in den letzten Tagen so erwachsen geworden.«

»Oh, da weiß ich mehr. Leonie ist hier viel mitteilsamer als zuhause. Sie hat mir einen Zettel geschrieben, dass sie und Lucas am Gradonna-Jugendprogramm teilnehmen. Vormittags Jugendyoga, nachmittags Drinksmixen an der Bar. Ich hoffe, ohne Alkohol.«

»Aber bei unserem Abschiedsessen heute Abend werden wir hoffentlich zu viert sein«, meinte Maria. »Die Koffer packen wir schon vorher. Denn morgen müssen wir früh aufbrechen.«

»Ach, komm, lass uns nicht jetzt schon vom Abschied reden!« Rainer war aufgesprungen und zog sie hoch. »Lass uns den Tag genießen. Am liebsten im Pool.«

Chrissie und ihre Kolleginnen hatten an diesem Vormittag alle Hände voll zu tun. Nach der gelungenen Victor-Gold-Lesung mit dem Heiratsantrag als Sahnehäubchen ging für viele Gäste der Urlaub zu Ende. Das hieß für die Rezeptionistinnen: Rechnungen ausdrucken, überprüfen, Belege drucken, ein paar nette, persönliche Worte finden und eine Gradonna-Tüte mit Informationen und einem Brot, frisch aus dem Ofen, als Wegzehrung an die abreisenden Gäste übergeben.

»Du störst«, zischte Eva deshalb genervt, als Sepp zum gefühlt zwanzigsten Mal an der Rezeption vorbeischlich. Er lungerte schon seit einer Stunde im Eingangsbereich herum und versuchte immer wieder Chrissie in ein Gespräch zu verwickeln. Er hoffte, dass sie, als Resis gute Freundin, ihm erklären könnte, was los war. Morgens die Übelkeit, vorhin, als er sie in der Küche besuchen wollte, hatten die Kollegen vor der Tür gestanden und ihn nicht reingelassen, und dann hatte er auch noch gehört, wie Resi den Hotelmanager um einen freien Nachmittag gebeten hatte.

»Aus familiären Gründen«, hatte sie gesagt. Was, um Himmels willen, war da los?

»Mensch, Sepp, du siehst doch, dass wir gerade richtig Gas geben müssen? Oder bist du mit einem unserer Gäste verabredet?«

»Nein, nein.« Der Bergführer schüttelte den Kopf. »Ich hab heute frei. Ich dachte nur … na ja, können wir nicht gleich mal zusammen einen Kaffee trinken?«

»Frühestens in einer Stunde«, sagte Chrissie jetzt resolut. »Und bis dahin hock dich irgendwo hin, wo du niemanden störst.«

Sepp drehte sich um – und sah Lea auf sich zukommen. »Genau mit Ihnen wollte ich sprechen«, rief sie ihm entgegen. »Haben Sie einen Moment für mich?«

Noch vor einer Woche wäre er begeistert gewesen, wenn diese leckere Latina ihn angesprochen hätte. Aber inzwischen war viel passiert. Die dunkle Schönheit und ihre blonde Freundin waren gegen seine männlichen Charmeattacken immun. Sie machten kein Hehl daraus, ein Paar zu sein. Sein Weltbild war empfindlich ins Schwanken geraten. Zumal diese beiden Frauen so ganz anders aussahen, als er sich in seiner naiven Bergbauernbub-Fantasie Lesben vorgestellt hatte.

»Aber gern, schöne Frau«, entgegnete Sepp und versuchte, lässig und cool zu wirken. Aber er war ein wenig nervös. Was wollte diese Frau von ihm? Hatte er etwas verkehrt gemacht? Im Gradonna war der Gast nicht König, sondern Kaiser. Eine eiserne Regel, die niemand aus dem Personal verletzen durfte.

»Nichts Dramatisches«, beruhigte Lea ihn, als hätte sie seine Gedanken gelesen. »Nur ein paar Fragen. Kommen Sie mit. Wir setzen uns oben in die Lounge-Ecke. Da können wir ungestört reden.«

Chrissie und Eva wechselten verständnislose Blicke. Was hatten denn die beiden miteinander zu besprechen? Wenn das die Resi sähe …

Als hätt's der Teufel arrangiert, kam diese gerade in Begleitung der Landmanns zur Rezeption.

»Hast du mal einen Moment?«, fragte sie die Kollegin leise.

»Du siehst doch, hier ist gerade Hochbetrieb. Noch fünf Minuten, dann hab ich eine Lücke.«

Resi stand unentschlossen zwischen den beiden Menschen, die gerade ohne Vorankündigung ihr Leben auf den Kopf gestellt hatten. Sie fühlte sich wie ferngesteuert. Nur, welcher Wahnsinnige hielt die Fäden für ihr Leben in der Hand und zauberte immer neue Überraschungen aus dem Hut?

Sie ließ den Blick durchs Foyer schweifen. Das Gradonna Mountain Resort, ihr zweites Zuhause. Hier fühlte sie sich behütet. Sogar heute, nach all den Katastrophen.

Doch als sie Sepp entdeckte, der in ein intensives Gespräch mit Lea und Yolande vertieft war, krampfte sich wieder alles in ihr zusammen. Sie liebte diesen unverschämt charmanten, hübschen, herzigen, aber leider völlig unreifen und treulosen Mann so sehr. Sie trug sein Kind unterm Herzen. Wie kitschig das klang. Unterm Herzen ... Aber genauso fühlte sie es in diesem Moment. Was er wohl sagen würde, wenn er es wüsste? Sie hatte noch seine Worte im Ohr: »Ich will kein Kind. Und keine Familie. Wenn du das willst, bin ich der Falsche.« Das war eindeutig gewesen. Kalt. Gefühllos. Und es tat so weh.

Aber sie würde das Baby auch ohne Sepp bekommen. Sie würde weder abtreiben noch vor der Verantwortung davonlaufen. Und sie hatte zwei Großelternpaare, die sich garantiert um ihren Enkel reißen würden. Vroni und Franz, Hans Peter und Moni.

Plötzlich wurde sie von ihren Gefühlen übermannt. »Schön, dass ihr mich gefunden habt!«, flüsterte sie, legte ihre Arme um Hans Peter und Monika und ließ den Tränen freien Lauf.

»Resi, ich hätte jetzt etwas Zeit für dich. Was gibt's denn?« Chrissie hatte in all dem Stress gar nicht gesehen, dass ihre Freundin völlig aufgelöst war. Jetzt kam sie bestürzt um den Tresen herum, sah die Eheleute Landmann, die stumm dastanden, fragend an: »Was ist denn passiert?«

Resi wischte sich energisch mit dem Handrücken die Tränen aus dem Gesicht. »Lauter gute Nachrichten«, sagte sie und lächelte mit noch feucht glänzenden Augen. »Darf ich dir meine leibliche Mutter und ihren Ehemann vorstellen? Hans Peter und Monika Landmann. Wie, wann, warum erzähl ich dir später.«

Chrissie war, und das geschah selten, sprachlos. Aber sie riss sich blitzschnell zusammen, lächelte, gratulierte, platzte vor Neugier, die sie sich natürlich nicht anmerken ließ.

»Und die zweite gute Nachricht?«

Fast hätte Resi sie verraten. Warum auch nicht? War ja wirklich eigentlich eine gute. Aber dann sah sie hoch und ihren Sepp mit diesen beiden supersexy Frauen zusammen sitzen. Hörte er denn nie auf, dieser Schmerz, wenn Sepp bei einer Anderen so funkelte, wie er gerade jetzt funkelte?

»Wir hatten ja schon angedeutet, dass wir im nächsten Jahr heiraten wollen«, eröffnete Yolande in diesem Moment das Gespräch. »Am liebsten hier im Gradonna Resort. Frau Schultz hat uns erzählt, dass ihre Familie plant, hier eine Kapelle zu bauen. Das wäre natürlich ein Traum für uns.«

Sepp wippte unruhig mit den Füßen. Was zum Teufel hatte er damit zu tun?

»Komm zur Sache«, unterbrach Lea die Freundin. »Die Einzelheiten interessieren den Herrn Sepp nicht die Bohne.«

Er bemühte sich um ein geduldiges Gesicht. Kaiser, nicht König.

»Also Folgendes: Wir wollen unsere Freunde unter einem Vorwand hierher einladen und ihnen an einem besonderen Ort unsere besondere Nachricht mitteilen.« Für Sepp sprach Yolande immer noch in Rätseln.

»Unsere Idee wäre, dass Sie, lieber Sepp, als Bergführer mit unseren Leuten, die alle recht sportlich sind, eine spannende Bergtour unternehmen, die in einer urigen Hütte endet. Lea und ich werden unter irgendeinem Vorwand nicht an der Tour teilnehmen und uns in dieser Zeit hier das Ja-

Wort geben. Dann fahren wir zur Hütte, überraschen unsere Freunde mit der Hochzeits-Nachricht und feiern bis zum Morgengrauen.« Yolandes Augen glänzten voller Vorfreude. »Können wir mit Ihnen rechnen? Und hätten Sie eine Idee, wo man das machen könnte?«

Sepp war platt. Diese Ladys waren ja die reinsten Wundertüten. »Das ist eine Hammer-Idee«, rief er begeistert. »Natürlich bin ich dabei. Wir müssen uns nur auf einen Termin einigen. Eine passende Tour mit der richtigen Hütte finde ich auch für euch. Versprochen!«

Lea und Yolande lächelten zufrieden. Dann zog Lea eine Visitenkarte aus ihrer Jackentasche und gab sie Sepp. »Haben Sie vielleicht auch eine? Damit wir mit Ihnen kontakten können.«

»Hab gerade keine dabei, aber unten an der Rezeption liegt ein Prospekt von mir. Da stehen alle Infos drauf.«

Die Damen standen auf, drückten beide dem verdutzten Bergführer einen Kuss auf die Wange und verabschiedeten sich. »Wir reisen heute ab. Also dann – bis zum nächsten Jahr!«

Resi sah, wie Sepp leichtfüßig die Stufen hinuntersprang und auf sie zukam. Sie beschloss, ihn zu ignorieren, und wandte sich betont Chrissie, die kurz abgelenkt gewesen war, und dem Ehepaar Landmann zu.

»Die zweite gute Nachricht – ich hab heute Nachmittag frei«, sagte sie. Sepp stand jetzt direkt neben ihr, und sie würde sich eher die Zunge abbeißen, als jetzt von ihrer Schwangerschaft zu erzählen.

»Du hast frei?« Er hatte es natürlich gehört und mischte sich einfach ein. Diskretion oder Zurückhaltung waren nun mal nicht seine Sache. »Super, dann schau ich am Nachmittag mal bei dir vorbei. Servus, mein Schatz.«

Er strahlte in die Runde, so blau, so sexy, so siegessicher, wie nur ein Sepp strahlen konnte.

»Dein Freund?«, fragte Monika. »Ein fescher Mann, der würde mir auch gefallen.«

»Sie mir auch!« Er konnte es einfach nicht lassen.

Resi schwieg, Hans Peter, der mehr wusste, griff nach Monis Oberarm und drückte ihn leicht. Ausnahmsweise verstand sie.

»Geht mich ja auch nichts an«, sagte sie schnell.

»Bis später!« Sepp drehte sich um und ging zur Tür. Doch dann machte er noch mal auf dem Absatz kehrt. »Sag mal, Chrissie, was ist mit dem Kaffee-Date, das du mir versprochen hast?«.

»In einer halben Stunde!«, versprach die Rezeptionistin und ging zurück hinter den Tresen, wo zwei andere Gäste auschecken wollten.

Resi schluckte. Nun also auch noch Chrissie. Dieser Mann konnte ja wirklich keine Frau in Ruhe lassen. Unwillkürlich legte sie ihre rechte Hand schützend auf ihren Bauch. Genau in diesem Moment sah Chrissie zu ihr hinüber – und es machte klick. Wow! Das war also die andere gute Nachricht. Ihre Freundin war schwanger. Deshalb die Gereiztheit, die Übelkeit, die Spannungen mit Sepp. Das waren ja tolle Neuigkeiten. Moment, waren diese Neuigkeiten wirklich so toll?

Resi hatte sich inzwischen wieder zu Monika und Hans Peter Landmann umgedreht.

»Da heute euer letzter Abend ist, würde ich euch beide und meine Eltern gern hier im Gradonna in unsere Küche einladen. Habt ihr Lust?«

Zwei leuchtende Gesichter waren eine eindeutige Antwort.

Abgang Ehepaar Landmann. Vor lauter Glück gingen sie Hand in Hand zum Fahrstuhl.

Resi verließ das Hotel und fingerte ihr Handy aus der Handtasche.

»Sepp, ich bin's. Ich kann heute nicht. Wichtige Gäste, die ich exklusiv betreuen muss. Servus.«

Aber das Leben geht weiter. Im Gradonna Mountain, in der großen, weiten Welt, und in der kleinen von Resi Pallhuber sowieso. »Bitte nichts Diätiges«, hatte Monika ausdrücklich gebeten, und so saß sie mit Vroni, Franz und ihrem Mann an einem kleinen Tisch in der Hotelküche, jeder ein Wiener Schnitzel vor sich, dessen Knusperhülle sich aufs vielversprechendste wellte.

»Kartoffelgurkensalat oder lieber Bratkartoffeln und Gurkensalat extra?«, wollte Resi wissen, die inzwischen diese neue Wendung in ihrem Leben richtig gut fand. Einzelkind von zweimal zwei Eltern – es hätte schlimmer kommen können.

»Zitrone, Preiselbeeren?«, fragte sie, keiner antwortete. Alle kauten, schmatzten, nahmen Nachschlag, zwei Weinflaschen waren bereits geleert, Vroni erzählte lustige Episoden aus ihrem Hotelleben, die Tischgesellschaft lachte, das Leben zeigte sich von seiner Sonntagsseite.

Jetzt, dachte Resi, der perfekte Moment.

»Hat's geschmeckt?«

Ihre vier Eltern nickten begeistert.

»Dann hab ich noch eine Überraschung für euch«, sagte Resi.

Abreisetag für Monika und Hans Peter. Sie hätten den Urlaub gern verlängert, aber das Gradonna war restlos ausgebucht.

»Wann kommt ihr wieder?«, fragte Resi.

»Auf jeden Fall vor der Geburt unseres Enkels«, sagte Hans Peter und umarmte sie. Moni war diesbezüglich noch etwas zögerlicher, sie musste sich erst daran gewöhnen, dass sie jetzt eine Tochter hatte, die sie umarmen konnte.

»Nun mach schon«, sagte Hans Peter, der seine Frau, wie immer, richtig deutete, »Resi beißt nicht.«

»Komm in meine Arme, Mami Nummer zwei!« Resi breitete die Arme aus. »Und in meinem nächsten Urlaub besuche ich euch in eurer kalten Stadt direkt unterm Nordpol. Schließlich bin ich ja eigentlich eine halbe Hamburgerin.«

Sie stiegen in den Leihwagen, ihr Twingo war ja immer noch Schrott. Monika, trotz ihrer Armverletzung hinters Steuer, Hans Peter auf den Beifahrersitz. Moni war nun mal die bessere Fahrerin, und die Strecke bis zur Grenze war ziemlich kurvig. Als sie gerade losfahren wollten, klopfte Brigitte Berger gegen die Fensterscheibe.

»Ich hab noch einen Brief für Sie, Herr Landmann. Gute Heimreise.«

Resi stand noch eine ganze Weile vor dem Hotel und schaute dem Wagen mit den beiden Insassen hinterher. Schon wieder liefen Tränen über ihr Gesicht. Da war plötzlich so wahnsinnig viel Gefühl in ihr. Das musste einfach raus. So emotional kannte sie sich sonst gar nicht. »Na ja, dein Leben hat sich in den letzten Tagen ja auch total auf den Kopf gestellt«, entschuldigte sie vor sich selbst. »Eine neue Mutter UND ein positiver Schwangerschaftstest. Da darf man wohl mal ein bisschen durcheinandergeraten.«

Ihre Eltern, alle vier, waren von der Baby-Nachricht völlig aus dem Häuschen gewesen. Hans Peter war sofort aufgesprungen, hatte sie in den Arm genommen und gar nicht mehr losgelassen. Er war zwar nicht ihr leiblicher Vater, aber sie hatte ihn von Herzen liebgewonnen. Und das beruhte auf Gegenseitigkeit. Auch Monika, ihre richtige Mutter, hatte gratuliert. Ein bisschen spröde noch, aber sie musste mit dem Gedanken, ihre Tochter gefunden zu haben, auch erst mal fertig werden. Vroni und Franz hatten ganz still dagesessen und gestrahlt. Für sie würde sich mit dem Baby ein Lebenstraum erfüllen. Als sie die Sprache wiedergefunden hatten, wurde gleich überlegt, wo im Garten am besten der Sandkasten stehen würde, wo die Schaukel und ob ein Planschbecken schon im Babyalter ratsam wäre.

Resi lächelte. Alles würde gut. Auch ohne Sepp.

»Na, meine Königin, wie geht's dir denn an diesem wunderschönen Morgen?«

Der Mann, an den Resi gerade mit schmerzendem Herzen gedacht hatte, war unbemerkt hinter sie getreten, hatte seine starken Arme um sie gelegt und knabberte nun zärtlich an ihrem Ohr. Gänsehaut. Schon wieder schmolz sie dahin. Er war einfach … eben der Sepp. Aber sie musste jetzt stark sein. Er sollte wissen, dass sie sein Baby erwartete. Aber er sollte auf keinen Fall glauben, dass sie ihn in die Pflicht nehmen wollte.

»Ich muss dir was sagen, Sepp«, begann sie und holte tief Luft.

»Ich weiß«, unterbrach er sie und verschloss ihren Mund mit einem schnellen Kuss. »Eigentlich müsste ich dich übers Knie legen, weil ich von anderen Leuten erfahren muss, was doch erst mal nur uns beide angeht. Uns und den kleinen Seppi da drinnen natürlich.«

Vorsichtig streichelte er ihren Bauch.

»Wie jetzt?« Resi wusste nicht, was sie sagen sollte. Woher wusste er?

»Ich hatte gestern ein langes Gespräch mit Chrissie. Sie hat mir von deiner neuen Mutter erzählt – und dass sie glaubt, dass du schwanger bist. Und auf einmal passte alles zusammen.«

Resi sah ihn verwundert an. War das wirklich ihr cooler, selbstverliebter Macho-Sepp, der sich niemals binden und auf gar keinen Fall Vater werden wollte?

»Ich habe heute Nacht kein Auge zugemacht«, sagte er ungewohnt ernst, während er sie noch immer festhielt. »Du weißt, ich hatte keine schöne Kindheit. Mein Vater hat meine Mutter nach Strich und Faden betrogen und sie kreuzunglücklich gemacht. Schon als kleiner Junge habe ich ihre Tränen getrocknet. Und irgendwann verbrachte sie mehr Zeit in der geschlossenen Abteilung der Psychiatrie als zuhause. Depressionen zogen sie immer weiter runter.«

Sepp redete ohne Punkt und Komma. »Vielleicht kannst du dir jetzt vorstellen, warum ich nie an die große Liebe geglaubt habe und keine Familie gründen wollte. Aber heute denke ich: mit dir müsste es klappen. Als Chrissie mir gestern von ihrer Vermutung, dass du schwanger bist, erzählte, wurde mir klar, dass ich das Glück mit meiner süßen Berggöttin nicht aufs Spiel setzen darf. Ich liebe dich, Resi, und ich freue mich wie verrückt auf unser Baby.«

Resi fühlte sich wie mitten in einer TRAUMSCHIFF-Folge. Was sie gerade erlebte, war doch ein Happy End, wie es nur im Fernsehen vorkam. Eine neue Mutter, ein positiver Schwangerschaftstest und als Sahnehäubchen die Liebeserklärung des Mannes, den sie über alles liebte. Mehr ging nun wirklich nicht. Hoffentlich war das alles kein Traum. Und wenn doch, dann wollte sie am liebsten nie mehr aufwachen.

Kurz hinter Kals öffnete Hans Peter den weißen Umschlag und zog einen handgeschriebenen Briefbogen heraus.

Lieber Herr Landmann, da Sie mich die ganze Zeit beobachtet und sicherlich in eine Schublade gesteckt haben, möchte ich Ihnen nur mitteilen, dass Sie mit Ihrer Vermutung recht hatten. Ja, ich bin ein Gigolo, ein sehr erfolgreicher sogar. Und auf dieser Reise und mit dieser Frau war ich einer mit ziemlich finsteren Absichten. Die ich Ihnen, falls wir uns noch einmal begegnen sollten, auch gern erklären würde. Aber jetzt muss ich weiter, mein Arbeitsverhältnis ist beendet, ich bin also auf der Suche nach einem neuen. Erfahrungsgemäß wird es nicht lange dauern, wie gesagt, ich bin sehr erfolgreich. In diesem Sinne, Ihr Kai Lauterbach. Was übrigens, aber das haben Sie sich sicher auch schon gedacht, nicht mein richtiger Name ist.

Hans Peter Landmann lachte und steckte den Brief in den Umschlag zurück.

»Von wem ist der denn?«, wollte Monika wissen.

»Von dem Helden meines ersten Krimis«, antwortete Hans Peter. »Und jetzt gib Gas, ich will nach Hause. Berge hab ich erst einmal genug gesehen.«

Auf der Pass-Thurn-Straße fuhren sie an einem Hotel vorbei. Sie achteten nicht auf den Mann, der auf der Terrasse saß und telefonierte.

»Mutti? Ich bin's. Ich hab jetzt Urlaub. Ja, es klappt mit deiner Traumreise. Zwei Wochen hab ich Zeit, dann brauchen mich meine Patienten wieder. Hab dich auch lieb.«

In seiner Jackettasche knisterten zwanzig Fünfhunderteuroscheine.

Kurz hinter München.

»Mir ist langweilig, Schatz«, sagte Monika, »erzähl mir was, sonst schlaf ich ein und bau einen Unfall.«

Hans Peter schreckte hoch. Er war tatsächlich kurz eingenickt. Er griff nach hinten, holte seinen Rucksack nach vorne und nahm sein iPad heraus.

»Soll ich dir etwas vorlesen?«

»Was denn?«

»Etwas Selbstgedichtetes«, er konnte nicht verhindern, dass seine Stimme ein bisschen stolz klang.

»Ein Gedicht?« Begeisterung klang anders.

»Nein, kein Gedicht. Das erste Kapitel meines Kriminalromans. Das ich gleich morgen an mehrere Verlage schicken werde. Mal sehen, was passiert.«

Monika schwieg beeindruckt. Sie hatte sich über seine Begeisterung für alles, was mit Mord und Totschlag zusammenhing, immer lustig gemacht. Seine Notizen und Beobachtungen nicht ernst genommen, für Spinnerei gehalten. Das sollte jetzt anders sein.

»Ich bin gespannt«, sagte sie.

Er räusperte sich.

»Aber bitte missversteh mich nicht«, warnte er, »das

Meiste ist zwar dichterische Freiheit, aber ich habe mich auch von der Wirklichkeit ein wenig inspirieren lassen.«

»Kein Problem, mein Hase«, sagte Monika, »leg los. Die Neugier brennt mir unterm Mieder, wie man so schön sagt.«

»Ich habe dich gewarnt.« Er holte Luft und seine Brille aus der Jackentasche. »Ich will keinen Ehestreit. Denk immer dran, dass ich dich ganz doll liebhabe.«

»Nun mach schon«, rief sie ungeduldig.

Also machte er.

Es war nicht das erste Mal, dass mörderische Gedanken wie giftige Schlangen in ihm hochkrochen und er sich vorstellte, wie viel Kraft er wohl anwenden müsste, um ihre Halswirbel so zu knacken, dass sie danach für immer verstummen würde.

Würde er sie vermissen, diese einst samtig-rauchige Stimme, die sich im Laufe ihrer ehelichen Langstrecke zu einem schrillen Falsetto hochgeschraubt hatte? Nein, würde er nicht.

Die Vorstellung, in ganz naher Zukunft essen zu können, was sein Herz begehrte, ohne ihr ›Denk an deine schlechten Blutwerte, Schätzelchen, ich habe keine Lust, deinen Rollstuhl durch die Reha zu schieben‹ – er konnte kaum abwarten, bis dieses neue Leben endlich anfing! ›Sehe ich da ein Spiegelei auf deinem Frühstücksteller?‹ Er zuckte schuldbewusst zusammen.

›Mein erstes diese Woche, Moni‹. Er schob seinen Teller zur Seite, ›entschuldige, wird nicht wieder vorkommen.‹

Er sah sie an und ihm war schleierhaft, dass er sich vor vielen Jahren einmal in sie verliebt hatte …

Leises Schniefen von der Fahrerseite ließ ihn innehalten.

»Liebling, was ist los?«

Lautes Schniefen.

»Du liebst mich nicht mehr. Die Ehe mit mir ist dir schleierhaft. Am liebsten würdest du mich …«

Hans Peter lachte. So laut, dass Monika zusammenzuckte und fast die Kontrolle über das Auto verloren hätte.

»Schatz, keine Sorge, das ist nicht mein Roman. Das hab ich mir eben ausgedacht. Um dich ein bisschen zu ärgern.«

Leider musste Monika Landmann sich beherrschen. Sonst hätte sie … sonst hätte sie …

»Du hast also noch gar kein Kapitel geschrieben?«

»Doch, aber das lese ich dir erst vor, wenn du mir etwas versprichst.«

»Und das wäre?«

»Dass ich in Zukunft essen darf, was ich will. Und den nächsten Urlaub verbringen wir wieder im Gradonna. Und zwar noch vor der Geburt unseres Enkels.«

»Versprochen, und wehe, das weibliche Opfer in deinem Krimi heißt Monika, ist rothaarig und gut gepolstert.«

In diesem Moment liebte er sie wie vor über dreißig Jahren. Wie damals vor der Eisdiele.

Er begann zu lesen:

›Guten Morgen, Victoria.‹ Lionel von Wiedenbrück trat aus dem Bad, ein flauschiges weißes Badetuch um seine sehnigen Lenden geschlungen, und betrachtete die schlafende Frau im Hotelbett. Lange Haare umrahmten ihr schönes Gesicht wie ein schwarzer Fächer, ihre wundgeküssten Lippen schimmerten wie ein blutiges Herz. Wie Schneewittchen sah sie aus, und wer sie nicht so gut kannte wie er, ahnte nicht, dass in ihrem makellosen Körper ein steinhartes Herz pochte. Als sie erwachte und ihn mit kalten, bösen Augen musterte, wusste er, dass er sie töten musste.

»Stopp«, rief Moni und bremste so abrupt vor einer Gaststätte, dass er sich fast den Kopf an der Windschutzscheibe gestoßen hätte.

»Bist du wahnsinnig?«, schrie er, weil er sich zu Tode erschreckt hatte. Auch eine Mordmöglichkeit, schoss ihm durchs Dichterhirn. Herztod durch brutales Bremsen.

»Sorry, Schatz«, meinte Moni, »da ist ein nettes Restaurant. Lass uns was Ordentliches essen gehen. Und dann kannst du in Ruhe weitermorden.«

Ausflugsziele, Infos & Tipps

Gradonna Mountain Resort Ein Paradies für alle, die Natur, Berge und Komfort lieben. Das mehrfach ausgezeichnete 4-Sterne-Superieur-Berghotel mit 12 Turmsuiten, 130 Zimmern und 41 Holzschindel-verkleideten Chalets passt perfekt in die Waldlandschaft oberhalb des Bergdorfes Kals. Im 3000 Quadratmeter großen Wellnessbereich mit Sauna-Landschaft, In- und Outdoor-Pools sowie am großen Naturbadeteich findet jeder sein Lieblingsplätzchen zum Entspannen. Kulinarisch werden Gradonna-Gäste auf höchstem Niveau von Chefkoch Michael Karl verwöhnt, der schon mit vier Hauben ausgezeichnet wurde. *www.gradonna.at*

Lienz »Perle der Dolomiten«, »Beginn des Südens« – die Hauptstadt Osttirols hat viele Namen. Wir finden: zu Recht. Ein Bummel durch das historische Städtchen, bei dem die Isel in die Drau mündet, macht einfach gute Laune. Freitags und samstags: Stadtmarkt mit Produkten der Region. *www.stadt-lienz.at*

Kals am Großglockner Nicht nur unsere Resi liebt das kleine, verträumte Osttiroler Dorf, das sich seinen ursprünglichen Charme bis heute bewahrt hat. Wer hier Urlaub macht, liebt die Berge und schätzt die Natur. Kals ist der Ort, der dem Großglockner am nächsten liegt. *www.kals.at*

Loacker Genusswelt Ein Ausflugsziel für Leckermäuler. Seit 1925 produziert die Südtiroler Familie Loacker Waffel- und Schoko-Spezialitäten. Rund 250 000 Besucher kommen jährlich zum Süßwaren-Giganten nach Heinfels. Sie kaufen dort ihre Lieblingswaffeln, besichtigen die Loacker Genusswelt oder backen, wie Miriam und Caspar, ihre eigenen Waffelkreationen. *www.loacker.com*

Burg Heinfels Die »Königin des Pustertales« steht seit rund 800 Jahren auf einem Felsbuckel oberhalb von Heinfels. An den Felsen unterhalb der Burg gibt es seit Sommer 2016 einen familienfreundlichen Klettersteig mit vielen verschiedenen Routen.

Obertilliach Ja, er war wirklich da, James Bond, Geheimagent Ihrer Majestät, alias Daniel Craig. Im Januar 2015 wurden im denkmalgeschützten Ortskern des 708-Seelen-Dorfes Obertilliach und in einem nahen Waldstück Szenen für den 007-Thriller »Spectre« gedreht. Heute zeugt nur noch das »Bond-Haus«, eine Holzhütte unterhalb der Bergstation Golzentipp, von dem spektakulären Ereignis. Eine weitere Attraktion: das bekannte Biathlonzentrum, das auch im Sommer zum »Schnuppern« einlädt. *www.obertilliach.at*

Bergrestaurant Glocknerblick (1970 m) Ganzjährig geöffnetes Restaurant, vom Gradonna Mountain Resort über den Kräuter-Blumenweg in ca. 1,5 bis 2 Stunden erreichbar. Große Sonnenterrasse mit Blick auf den »König«, regionale Spezialitäten wie Unkrautsuppe und Wald-Wiesenknödel.
www.glocknerblick-kals.at

Sillianer Hütte (2447 m) Eine für alle. Für Weitwanderer auf dem Karnischen Höhenweg (Friedensweg – Via della Pace), für Bergsteiger und Wanderer. Hier ist im Sommer immer etwas los.
www.alpenverein.at/sillian

Karlsbader Hütte (2260 m) Bergsteiger-Traum am Laserzsee, umgeben von prächtigen Gipfeln der Lienzer Dolomiten. Ausgangspunkt zu hochalpinen Touren und zu mehreren Klettersteigen. Schade, dass es Maria, Rainer, Leonie und Lucas nicht bis hierhin geschafft haben.
www.karlsbaderhuette.at

Schloss Bruck Seit über 750 Jahren thront die mittelalterliche Burg über Lienz. Heute befindet sich dort das Museum der Stadt mit diversen Ausstellungen.
www.museum-schlossbruck.at

Felsenkapelle (1521 m) Sie liegt ganz versteckt, in einen Felsen hineingebaut, die geheimnisvolle Kapelle zur Rosenkranzkönigin. Als sie 1978 erbaut wurde, stieß man auf prähistorische Funde (ca. 3000 v. Chr.), die auf einen Kultplatz schließen lassen. Ein idealer Platz zum Abschalten, an den sich auch Brigitte Berger manchmal zurückzieht.

Lucknerhütte (2241 m) Beliebte Berghütte für Tagesausflügler und Großglockner-Bergsteiger, die hier gut essen und auch übernachten können. Große Sonnenterrasse mit Blick auf den Großglockner. Hans Peter und Moni gehen von hier mit Olaf weiter zur Stüdlhütte. *www.lucknerhuette.at*

Jausenstation Bergeralm (1640 m) Hier können Wanderer, die durch die wildromantische Dabaklamm vom Dorfertal aufgestiegen sind, prima einkehren. Der Weg ist auch für Familien gut geeignet. *www.jausenstation-bergeralm.at*

Pustertaler Drauradweg Von Toblach / Südtirol bis Lienz führt der gut gepflegte und beschilderte Radfernweg ca. 48 Kilometer an der Drau entlang, fast immer sanft bergab. Die Hin- oder Rückfahrt geht problemlos mit der Bahn. Ideal auch für Familien mit Kindern. *www.drauradweg.com*

Lucknerhaus (1920 m) Alpengasthof am Ende der Kalser Glocknerstraße, Ausgangspunkt für viele Wanderungen und Bergtouren, z. B. zum Figerhorn und zum Großglockner. Hier starten auch Hans Peter und Moni ihre Wanderung zur Lucknerhütte. *www.lucknerhaus.at*

Großglockner Hochalpenstraße Eine der schönsten und faszinierendsten Panoramastraßen Europas, 48 Kilometer lang. Hoch über dem Pasterzengletscher scheint der Großglockner zum Greifen nah. Mautstraße (geöffnet Anfang Mai bis Anfang November). *www.grossglockner.at*

Glocknerspur-BergeDenken Ein liebevoll organisierter Naturpark-Lehrweg mit Informationen zur Alpingeschichte des Großglockners. Den »König« hat man während dieser Wanderung immer vor Augen. *www.glocknerspur.at*

Restaurant Heimspiel Ein echter Geheimtipp für Feinschmecker! Tagsüber beliebter Einkehrstop für Radler auf dem direkt vorbeiführenden Drauradweg, abends für Gäste aus ganz Osttirol. Seit 2016 gehört das Heimspiel in Heinfels bei Sillian zu den ausgezeichneten Slow-Food-Restaurants in Österreich.
www.heim-spiel.at

Pragser Wildsee Der Pragser Wildsee im Südtiroler Hochpustertal gehört zum UNESCO-Weltnaturerbe Dolomiten und ist so schön, dass er immer mal wieder als Filmkulisse herhalten muss. Im Sommer lädt die »Perle der Dolomitenseen« zum Bootfahren und Umwandern (ca. 1 bis 1,5 Stunden) ein. *www.pustertal.org*

Galitzenklamm Ein großartiger Wassererlebnispark an einem spektakulären Wasserfall, direkt am Drauradweg. Mit Wasserschaupfad, Steinkugelmühle, Wasserspielplatz, Waldseilpark und mehreren Klettersteigen bietet er Abenteuer, Sport und Spaß für die ganze Familie. *www.galitzenklamm.info*

Gschlösstal Im Herzen des Nationalparks Hohe Tauern liegt verträumt der schönste Talabschluss der Ostalpen. Eine Wanderung durch die unberührte Natur, z. B. zum Salzbodensee, wird mit einer Einkehr ins Berghaus Außergschlöß gekrönt, das 2016 von Österreichs Wanderdörfern zur »liabsten Ausflugshütte Osttirols« gewählt wurde.

Kals Matreier-Törl-Haus (2207 m) Herrlich gelegene Berg- und Schutzhütte auf einem Törl zwischen Kals und Matrei. Aufstieg z. B. von der Bergstation Goldried-Sesselbahn auf 1941 m in ca. 1 Stunde, von Kals aus 2,5 Stunden und von Matrei 3,5 Stunden. *www.matreiosttirol.com*

Oberstaller Alm Im wildromantischen Villgratental zwischen Pustertal und Defereggental geht's ruhig und traditionell zu. Unser Tipp: mit dem Auto zur Unterstaller Alm und von dort in einer kurzen Wanderung zur Oberstaller Alm, ein sehenswertes, denkmalgeschütztes Almdorf mit 18 urigen Almhütten und der Schutzengelkapelle.

Adlerlounge (2621 m) Moderne Architektur, viel Glas, so dass die Berge auch drinnen ganz nah sind, coole Lounge-Atmosphäre, gute Küche – diese Gourmethütte ist etwas ganz Besonderes. Übernachtungsgäste erwartet Romantik pur.
www.adlerlounge.at

Dolomitenhütte (1616 m) Schöner und spektakulärer kann eine Berghütte nicht liegen! 1936 wurde sie auf einem senkrecht abfallenden Felsblock in den Lienzer Dolomiten erbaut, 2007 saniert und großzügig umgebaut, 2012 (vorerst) vollendet. Längst ist die Dolomitenhütte Kult. Bei Ausflüglern, Bergsteigern, Mountainbikern und den Teilnehmern des jährlich im September stattfindenden Extremsport-Wettbewerbs »Red Bull Dolomitenmann«. Herrlich: die große Panoramaterrasse. *www.dolomitenhütte.at*

Osttiroler Herzlichkeit Unter diesem Motto haben sich private Vermieter von Ferienwohnungen und Zimmern zusammengeschlossen, die ihren Gästen eine herzliche Atmosphäre, liebevolle Aufmerksamkeit und ein gutes Preis-Leistungs-Verhältnis bieten. Da ist Wohlfühlen garantiert.
www.osttiroler-herzlichkeit.com

Allgemeine Informationen *www.osttirol.com*

Bildnachweis